얼룩무늬 청춘 4
계룡① 편

얼룩무늬 청춘 4 계룡① 편

발행일   2024년 9월 10일

지은이   조자룡   일러스트   히에누
펴낸이   손형국
펴낸곳   (주)북랩
편집인   선일영   편집   김은수, 배진용, 김현아, 김부경, 김다빈
디자인   이현수, 김민하, 임진형, 안유경, 최성경   제작   박기성, 구성우, 이창영, 배상진
마케팅   김회란, 박진관
출판등록   2004. 12. 1(제2012-000051호)
주소   서울특별시 금천구 가산디지털 1로 168, 우림라이온스밸리 B동 B111호, B113~115호
홈페이지   www.book.co.kr
전화번호   (02)2026-5777   팩스   (02)3159-9637

ISBN   979-11-7224-273-2 04810 (종이책)   979-11-7224-274-9 05810 (전자책)
            979-11-6836-417-2 04810 (세트)

(주)북랩 성공출판의 파트너
북랩 홈페이지와 패밀리 사이트에서 다양한 출판 솔루션을 만나 보세요!
홈페이지 book.co.kr   •   **블로그** blog.naver.com/essaybook   •   **출판문의** book@book.co.kr

작가 연락처 문의 ▸ ask.book.co.kr
작가 연락처는 개인정보이므로 북랩에서 알려드릴 수 없습니다.

조자룡 자전에세이 ❹

얼룩무늬 청춘 4
계룡① 편

🐾*북랩

사랑과 결혼 그리고 첫딸

공군본부는 신세계였다. 장군과 국가 지도자라는 허황한 과대망상 속에 살았으면서도 군에 대해 무지하였다. 계룡대에 와서야 비로소 국가와 군의 실체가 보였다. 국가 방어체계를 이해하였다. 공군의 규모와 구조, 작동 원리가 보였다. 각 부대의 임무와 소속 부대원이 해야 할 일을 비로소 알게 되었다. 공군 발전을 위해 군인 조자룡이 나아가야 할 바를 비로소 깨달았다. 공군본부 전속은 스스로 우물 안 개구리라는 걸 터득하였고 벗어나기 위하여 부단히 노력하게 되었다.

업무적으로만 그런 게 아니다. 자가용을 구해서 활동 영역이 엄청나게 넓어졌고 짧은 기간에 실연과 결혼이라는 인생 최대의 위기와 결실을 연이어 맞았다. 알 수 없는 불가사의한 열정에 휩싸여 생사기로에 섰던 바로 그 지점에 평생의 반려자가 있었다. 지적에 아내를 두고 엉뚱한 사람을 쫓아 헤맸다. 돌이켜보니 아이러니하고 만화 같은 삶이었다. 어쩌면 결혼 전에 실연을 경험하게 하여 삶을 좀 더 진지하게 들여다보라는 신의 배려였을까? 어쨌든 아내를 만나기 전에 사람에 대하여, 여성에 대하여 심사숙고한 건 사실이다.

아내를 만나고 나서 1년이 채 안 돼서 결혼했다. 서른이라는 나이가 적지 않았다. 열일곱 살부터 가족과 떨어져 살았기에 외로웠다. 사람의 정이 그리웠다. 다행히 아내가 반대하지 않아서 결혼은 그야말로 속전속결로 이루어졌다. 지금 젊은이가 가장 힘들어하는 보금자리 걱정이 없었던 게 쉽게 결혼할 수 있었던 이유였다. 결혼과 동시에 군인아파트에 입주하였다.

결혼과 동시에 첫딸을 얻었다. 딸은 공군본부가 업무로 우물 안 개구리를 벗어나게 한 것 이상으로 나를 바꾸었다. 가난한 농부의 아들로 태어나 사랑받은 경험이 없었다. 소중하게 대우받지도 못했다. 나는 사람을 특별한 존재로 생각하지 않았다. 동물이나 식물 혹은 무기질과 마찬가지로 알 수 없는 이유로 생겼다가 때가 되면 사라지는 존재라고 생각했다. 사람을 사랑하지도 않았고 소중하다고 여기지도 않았다.

내 딸을 보고서야 사람이 소중한 존재라는 것, 누구나 사랑받아 마땅하다는 사실을 알게 되었다. 나에게 딸은 기적이었다. 그때까지 수많은 사람을 접하였지만, 상대가 기적적인 존재라고 생각한 적은 없었다. 내 딸만은 달랐다. 형언할 수 없을 정도로 놀라운 존재,

기적이라고 말할 수밖에 없었다.

초등학교 중학교 때 때리고 무시했던 학우에게 미안했다. 사람을 함부로 대한 금오공고·공대 친구와 근무한 부대 전우에게 부끄러웠다. 딸을 보면서 혼자 많은 반성의 눈물을 흘렸다. 그들은 내가 함부로 대해도 되는 사람이 아니었다. 못생겼거나 공부를 못한다고, 작거나 말이 어눌하더라도 내가 무시해서는 안 되었다. 나는 마음속으로 많은 사람을 경멸하였다. 저명한 사람조차 대단찮은 게 우쭐댄다고 비웃었다. 쓸데없는 다툼을 피하려고 겉으로 드러내지 않았을 뿐이다.

만약 다른 사람이 내 딸을 그렇게 생각한다면 용서할 수 없다. 내 딸은 나보다 더 소중하다. 아마 다른 사람도 자식에 대한 사랑에 큰 차이가 없으리라. 그렇다면 언젠가 누군가의 아이로 이 세상에 온 모든 사람은 그 부모에게 가장 소중한 존재였으리라. 어떤 사람도 업신여겨서는 안 된다. 나는 서른이 지나서야 사람을 이해했다. 사람을 소중히 여기고 사랑하게 되었다. 첫딸을 얻고 난 뒤에야 비로소 나는 사람다운 사람이 되었다.

우물 안을 벗어난 장교가 되고, 실연과 결혼, 출산을 통해 사람이 된 건 공군본부에서였다. 만약 공군본부에 근무하지 않았더라면 내가 어떤 삶을 살게 되었을지 알 수 없다. 언젠가 인간이 되었더라도 현재와는 크게 다른 삶을 살고 있으리라. 사랑하는 아내를 만나 첫딸을 얻고 사람이 된 건 공군본부로 나를 이끈 엄태화 대위의 공이 크다. 아내를 소개한 이도 엄 대위다.

공군본부 무장전자처에서 함께 근무하면서 나에게 업무를 가르치고 아내를 소개한 엄 대위는 평생 전우다. 예천기지 무장대대 전임 대대장이기도 하다. 군 생활 중 많은 도움을 받았고 전역한 현재도 지척에서 물심양면으로 의지하는 바가 크다. 이런저런 이유로 현역 때처럼 호탕하게 술을 마실 수 없는 처지가 안타깝지만, 앞으로도 긴 세월 함께하기를 바라 마지않는다. 이 책은 사랑하는 우리 가족, 아내와 세 아이를 있게 한 예비역 대령 엄태화 님에게 바친다.

2024. 9.

조자풍

목차

14장 / **1993**

17장 / **1996**

14장

1993

기이한 일이다.

오른쪽 2차로는 씽씽 고속 질주하는데

내 차 앞 1차선은 무풍지대,

뒤로는 수백 대가 조금씩 뒤로 움직이고 있었다.

이런 사고를 막기 위해서 한 달 내내 연습하였으나

물거품이었다.

- 본문 「첫 시내 운전」에서

계룡대

공군본부는 충남 계룡시에 있다. 정부 조직 지방 이전 정책으로, 계룡산 기슭에 신도시를 만들어 서울에 흩어져 있던 육·해·공군본부를 이전하였다. 그렇게 조성된 신도시가 계룡시다. 고유 명칭은 육·해·공군본부지만 통상 명칭은 계룡대다. 1989년 육군본부와 공군본부가 먼저 이전하여 자리를 잡고 해군본부는 나중에 내려왔다. 본청 1, 2, 3층은 육군, 4층은 공군, 5층이 해군 차지였다.

계룡시는 군사도시다. 육·해·공군본부 이전을 목표로 건설된 신도시니 당연한 일이다. 1993년 전속 당시 이미 시로 승격되었고 각 군 본부가 이전을 완료하였다. 군 관사에 군인 가족이 거주하였으나 편의 시설이 부족하였다. 계룡대와 조금 떨어진 관사 주변에 작은 상가가 들어섰을 뿐 서대전 IC에서 계룡대로 들어가는 길은 황량하였다. 도로만 널찍하게 뚫려 있을 뿐 시골 풍경 그대로였다.

계룡대는 계룡산 천왕봉 밑에 자리 잡았다. 지명은 신도안(新都內)

인데 조선 태조 이성계의 스승 무학대사의 추천으로 수도 이전을 추진해서 붙여진 이름이다. 계룡산은 풍수지리설에 따른 명당이다. 신라말 고승 도선의 「도선비기」에 따르면 송악은 500년 도읍지이고, 한양은 400년 도읍지이며, 계룡산의 신도안은 800년 도읍지라고 했다. 또 정감록에는 계룡산을 십승지지(十勝之地) 큰 변란을 막을 장소라고 했으며 이러한 도참사상으로 신흥 종교와 전통 종교가 성행하였다. 흔히 무속인이나 도사라는 사람이 '계룡산에서 몇십 년 도를 닦았네' 하는 말이 나오게 된 배경이다.

조선 왕조가 새로운 도읍지로 정하여 공사를 시작하였으나 계룡산이 지나치게 남쪽으로 쏠려 있고 조운이 불편하다는 점을 들어 당시 권력 실세인 정도전과 하륜의 반대로 중단되었다. 무학대사가 다시 한양을 추천하여 도읍지로 결정되었으며 신도안에는 옛 궁궐 주춧돌 흔적만 남아 있다.

각 군 본부가 이전한 건 풍수지리설에 따른 게 아니라 서울과의 접근성, 휴전선과의 거리, 적 포병 화기 사거리 등을 고려한 전략적 선택이었다. 도선비기나 정감록에서 명당이라니 이왕이면 다홍치마라고 싫지는 않았으리라. 육·해·공군본부 이전은 수도하던 수많은 종교인에게는 재앙이었다. 허가 없이 터 잡고 도를 닦던 수백 명이 쫓겨났다. 종교인뿐만 아니라 계룡대가 한눈에 내려다보이는 계룡산 정상 천왕봉도 일반인 출입이 금지되었다. 산악인은 절반의 계룡산을 잃은 셈이다.

계룡산은 웅장하고 수려한 산이다. 그 산을 배경으로 한 계룡대는 아름다웠다. 미 국방성 펜타곤을 본뜬 본청 건물은 웅장하고 씩씩했다. 넓고 반듯하게 조성한 도로와 가로수는 깔끔하였다. 계룡대 접근로는 가로수가 느티나무와 은행나무다. 가을이면 단풍이 환상적인 풍광을 선사한다. 계룡대 안 조경은 놀이동산을 방불케 한다. 벚나무, 단풍나무, 철쭉을 골고루 심어놓았다. 봄이면 온통 꽃 세상이다. 용인 자연농원보다도 더 아름답다. 공군본부에서 해야 할 일은 알 수 없었으나 일단 겉으로 보이는 환경은 최고였다.

우물 안 개구리

"필승! 신고합니다. 대위 조자룡은 1993년 8월 16일부로 공군본부 군수참모부 전입을 명 받았습니다. 이에 신고합니다!"

의도하지 않았으나 운명의 선택 또는 이끌림으로 이른 시기에 공군본부에서 근무하게 되었다. 인사명령 날짜보다 2주 늦은 보임이었으나 별다른 문제는 없었다. 신고받는 군수참모부장이 통상 인사이동 시기인 월초가 아닌 데 대해 의문을 제기하였다면 문제가 되었을 것이나, 대위 한 명 전입에 신경 쓰는 사람은 없었다. 유일하게 원래 날짜가 아니라는 걸 아는 무장전자처는 책임져야 할 부서였다. 쥐도 새도 모르게 넘어가는 게 최선이다. 임관 후 첫 전속은 내 의도와 무관하게 벼락 치듯 이루어졌다.

공군본부는 공군에서 제일 중요한 결정이 이루어지는 정책 부서다. 경험 없는 위관장교가 근무할 기회가 적고 대부분 영관장교 이상이다. 분야 근무 기간이 짧아서 전문지식이 적은 위관장교는 특별한 경우가 아니면 근무할 기회가 없다. 나는 운이 좋았다. 공군본부 근무가 특혜라는 게 아니라 우물 안 개구리 신세에서 벗어날 기회를 빨리 잡았기 때문이다.

1993년 당시 세계는 정보화가 화두였다. 인터넷이 발달하지 않았고 286에서 386 PC로 넘어가는 정보화 초창기였으나 앨빈 토플러의 '제3의 물결'이 현실로 도래하였다는 걸 모두가 체감하던 때다. 정부도 군도 정보화가 발전의 지름길이라는 걸 알았다. 인식은 하였으나 개념이 없을 때였다. 해야 한다는 말만 무성했지, 무엇을 어떻게 할 것인지에 대해서는 제대로 아는 사람이 드물었다. 당시 개인이 PC를 소유하였거나 사용하는 사람도 거의 없었다. 워드도 치지 못하는 당시 영관장교에게는 정보화란 생소한 용어였으리라.

군에서는 물자를 종으로 분류한다. 1종 식량류, 2종 피복 전투장구류, 3종 유류, 4종 건설자재, 5종 탄약, 6종 비군사 품목, 7종 장비, 8종 의무 장비, 9종 수리 부속, 10종 기타다. 당시에는 9종까지 분류하였는데 그중 업무 분야가 비교적 좁고 처리 절차가 단순한 탄약이 정보화 우선 분야로 선정되었다. 공군에서는 무장전자처가 담당 업무 부서인데 기존 업무를 하면서 정보화 동시 추진은 도저히 불가능하였다. 내가 비 편제 직위에 선발된 이유다.

선발 조건은 크게 세 가지였다. 첫째 정보화 업무 능력이 있는 전산이나 전자공학 전공자, 둘째 탄약 업무 유경험자, 셋째 장기 근무자였다. 나는 금오공고 금오공대를 나왔으므로 10년이 의무복무 기간이다. 셋째 조건은 그냥 통과였고 현재 탄약중대장이었으므로 둘째 조건도 충족한다. 컴퓨터 키보드조차 만져보지 못했고, 전자공학을 전공하였으나 학업에 열중하지 않았으므로 첫째 조건에는 부합하지 않았다. 본부에서는 서류로 판단한다. 금오공대 전자공학과를 나왔으니 군사훈련 받은 사관생도보다는 나으리라는 판단에 나를 낙점하였다.

기본 조건은 세 가지였으나 사실 추가로 고려한 사항이 있다. 어느 사업도 마찬가지지만 정보화 사업은 업무의 연속성이 중요하다. 1년마다 바뀌는 장교 보직 시스템대로 움직인다면 기간이 긴 정보화 사업 추진이 곤란하다. 사관 출신은 고급 지휘관 참모 양성을 위하여 1년 단위 보직 이동이 기본이다. 사관 출신보다는 비사관 출신이 사업에 유리하다.

당시 금오공고, 금오공대 출신 선배 상당수가 육·해·공군 현역 군인으로 맹활약 중이었고, 금오공고 졸업 후 사관학교 진학자는 우수한 성적으로 졸업하였다. 군에서 금오공고 금오공대 출신은 우수한 자원으로 인정받았다. 금오공대를 졸업하였으나 실력이 부족했던 나는 실제로는 부적합하였으나 겉으로 보기에는 딱 맞았다. 인생은 우연의 연속이다.

첫날은 본부 이곳저곳을 다니며 인사하다 보니 시간이 흘러갔다. 이튿날 해야 할 업무를 설명받으면서 내가 선정된 이유를 알게 되었다. 인사 담당 엄 대위가 나를 발탁한 이유는 충분히 이해하였으나 스스로 판단할 때 나는 기대치에 미치지 않았다. 정보화에 대한 개념도 없었고, 탄약 업무에 정통하지도 않았으며, 무엇보다도 금오공고 출신이 갖는 재능과 기본 실력에서 기대를 채워줄 수 없었다. 나는 다른 동문처럼 능력이 탁월하지 않았다. 악착같이 노력해서 간신히 따라가는 수준이었다. 하루빨리 대책을 세워야 하리라.

교육 훈련 탄약 담당 이 소령에게 탄약 업무에서 전산화해야 할 내용을 소개받고 업무 파악에 착수했다. 당시에는 수기식으로 문서를 주고받을 때다. 사무실을 빙 둘러싼 철제 캐비닛에 보관된 탄약 관련 서류를 샅샅이 훑어보기 시작했다. 며칠 지내다 보니 공군본부가 어떤 부대인지, 공군본부에 근무하는 사람이 어느 수준인지 알게 됐다. 나는 무지하였다. 아는 게 아무것도 없었다. 자신 있게 안다는 것조차 유치한 수준이었다. 황당한 망상을 가지고 살았던 나는 한마디로 우물 안 개구리였다.

공군본부는 공군 핵심 부서다. 공군본부 근무자는 참모총장 참모 역할을 한다. 부서와 계급으로 촘촘하게 구성하여 계통을 거쳐 보고하지만, 어떤 업무도 담당 실무자는 유일하다. 담당자가 결정한 게 국방부와 정부에 보고되고, 공군의 정책이 된다. 직속상관이 걸러내지 못한다면 엄청난 오류가 발생할 수 있다. 공군본부 각 참모부에 근무하는 사람은 분야에서 가장 우수한 사람이다. 나는 보통 장교 집단이 아니라 최고 수준의 장교 집단에 들어온 것이다.

비행단에서 근무할 때는 외국군과 접할 기회가 거의 없었다. 공군본부에서는 종종 있을 뿐 아니라 사무실로 외국인이 직접 전화할 때도 있었다. 나는 영어 회화가 불가능하다. 외국인에게 전화가 오면 거두절미하고 옆 선배에게 전화기를 건넸다. 부끄럽고 쪽팔렸으나 대화가 안 되니 어쩌겠는가? 선배는 대단했다. 모두 영어 대화가 가능했다. 모두가 훌륭한 자원이었다.

더 놀라운 건 업무 태도였다. 직무 지식도, 업무 처리 능력도, 영어 회화도 뛰어났건만 새벽부터 밤늦게까지 주어진 업무에 최선을 다했다. 세상은 아이러니하다. 우수한 사람은 탁월한 집단에서 행여나 뒤질세라 더 열심히 일하고, 평범한 사람은 열등한 집단에서 천하태평으로 세월을 보낸다. 공군본부 장교가 이렇게 일할 때 나는 비행단에서 어떻게 살았던가? 거의 매일 회식이었고 주말에는 독서나 고스톱이었다. 그것이 비행단 위관장교의 평범한 생활이더라도 나는 평생 군대 생활할 사람이 아니던가? 곧 제대해서 취직할 사람과 어울려서 주색잡기로 시간을 탕진하다니… 이게 말이 되는가?

지나온 과거뿐만 아니라 다가올 미래까지 훤히 보였다. 경험해야 할 보직과 쌓아야 할 지식이 무엇인지 심각하게 고민하였다. 어쨌든 이대로는 안 된다. 평범한 장교 수준에도 미치지 않는 사람의 미래가 있겠는가? 큰일이었다. 큰일은 큰일이로되 지난날을 되돌릴 수는 없다. 시간을 역주행할 수는 없는 일 아닌가? 자존망대하고 오만방자하며 안하무인 격으로 천하태평으로 살았던 과거는 어떤 미래를 가져올 것인가? 우물 안 개구리는 어떤 운명을 맞이할 것인가?

우물 벗어나기

과거를 후회할 필요는 없다. 과거의 잘못된 판단이나 행동이 오늘을 낳았다면 밝은 미래를 위해 오늘 할 일을 찾아 실천해야 하리라. 과거의 잘못은 깨달아서 반성하는 것만으로 충분하다. 과거 잘못을 되풀이하지 않는 것, 당장 할 일을 정확하게 찾아내는 게 중요하다. 무엇을 할 것인가? 어떤 자세로 세상을 살아가야 하는가?

망상에 가까운 꿈은 그렇다 치더라도, 우선 실력을 쌓아야 한다. 실력이 무엇인가? 지식이다. 세상에 드러내는 말과 태도가 중요하지만, 상황에 맞는 적절한 말과 행동은 풍부한 지식에서 나온다. 알아야 면장을 한다. 당장 할 일은 최대한 빠르게 지식을 쌓는 일이다. 군인 중 최고는 아니더라도 동급 최강이 되어야 한다. 육군과 해군뿐만 아니라 미군이나 러시아군 또는 중국군 대위보다 뛰어나야 하리라. 설령 불가능하더라도 도전해야 한다.

본부 근무하는 유능한 장교가 왜 겸손한가? 탁월한 능력을 보유

했음에도 왜 끊임없이 노력하는가? 내가 보기에는 엄청나게 뛰어나지만 스스로 판단하기에 부족한 것이다. 다음 진급이나 최종 목표 계급에 도달하기에 충분하지 않은 게다. 그러기에 밤낮과 주말을 가리지 않고 일에 매진하는 것이다. 충격을 받은 그날부터 당장 야근을 시작했다.

수기식 문서체계였던 당시 봐야 할 서류는 산더미였다. 낮에는 탄약 관련 서류만 훑었으나 밤에는 분야를 가리지 않았다. 공군본부는 일하기에는 힘든 곳이지만 공부하기에는 썩 좋은 데다. 예하부대에 없는 1급 비밀까지 서류함에 보관되어 있다. 정보는 압축되어 있다. 참모총장 업무보고 자료가 비밀로 등재되어 순서대로 쌓여 있었다. 한 달이 되기 전에 10년, 20년 전 비밀자료까지 모조리 훑었다.

비밀자료를 탐독한 후 일반서류와 규정 숙독에 들어갔다. 기초지식이 부족하고 재능이 탐탁하지 않은 내가 문서를 한 번 봐서 이해할 리 없다. 떨어지는 지능으로 보통 장교 수준을 추월하려면 반복해서 되뇌는 수밖에 없다. 한두 번 봐서 이해할 수 없으면 열 번을 읽었고, 열 번 봐서 이해되지 않으면 백 번을 보았다. 세상은 재능이 뛰어난 사람이 살아가기에 유리하지만 성공하는 사람이 천재인 경우는 드물다. 천재는 노력의 필요성 자체를 느끼지 못한다. 한 번 봐서 아는 사람은 두 번 볼 생각도, 그럴 이유도 없다. 오직 스스로 부족함을 아는 사람만이 끊임없이 곱씹을 뿐이다.

나는 지능이 뛰어나지 않다. 내 장점은 딱 한 가지다. 한번 마음

먹으면 끈질기게 지속하는 것, 다른 방법은 없다. 유일한 승부수는 계속 반복하는 것뿐이었다. 초등학교 때부터 상위권 성적을 유지한 단 하나의 비결이다. 시간이 흐르자 서서히 효과가 나타났다. 영어 회화는 여전히 불가능하였으나 직무 지식은 하루가 다르게 늘었다. 국방부에 출장 가거나 예하 부대 담당자에게 공군 탄약 업무 정책을 설명할 수준이 되었다. 6개월이 흘러서야 보통 장교가 된 것이다.

공군본부는 8시 출근해서 17시 퇴근이다. 사무실 대부분 장교와 마찬가지로 18시에 본청 지하 구내식당에서 저녁 식사하고 야근을 시작한다. 상부 감사나 비행사고 등 특별한 일이 없는 한 중령 이상 장교는 정시 퇴근이다. 소령과 대위는 회식이 없는 한 거의 매일 야근이다. 누가 시켜서 하는 일이 아니다. 스스로 부족함을 보충하는 것이다. 소령도 밤 10시가 지나면 대부분 퇴근한다. 나는 자정을 목표로 해서 지켰다. 밤 열두 시에 퇴근해서 한 시에 잠이 들고 새벽 여섯 시에 기상해서 사무실에 나왔다. 군 생활 동안 부대원 중 가장 먼저 출근해서 가장 늦게 퇴근한다는 신조는 대위 때 공군본부에서 근무하면서 만들었다.

나는 비효율을 싫어한다. 일없이 나다니는 걸 싫어한다. 등산이든 데이트든 음주든 확실한 이유가 있을 때만 나들이한다. 애인이 없던 시절 내 주말은 사무실이었다. 본청 지하 식당은 휴무일에도 영업한다. 부서별 당직 근무자가 있기에 어딘가 식당이 있어야 했다. 주말 사무실 근무는 내게 일석이조(一石二鳥)였다. BOQ에 있어

봤자 밥 먹을 데도 없는데 사무실에서 공부(?)하다가 때가 되면 지하에 내려가서 식사하니 그 아니 편리한가?

우물 안 개구리가 우물 밖 세상이 있다는 걸 알게 된다고 해서 당장 벗어날 수는 없을 것이나, 집요하게 노력하면 언젠가 이루어지리라. 세상에 불가능은 없다. 청년 조자룡에게 불가능은 없었다. 불가능한 일이 있다면 실제로 불가능한 게 아니라 마음이 변했거나 스스로 포기해서이리라. 과연 우물 안 개구리는 탈출에 성공할 것인가? 탈출한 개구리에게 세상은 만만할 것인가?

체련의 날

군에는 체련의 날이 있다. 체련은 체력단련의 준말이다. 학교에서 말하는 체육이 육체를 건강하게 성장하게 하려는 운동이라면 체련은 이미 성장한 몸을 강하게 연마한다는 의미다. 몸을 부딪치며 백병전하는 시대는 지났다. 몸 자체가 가장 효과적인 무기였던 시대는 지났으나 군인에게 튼튼한 몸은 여전히 중요하다. 무기체계에 따라 승부가 결정되는 현대전이더라도 무기체계 취급 정비를 신속하게 하기 위해서도, 어떤 긴박한 순간 재빠른 대처를 위해서도 기능이 뛰어난 신체가 필요하다. 군인은 보기에 아름다운 몸매를 유지할 필요는 없어도, 빠르고 강한 신체가 필수다.

명목상으로는 전 군에 일주일에 하루 체련의 날이 있다. 비행단에서는 유명무실하다. 비행단 주 임무는 비행 훈련이다. 비행은 날씨와 밀접하다. 요즘 전천후 전투기라고 하여 날씨와 무관하게 임무를 수행한다지만 제약이 많다. 악천후에도 임무를 할 수야 있겠지만 훈련 중 사고라도 나는 날이면 무위 전력손실이다. 항공기와 부품의 수명이 짧아진다. 특별한 일이 아니라면 우천 시에는 거의 비행 임무가 없다. 비가 오는 날 비행하지 않기에 비행단 체련의 날은 비 오는 날이다. 비행단에서 맑은 날 운동은 상상하기 어렵다.

공군본부 근무를 하면서 체련의 날 행사가 제대로 이루어졌다. 공군본부는 전투 임무 부대가 아니라 후방 행정 부대다. 군이 날씨를 고려할 이유가 없다. 수요일 오후는 육·해·공군본부 공통 체련의 날이었다. 체련의 날이 다르다면 회의나 행사 등 업무협조가 곤란하리라. 매주 수요일 오후는 계룡대 전체가 각 군 체육복 물결로 채워졌다.

군을 특정하는 말을 꼽자면 상명하복과 일사불란이다. 전투에서 승리하려면 개인의 기지나 용기보다는 통일된 행동이 중요하다. 전투에서 개인 차원의 효율이나 합리적 판단은 무의미하다. 오직 전체에 어떤 영향을 주는가가 중요하다. 어리석은 지휘관의 멍청한 판단이라도 어기는 것보다 따르는 게 전투에 유리하다. 상명하복과 일사불란이 철칙인 군에서 개인행동은 허락하지 않는다. 아무리 급한 일이라도 야근을 할지언정 체련 일과는 지켜야 했다. 체련의 날 일과는 체력단련이다. 체련 외 개인 업무는 규정 위반이다.

할 일이 태산이라도 수요일 오후 체련은 반드시 해야 했다. 바쁘다는 핑계로 사무실에서 업무하는 걸 허락하였다면 대부분 사람이 운동을 포기했으리라. 강제로 하는 체련이었으나 콘크리트 건물 밖에서 하는 육체 활동은 심신에 활력을 주었다. 오래 열심히 일한다고 효과가 큰 건 아니다. 사람은 종종 심신에 변화와 충격이 필요하다. 새로운 사물을 접할 때 체세포는 긴장하고 자기 임무를 되새긴다. 운동 후 야근은 따분하였으나 일주일 4시간 체련은 여러모로 도움이 되었다.

운동장 잡는 게 큰일이었다. 계룡대 육·해·공군 전 장병이 동시에 운동하려니 운동 시설이 적지 않았으나 충분하지 않았다. 연병장 체육관 테니스장이 엄청나게 많았으나 태부족이었다. 축구나 배구나 테니스를 하려면 대위 두셋은 미리 점심을 먹고 점심시간에 운동장을 선점하였다. 모든 부서가 같은 실정이었으므로 매번 운동장을 잡을 수는 없다. 큰 문제였으나 계룡대에는 계룡산이 있었다.

체련의 날 거의 절반 병력은 계룡산 등산을 하였다. 운동장 부족이니 어쩔 수 없는 선택이었으나 체련에는 오히려 등산이 제격이다. 구기 운동은 재미있으나 체력 보강에는 한계가 있다. 지구력과 심폐 능력 향상에는 등산이 최고다. 운동장을 잡기 위해서 누군가 고생하지 않아도 된다. 공군본부에서 근무하는 동안 거의 매주 계룡산에 오르다시피 했다.

계룡산은 천 미터가 넘는 큰 산이며 뛰어난 풍광으로 유명하다. 계룡대가 들어서면서 많은 무속인이나 수도자가 쫓겨났고 계룡산 절반이 통제되었다. 계룡대를 한눈에 내려다볼 수 있는 천왕봉은 민간인 통제구역이다. 민간인은 단 한 번도 가보지 못했을 계룡산 천왕봉을 밥 먹듯이 오르내렸다. 오르는 데 두 시간, 내려오는 데

한 시간 총 세 시간이면 충분했다. 평소에 즐겨 하지 않던 등산의 묘미를 계룡대에서 깨달았다.

체련의 날에 운동만 한 게 아니다. 간혹 인근 하천에서 천렵도 했다. 천렵(川獵)은 냇가에서 물고기를 잡는 것이다. 운동과는 무관하였으나 체련과는 통한다. 많은 구기 종목 기원이 사냥과 연관이 있다. 운동을 따로 하지 않던 시절에 사냥만큼 좋은 운동이 있겠는가? 천렵은 물고기 사냥이다. 체련 활동은 부서장 재량에 맡겼으므로 할 수 있었던 천렵이다. 어항을 몇 개 놓고 낚시하거나 한담을 즐기는 낭만이 있었다. 매운탕이나 라면을 끓여서 소주 한잔하는 기분은 최고였다.

공군본부는 좋았다. 업무 강도가(대부분 스스로 원해서 하는 것이었으나) 비교할 수 없을 정도로 강한 점만 제외하면 모든 게 좋았다. 공군본부에 근무한다는 사실만으로도 선배 장교에게 인정받았고, 계룡산 아래 유원지 못지않은 아름다운 환경에서 사는 게 좋았으며, 체련의 날 계룡산 등산도 좋았다. 진달래 피는 봄이나 만산홍엽으로 물든 가을에 계룡산에 오르는 건 누구나 누릴 수 있는 호사가 아니다. 군인이 아니라면 누가 일과 중에 감히 운동을 상상할 것인가? 비행단이라면 화창한 날씨에 운동할 꿈이라도 꾸겠는가? 청년 장교 조자룡은 운이 좋았다. 가을날 천렵은 체련의 날 화룡점정이었다.

빨간 프라이드

계룡대 환경은 최상이다. 넓고 깨끗하고 아름답다. 계룡대를 둘러싸고 있는 기기묘묘하며 웅장한 계룡산은 인공 건물의 삭막함을 바로잡아 천연의 아름다움을 보여준다. 새벽 일찍 출근할 때는 마치 등산이나 산책하는 기분이다. 다 좋은데 문제는 거리가 좀 멀다는 게 흠이었다.

발전 가능성을 염두에 뒀겠지만, 계룡대의 첫인상은 깔끔하고 아름다웠으나 지나치게 넓었다. 영내 숙소에서 본청까지 이 킬로미터 정도였고, 가까운 상가까지는 육 킬로미터, 본청에서 상가까지는 사 킬로미터 거리다. 걸어서 출퇴근하는 데는 큰 문제가 없으나 휴무일에 끼니를 때우는 게 문제였다. 숙소에서 육 킬로미터를 걸어 상가에서 밥 먹고 돌아오면 다음 끼니 걱정을 해야 했다.

광주 비행단에서는 이동 수단이 자전거였다. 지휘관·참모 차량을 제외하면 운행하는 차량이 거의 없었다. 도로는 거의 자전거

전용이나 마찬가지였다. 일부 행정 부서 출퇴근 버스를 이용하는 사람을 제외하면 위관장교나 부사관의 이동 수단은 대부분 자전거였다.

계룡대는 사정이 달랐다. 우선 산기슭에 있다 보니 길이 오르막과 내리막 경사가 심하다. 아직 산악자전거가 유행하지 않을 때다. 기어 자전거가 드물었고 값이 비쌌다. 자전거 전용도로가 없는 상태에서 차량의 운행도 너무 빈번했다. 계룡대는 자전거로 이동하기에는 적절하지 않은 환경이다.

이동 거리가 멀고 자전거를 이용할 수 없다면 자가용 승용차 구매를 검토해야 하나 차량 가격이 부담이었다. 소위 임관할 때 했던 '조자룡은 절대로 자가용을 사거나 골프를 하지 않는다'라는 다짐 중 자가용을 사지 않는다는 마음은 버린 지 오래다. 세상은 빠르게 변하고 있었다. 1989년에는 자가용을 가진 사람이 드물었지만 1993년에는 이미 반반이었다. 한국은 세계에서 가장 빠르게 변하는 사회다. 경제성장뿐만 아니라 민주화, 정보화, 저출산, 고령화 등 모든 게 기록적이다. 빠르게 변하는 사회에서 대처하는 방법은 스스로 더 빨라지는 것이다. 도보에서 자전거로, 자전거에서 자동차로 이동 수단이 빠르게 바뀌는 마당에 어떤 명목으로든 걷는 걸 고집하는 건 현명한 생각이 아니다. 아니 어쩌면 삶을 포기하는 것인지도 모른다.

당연히 자가용을 구매해야 하나 최대한 튼튼한 다리에 의지해 버티기로 하였다. 멍청한 생각이었다. 때는 8월이다. 아침저녁으로 출퇴근할 때는 그나마 괜찮다. 휴무일 점심 식사를 위하여 육 킬로미터 콘크리트 도로 위를 걷는다고 생각해보라. 옷이 흠뻑 젖어서 사우나를 한 꼴이었다. 그래도 2개월 이상 버텼다. 10월이 되자 낮 더위뿐 아니라 아침저녁 서늘한 날씨도 문제였다. 가을은 그럭저럭 지나가더라도 한겨울 혹한을 이겨내기는 쉽지 않을 것 같았다. 계룡은 남쪽의 광주와는 겨울 날씨가 다르다.

처음부터 차를 구하는 게 현명하였으리라. 이미 늦었지만 몇 달 더 고생하고 차를 산다고 하여 경제적으로 큰 이익이 아니리라. 마침내 자동차 구매를 결정하였다. 어떤 차를 살 것인가? 자본주의 사회에서 선택은 너무나 어렵다. 차량 종류가 서너 가지뿐이라면 가격, 운영 유지비, 외관을 고려하여 쉽게 선택할 것이다. 차량 규모와 차종과 가격이 너무나 다양하고 촘촘하게 얽혀 있어서 어떤 차가 내 차로 적합한지 판단하기 어려웠다. 사무실 선배 조언을 구해도 사람마다 견해가 달랐다.

운전이 미숙하므로 중고차를 살 것인가? 속아서 사면 오히려 손해라는 사람도 있고 1년쯤 중고차 운영이 효율적이라는 사람도 있었다. 1년에 100만 원이나 200만 원을 버린다는 게 아까워서 신차로 결정하였다. 여러 날 고심 끝에 결정한 내 첫 애마는 기아자동차 빨간 프라이드였다.

차종은 운전자의 신분과 재력을 상징한다. 비효율과 허례허식을 끔찍하게 싫어하며 사치와 허영을 자랑이 아니라 골 빈 연놈이라고 속으로 욕한 나의 당연한 선택이었다. 학교에서 배운 대로 근면, 검소, 성실을 최고 미덕으로 알던 때다. 사치와 허영이 싫어서 내린 결정이라고 자위하였으나 사실은 그것이 내 현실이었다. 사실 무리한다면 엘란트라나 소나타를 살 수도 있으리라. 500원, 1,000원 차이로 점심 식사를 고민하듯이 그렇게 간단한 문제가 아니다. 차량 가격뿐만 아니라 기름값, 세금, 부품 교체비까지 모든 게 상승한다. 보통 사람은 높은 신분이나 많은 재산을 우습게 생각하지만, 막상 그 단계를 뛰어넘는 건 쉽지 않다. 프라이드가 내 수준에 맞았다. 관운장의 '자부심'을 숭상하는 내게 '프라이드'라는 이름도 적당하였다.

　1993년 기아 빨간 프라이드를 475만 원에 샀다. 어떤 절차를 거쳤는지 모르지만, 딜러가 차량 등록까지 마치고 토요일 오후에 계룡대 남부상가까지 차를 끌고 왔다. 운전이 서툴지만 일단 남부상가에서 계룡대 독신자 숙소까지 육 킬로미터를 운전해야 한다. 호기롭게 운전대를 잡았으나 운전이 마음대로 안 되었다. 1992년 면허를 딴 후 첫 운전인 셈이다. 면허시험 때 주행 평가에서 차선을 물어 탈락을 걱정할 정도로 억지로 딴 면허증이다. 당시에는 도로 주행이 의무가 아니었다. 내가 가진 건 사실상 살인 면허증이었다.

　다행히 토요일 오후라서 도로에는 단 한 대의 차량도 없었다. 초보운전자도 충분히 운전할 만한 상황이었으나 나는 초보운전에도 미치지 못했다. 차선이 넓은 왕복 4차선임에도 중앙선을 오갔다. 시속 이십 킬로미터로 운행하는데도 우측으로 쏠려서 좌측으로 꺾으면 중앙선을 침범하고, 놀라서 우측으로 꺾으면 인도에 접근하는 식이었다. 500여 미터를 가다가 도저히 안 되겠다고 판단해서 절친한 선배에게 전화하였다.

"선배님, 차를 샀는데 운전을 못 하겠습니다. 제2정문 사거리 부근에 차를 세워두었는데 선배님이 BOQ까지 좀 끌어다주이소."

"뭐? 차를 샀는데 운전을 못 해? 운전도 못 하는 사람이 차를 우예 샀노?"

"면허증 땄으니 살살 하면 될 줄 알았는데 영 안 됩니다. 번거롭더라도 오셔서 옮겨주십시오."

같은 공군 1년 선배로 ROTC 1년 차 때 금오산에서 맞고 때린 인연이 있는 박종민 선배에게 부탁하였다. 선배는 전산 특기로 소위 때부터 중앙전산소에서 근무하고 있었다. 중앙전산소는 계룡대에 있으나 공군본부 소속은 아니다. 공군본부 정보통신참모부 지휘를 받는 예하 부대다. 오백 미터를 이동하는 데 진땀을 뺐으나 선배는 단 몇 분 만에 BOQ로 차를 옮겨놓았다. 운전을 대수롭지 않게 생각하였으나 내가 못하는 걸 쉽게 하는 걸 보니 선배가 대단해 보였다. 위대한 사람은 내가 할 수 없는 일을 하는 사람이다.

차를 샀으나 이용할 수 없었다. 그날부터 운전 연습을 시작하였다. 우선 BOQ 주차장에서 가다 서기를 반복하며 주차를 연습하였다. T자 주차와 1자 주차를 반복하고 직선 주행과 곡선 주행, 오르막 정지 후 출발을 연습하였다. 평일에는 주행 중인 차가 있기에 연습하지 못하고 아무도 없는 주말에만 연습하였다. 주말에 계룡대 안을 수십 차례나 도는 연습 끝에 차량 구매 후 2주 후에야 처음으로 차량을 이용하여 출근하였다.

계룡대에 처음 전속 와서 근무하면서 계룡대를 설계한 사람을 심하게 욕했었다.

"어떤 놈인지 제 돈 아니라고 아무 생각 없이 설계했네. 본청 주변 반경 오백 미터가 전부 주차장인데 차량은 겨우 몇 대뿐… 이렇게 만들어놓고도 처벌받지 않나? 이 넓은 땅을 어떻게 재활용하나? 그러려면 또 얼마나 많은 돈을 들여야 할꼬?"

그럴 만도 한 게 본청을 둘러싼 사면이 주차장인데 차량은 본청 동서남북 네 정문 주변에만 주차하고 있었다. 차량이 주차장을 차지한 면적은 십 퍼센트도 채 되지 않으리라. 사람은 입안에 숨겨진 도끼를 조심해야 한다. 모든 화는 혀에서 비롯한다. 다른 사람 듣는 데서 쌍욕을 해댄 나였으나 이듬해 놀랄 일이 벌어졌다. 1993년에는 텅텅 비다시피 한 주차장이었으나 1994년 가을이 되자 출근 후에는 주차장이 꽉 차서 도로에 주차하는 상황이 벌어졌다. 모든 사람이 자가용을 이용할 걸 예상해서 충분하게 만든 주차장이었으나 부족하다는 것이 밝혀졌다. 주차장 설계자에 대한 내 불평과 욕설은 완전한 잘못이었다. '쥐뿔도 모르면서 함부로 욕해서 죄송합니다.' 마음속으로 사과할 수밖에 없었다.

다행히 내가 자가용으로 출근하기 시작할 때는 여전히 주차장이 넓은 공터였다. 내가 근무하던 무장전자처는 서문 쪽이었는데 좀 멀더라도 차량이 전혀 없는 데 주차하고 걸었다. 차량을 이용한다기보다는 운전 연습이었다. 계룡대에는 신호등이 없었다. 신호등이 있는 시내로 나가기 전에 충분히 연습해야 하리라. 사고라도 난다면 새 차가 부서지는 게 문제가 아니다. 무고한 인명이 손상될 수 있다. 사람의 목숨은 소중하다. 내 운전 미숙으로 다른 사람에게 누가 되어서는 안 되리라.

첫 시내 운전

훈련은 힘들다. 연습은 지루하다. 축구를 좋아하는 사람도 훈련은 힘들고, 골프를 좋아하는 사람도 무한 반복해야 하는 연습은 지루하다. 기초체력 보강을 위한 강화 훈련은 체력의 한계를 높이는 일이다. 힘들 수밖에 없다. 절묘한 기술을 습득하기 위해서는 몸이 자동으로 반응하게 해야 한다. 어떠한 상황에서 적당한 힘과 방향으로 저절로 몸이 반응하게 하기 위해서는 익숙해질 때까지 되풀이해야 한다. 실전이 아닌 훈련이나 연습이 힘들고 지루할 수밖에 없는 이유다.

어느덧 운전 연습 한 달이 지났다. 처음 2주간은 계룡대 영내에서도 차량 운행이 전혀 없는 주말에만 연습하였고, 이후에는 영내 출퇴근 및 짬짬이 주차와 오르막 출발 연습을 하였다. 오르막 출발이 어려운 건 당시 차량은 모두 수동이었기 때문이다. 자동 변속 차량은 출발할 때 뒤로 밀리는 일이 없지만, 수동 변속 차량은

1단 출발을 위하여 변속 페달을 밟은 상태에서 오른발을 브레이크에서 가속페달로 옮겨야 하는데, 그 짧은 시간에 경사가 심한 곳에서는 뒤로 쭈욱 밀린다. 차량이 촘촘하게 이어진 시내에서 그런 일이 발생하면 낭패이리라.

한 달 내내 혼자서 연습하려니 지루하다. 하루빨리 시내 운전에 적응하여 시내외 드라이브를 즐기고 싶다. 처음 하는 시내 운전에 겁이 났지만, 언제까지나 연습만 할 수는 없다. 누구에게나 처음은 있다. 해봐야 경험이 되지 않겠는가? 11월 어느 토요일 오후 마음을 단단히 먹고 대전 시내 운전에 도전하였다.

계룡대에서 서대전까지는 한산하다. 당시만 해도 차량이 드물었다. 문제는 서대전에 진입하여 본격적인 시내 운전을 할 때다. 계룡대 영내 제한속도 시속 사십 킬로미터 이내 주행만 하다가 육십 킬로미터로 달리려니 우선 정신이 없다. 고속(?)에서 차선 변경이라도 할라치면 신호등과 앞차 거리에 신경 쓰면서 따라오는 차와 옆 차선 차량의 속도와 거리를 판단해야 하는데 그걸 알 수 없다. 룸미러와 백미러로 판단해야 하나 그걸 오래 들여다볼 시간이 없다. 깜빡이만 넣고 우물쭈물하고 있으면 뒤에서 천둥 같은 경적이 울린다.

차량 뒷유리에 초보운전 딱지를 큼지막하게 붙여 놓았건만 뒤차는 인정사정없다. 차선을 변경하려니 부딪칠 거 같고, 그냥 그대로 계속 가면 가려는 길이 아니다. 뒤차는 차선 변경을 하든 그냥 가든 빨리 결정하라며 독촉이니 그야말로 죽을 맛이다. 지금이라면 뒤차가 뭐라 하든 여유 있게 운전하겠지만 그때는 아니었다. 시내에 들어온 지 몇 분 되지 않아 온몸이 땀으로 흥건하게 젖었다. 차가 그렇게 빽빽한 상황에서도 전후좌우 상황을 살피면서 규정 속도를 초과하여 고속 질주하는 차량은 내가 보기에는 묘기였다. 태연하게 묘기 부리는 대부분 운전자가 존경스러웠다.

서대전에서 대전역을 가려면 긴 고가도로가 있다. 차선 변경도 힘겨웠으나 사실 겁낸 건 고가도로다. 길이가 수백 미터 되는 긴 고가도로기에 중간에 설 가능성이 있다. 차를 세우고 싶지는 않았지만, 신호에 걸리면 서야지 별수 있겠는가? 제발 내가 고가도로를 지날 때까지만 신호가 바뀌지 말기를 간절히 바랐지만, 신은 내 편이 아니다. 하긴 믿지도 않는 신이 내 편이겠는가? 고가도로에 접어들기 무섭게 앞차가 서기 시작했다. 순식간에 수백 미터 고가도로에 주차장처럼 차가 꽉 들어찼다.

걱정하던 일이 일어났다. 계룡대 오르막에서 수없이 연습했던 오르막 출발을 실수 없이 해내야 한다. 오르막 출발을 제대로 하지 못한다면 수백 대의 차량에 엄청난 피해를 주게 되리라. 앞차가 움직이기 시작했다. 오른발은 브레이크를 밟은 상태에서 왼발로 클러치를 밟고 1단을 넣었다. 이제 오른발을 브레이크에서 순식간에 떼서 액셀러레이터로 옮겨야 한다. 연습한 대로 재빠르게 발을 옮겼으나 차는 전진하지 않고 후퇴하였다. 경사가 생각보다 심했던가 보다. 출발하려던 뒤차가 기절초풍하여 경적을 울려댔다.

경적을 울리지 않더라도 후진하는 차를 멈추기 위하여 이미 브레이크로 오른발이 돌아온 상태였다. 몇 번을 뒤풀이하였으나 차는 나아가지 않았다. 처음 경적을 울리던 뒤차는 상황을 파악한 듯 느린 속도로 내 차와 멀리 떨어지도록 뒤로 물러났다. 기이한 일이다. 오른쪽 2차로는 씽씽 고속 질주하는데 내 차 앞 1차선은 무풍지대, 뒤로는 수백 대가 조금씩 뒤로 움직이고 있었다. 이런 사고를 막기 위해서 한 달 내내 연습하였으나 물거품이었다.

당황하여 어쩔 줄 몰라 하는 사이 2차선에도 차가 들어차기 시작했다. 그새 신호가 바뀐 것이다. 나 때문에 1차선에 있던 차들은 옴짝달싹하지 못했다. 문제였다. 한 번 신호가 바뀐 게 문제가 아니었다. 다음 신호에는 또 어떻게 한단 말인가? 앞선 신호에 가지 못한 차가 다음 신호에는 가겠는가? 초조와 조바심으로 심장이 터질 듯하였다.

다시 차가 움직이기 시작했다. 이번에는 단번에 성공해야 하리라. 마음을 굳게 하고 오른발을 재빨리 놀렸으나 허사였다. 또다시 후진. 어쩔 줄 몰라서 땀을 삘삘 흘리고 있는데 2차선에 차가 한 대 정차하였다. 창문을 통해 보니 유리 창문을 내리라고 연방 수신호를 보내고 있었다. 창문을 내리니 대뜸 한마디 하였다.

"사이드 브레이크 잡아요!"

"아, 예, 잡았습니다."

"1단을 넣고 액셀러레이터를 밟아요. 부웅부웅 큰 소리가 날 때까지. 자, 이제 사이드 브레이크를 서서히 내리면 차가 앞으로 나갈 겁니다. 천천히 사이드 브레이크를 내리세요."

시키는 대로 하자 정말 차가 뒤로 밀리지 않고 앞으로 나가는 것이었다. 그가 누군지는 모른다. 처음 본 사람이고 또 다른 대화를 할 여유가 없었다. 수백 대 차가 도로에 서서 오가지 못하는 걸 보고, 가던 길을 멈추고 조언한 것이다. 아, 내게는 정말 고마운 사람이었다. 당시 심정으로는 생명의 은인 못지않았다. 나 때문에 움직이지 못한 수백 대 차량 운전자 심정은 어땠겠는가? 나는 쥐구멍에라도 들어가고 싶은 마음이었다. 그 어려운 고비를 무사히 넘기게 한 사람이 은인이 아니라면 누가 은인이겠는가? 알 수 없는 대전 시민에게 진심으로 감사한다. '감사합니다. 평생 복 받을 겁니다.'

첫 시내 운전은 지옥이었다. 어차피 언젠가 맞닥트릴 바에야 조금이라도 일찍 이겨내자고 다부지게 마음먹었으나 시내 운전은 상상 이상의 시련이었다. 세상은 만만하지 않다. 다른 사람이 쉽게 하는 일이라고 나에게도 쉬운 건 아니다. 모두가 하는 결혼이나 육아라고 쉽지 않은 것과 마찬가지다. 오만방자한 마음을 버려야 한다. 겸손해야 한다. 첫 시내 운전은 내 과대망상을 약간 누그러뜨리게 했다.

나 같은 사람이 많아서였을까? 언젠가부터 도로주행이 필수가 되었다. 운전면허증을 따고도 일정 시간 도로주행을 법으로 강제한 것이다. 차량이 무서운 속도로 증가하는 만큼 전 세계에서 교통사고율도 1위였다. 그래서 없던 법이 계속 생겼다. 얼마 후에는 음주운전도 법으로 금지한다. 그 한 번의 엄청난 시련 후에는 아무리 심한 오르막이라도 출발하는 것이 어렵지 않았다. 사이드 브레이크를 잡은 상태에서 가속페달을 힘껏 밟고 사이드 브레이크를 천천히 내리면 차는 부드럽게 출발한다. 세상에 공짜는 없다.

독일 병정

역사상 최강의 군대는 로마군과 몽골군이다. 완벽한 시스템을 자랑했던 로마군은 병참과 규율로 전투에서 승리했다. 모든 길은 로마로 통한다는 말이 있을 정도로 로마군이 지나가면 길이 생겼다. 백인대를 기준으로 로마군단 편성부터 행군, 숙영, 병참은 정해진 절차대로 진행되었고, 등에 칼을 맞고 죽는 걸 가장 큰 불명예로 여겼다. 전투에 불리하더라도 여간해서는 패주하지 않았다. 죽기를 각오하고 싸우는 군대를 쉽게 이길 수 있겠는가? 로마군은 병참과 규율로 당시 알려진 세계 거의 전부를 장악했다.

칭기즈칸과 그 후예는 현재 기준으로 지구 육지의 4분의 1을 점령하였고, 당시에 알려진 거의 모든 세계를 정복했다. 유럽과 북아프리카, 일본과 베트남 정도가 점령하지 못한 땅이었다. 몽골군의 신무기는 말이었다. 전원 기마무사였고 심지어 원정 때는 한 사람이 네 필의 말을 끌고 갔다고 한다. 지친 말을 교대로 타고 이동하기 위해서다. 기병은 현대전의 전차나 전투기 역할을 했다. 몽골은 말과 활로 전 세계를 정복하다시피 했다.

현대 군사력 최강은 미국이다. 돈이 기준이 되는 자본주의 시대에 미국 국방 예산은 나머지 모든 나라를 합한 것보다 많다. 압도적인 비용으로 새로운 무기체계를 개발해서 운영하므로 다른 나라가 따라가기 어렵다. 군인 개인 능력 차이가 아니라 경제 규모의 차이다. 몽골군이 차별화된 무기체계로 세계를 압도한 것과 유사하다.

비슷한 조건에서 가장 강했던 군대는 독일군이다. 마치 로마군과 흡사하다. 2차 대전에서 비슷한 규모로 무장했던 프랑스군을 단기간에 격파했고, 규모에서 밀리지 않았다면 미국, 영국, 소련 연합군에 패하지 않았을 것이다. 영토, 인구, 자원 모든 면에서 비교되지 않았다. 처칠의 노벨문학상 수상 작품인 「제2차 세계대전」에 따르면 북아프리카 전투에서 이탈리아군 두 배가 영국군을 상대했고, 영국군 두 배가 되어야 독일군 상대가 되었다. 규율과 장비와 전술에서 영국군은 독일군의 상대가 되지 않았다. 북아프리카에서 벌인 독일군 사막의 여우 롬멜과 영국군 몽고메리 장군의 일진일퇴 전차전은 전사에 유명하다. 히틀러라는 과대망상중 환자의 억지스러운 진두지휘로 패전하였으나 독일군은 현대전 최강자였다.

비행단의 체육대회는 본부에서도 있었다. 경쟁에서 지고 싶은 사람이 있겠는가마는 생존 조건이 승리인 군에서는 더하다. 승자가 있으면 패자가 있기 마련이건만 군에서는 패배를 부정한다. 그러니 체육대회는 말뿐이고 체육 전쟁이 된다. 지나고 보니 부질없는 소꿉장난 같으나 당시에는 필사적이었다. 인정받기 위한 수단은 여러 가지다. 업무 능력으로 평가받는 게 옳은 방법이겠으나 개인 성격과 취향은 다양하다. 운동이나 음주로 평가하는 사람도 있게 마련이다. 그러니 업무 능력이 탁월하더라도 완전한 건 아니다. 회식과 운동에도 전심전력을 쏟을 수밖에 없는 이유다.

공군본부는 바쁘다. 중요한 일이 많기도 하였지만 스스로 우뚝 서기 위한 노력은 쉴 시간을 없게 했다. 그러니 새벽부터 밤늦게까지 일하는 것이다. 단순히 한 건 처리하는 게 아니라 가장 완벽하게 처리하려는 욕망은 스스로 힘들게 한다. 공군본부에는 각 분야에서 소위 잘나간다는 사람이 모인 집단이다. 오늘은 과장이지만 5년 후에는 처장이고 10년 후에는 부장이다. 직속상관 혹은 사무실 상급자에게 찍히기라도 하는 날이면 미래가 없으리라. 정신 나간 사람이 아니라면 소령이나 대위는 일 속에 파묻혀 살았다.

가을이 되자 공군본부 전체가 체육대회 분위기로 술렁거렸다. 바쁘다는 핑계는 먹히지 않았다. 하긴 모두가 야근하는 판에 바쁘지 않은 사람이 있겠는가? 체육대회 준비를 위하여 만사를 제쳐두어야 했다. 오후 세 시부터 다섯 시까지가 훈련 시간이었다. 밤 열두 시까지 야근해야 하는 사람도 예외 없었다. 소령 이하 전 장병은 부서별 종목별 지정된 훈련 장소에서 비지땀을 흘려야 했다.

무장전자처에 김영준 소령이 있었다. 재능이 엄청나게 탁월하지는 않았으나 끈기와 노력은 타의 추종을 불허하였다. 새벽부터 밤

늦게까지 항상 열심히 일하였다. 내가 보기에 쉬는 시간은 저녁 식사 후에 하는 샤워가 전부였다. 재능이 평범하면서도 늘 앞서기를 바랐던 나와 닮은 점이 있었다. 운동 신경이 뛰어나지 않으면서 열심히 하는 것도 비슷하였다. 축구할 때는 김 소령과 부딪혀 부상하는 일이 비일비재하였다. 전속력으로 달려가더라도 마지막 순간에 공의 위치에 따라 행동을 조절해야 했으나 통제가 안 됐다. 공과 무관하게 충돌하는 일이 허다했다.

김 소령 별명이 독일 병정이었다. 영화에서 보면 독일군이 제일 멋있다. 전투도 잘하지만, 제복이나 자세도 훌륭하다. '하일 히틀러'를 외치는 독일군 동작이 박력 있다. 바짝 든 군기에 한결같은 성실함, 제어가 안 돼 곤란하더라도 시종 거침없는 운동 태도에서 김 소령 별명은 독일 병정이었다. 물론 후배인 처지에 함부로 별명을 말할 수는 없었다. 선배나 동기가 하는 말을 들어서 알 뿐이다.

군수참모부에서는 부서별로 운동 종목을 할당하여 책임지게 하였는데 무장전자처 담당은 줄다리기였다. 소령 중 최선임자인 김 소령이 책임자가 되었다. 최선임자가 아니더라도 타고난 성실함과 열정은 책임자로 적합하였다. 군수참모부는 줄다리기에서 최고 책임자를 고른 셈이다.

모든 운동은 연습이 중요하다. 뛰어난 개인 기량이 있더라도 팀원과 조화를 이루지 못한다면 제 실력을 발휘할 수 없다. 개인차를 고려하여 위치와 임무를 정해야 한다. 연습은 모든 종목에 필요하나 줄다리기는 특히 그렇다. 흔히 줄다리기는 힘이 전부인 걸로 착각하나 줄다리기야말로 기술과 전술, 전략이 필요하다. 체력보다 호흡이 중요하다. 전체의 힘을 모아 직후방으로 집중시키는 능력은 반복 훈련밖에 없다.

가장 중요한 건 선수를 모으는 일이다. 출장, 휴무, 회의 등 이런저런 사유를 다 들어주면 모일 인원이 없다. 일단 명단을 작성하고 예외 없이 나오도록 통보하였다. 김 소령은 연병장에서 출석부터 불렀다. 빠진 사람 사유는 부서장에게 반드시 확인하였다. 선수로 뽑히지 않은 사람은 응원단이었다. 응원단도 모두 나와야 했다. 선수보다 응원이 중요하다고 했다. 응원하는 사람이 있어야 더 힘이 나는 건 사실이지만, 선수가 아니라도 빠지지 않는 연대감이 중요하다. 선수 아닌 사람이 훈련에 빠진다면 누가 선수로 나서겠는가? 나는 줄다리기 선수급 체력이 되지 않았음에도 한 차례도 빠짐없이 연습에 참여해야 했다. 연습은 실전같이, 응원단은 선수와 한 치의 오차도 없는 응원 동작과 구호를 반복 훈련했다.

줄다리기는 힘의 집중 싸움이다. 전원이 균일한 대오와 같은 동작으로 순간 힘을 집중해야 한다. 그걸 일치하게 하는 게 구호다. 줄다리기 구호는 각양각색이다. 사람에 따라 주장하는 바가 다르다. 김 소령은 다양한 구호에 맞춰 훈련하게 했다.

"앗! 앗! 앗!" - 1초 간격

"의쌰, 의쌰, 의쌰" - 2초 간격

"영차, 영차, 영차" - 3초 간격

"의쌰 핫 둘, 의쌰 핫 둘, 의쌰 핫 둘" - 4초 간격

이런저런 줄다리기 이론을 설명하였으나 정확히 이해할 순 없었다. 2초나 3초 간격으로 하는 줄다리기 구호는 경험하였으나 차이를 알 수 없었다. 어쨌든 군수참모부 다른 종목별 선수가 아닌 사람은 모두 줄다리기 훈련장에 나와야 했다. 절반은 선수로, 절반은 응원단으로. 줄다리기 훈련은 사람이 부족해서 못 하는 경우가 많다. 군수참모부는 독일 병정의 독단적 열정으로 그런 일이 없었다. 두 팀으로 나눠서 훈련할 인원을 모으는 것, 그것이 책임자의 첫 번째 임무였다. 김 소령은 완벽하였다.

군수참모부가 가을 체육대회에서 우승하였다. 여러 종목에서 선전하였으나 줄다리기는 압도하였다. 구호를 달리하며 경기에 임했으나 내가 보기에 구호 종류는 의미가 없었다. 정확한 동작으로 응원단과 혼연일체가 된 선수단을 상대할 적수는 없었다. 참여하는 인원이 많은 줄다리기와 릴레이 점수가 가장 크다. 줄다리기 우승으로 처장님은 부장님께 면목이 섰고 김 소령은 대내외에 그 위상을 알렸다. 독일 병정다운 기개를 보여주었다. 역시 노력은 재능을 이긴다.

독일 병정 김 소령에게 배운 바가 많다. 나는 살아오면서 열심히 경쟁하였다. 든든한 배후가 없었기에 모든 걸 내 힘으로 해결해야 했다. 재능이 탁월하지 못한 사람이 할 일은 노력뿐이다. 나는 최대한 노력했다. 아니, 노력한다고 생각했다. 김 소령을 보니 아니었다. 후보 선수까지 명단을 만들어 출석을 부르고, 선수 아닌 응원단 명단까지 확인하는 열성에 혀를 내둘렀다. 세상은 넓다. 독특한 사람이 많다. 엄청나거나 위대한 사람이 눈에 띄지만 그게 전부가 아니다. 공군본부 체육대회에서 줄다리기가 무엇인지 알았다. 줄다리기는 축구와 더불어 내게 가장 인상적인 종목이 되었다.

자동차 길들이기

선무당이 사람 잡는다는 말이 있다. 어설프게 아는 지식으로 일을 추진하다가 큰 낭패를 볼 수 있다는 말이다. 맹자의 말대로 사람은 측은지심이 있다. 초보에게는 누구든 달려들어 도움을 주려 애쓴다. 운전이나 골프를 시작하려는 사람에게는 무수한 선배 멘토가 달라붙는다. 본인 실력이 대수롭지 않음에도 초보자의 무지와 어설픈 행동이 안타깝다. 자신이 아는 최대한의 지식과 경험을 전하려고 애쓴다. 약자나 초보자를 불쌍하게 여기는 측은지심은 좋은 것이다. 문제는 정확하지 않은 지식이나 정보를 주는 데 있다.

첫 대전 시내 운전에서 곤욕을 치른 지 어언 한 달이 지났다. 운전석을 바짝 끌어당겨서 목을 쭉 빼고 전방을 주시하던 초보자의 뻣뻣한 자세가 다소 부드럽게 바뀌었다. 룸미러와 백미러를 통해서 뒤따라오는 차량의 거리와 속도를 대략 짐작하였다. 일단 운전에 자신이 붙자 쓸데없이 멀리 싸돌아다녔다. 내비게이션이 없을 때다. 길도 익힐 겸 운전 연습도 할 겸 겸사겸사(兼事兼事)였다. 시간 날 때마다 차를 끌고 방황하다 보니 운전에 자신이 붙었다. 새로운 시도를 해야 할 때가 다가온 것이다.

차를 살 때 사무실 선배가 이런저런 주문을 하였는데 운전에서도 마찬가지였다. 사람은 각자 자신만의 경험이 있다. 운전은 위험하다. 저마다 죽을 고비를 넘긴 사연이 있다. 차량 관리에는 요령이 있다. 선배가 초보자에게 알려주고 싶은 정보는 무한하다. 지능이 탁월하지 못한 데다 용량마저 넉넉하지 못해서 받아들이기에 충분하지 않았으나 선배 훈수는 끝이 없었다. 한 달쯤 지나자 한 가지가 추가되었다.

"자가용은 처음에 잘 길들여야 해. 안전 운행한다고 너무 저속으로만 주행하면 나중에 속도가 안 붙어. 아무리 액셀을 밟아도 가속이 안 돼. 한 달쯤 지나면 고속주행을 하는 건 필수야."

한 사람만의 의견이 아니었다. 주변에서 자가용을 타는 대부분의 선배가 주장하였다. 한 사람 의견이라면 다시 생각해볼 여지가 있으나 다수 견해라면 따르는 게 좋다. 다다익선은 옳지 않고 과유불급이 진리에 가까운 말이지만, 측은지심에서 우러나오는 조언은 많은 사람 의견이 맞을 가능성이 크다. 한 달이 지나 운전에 자신이 붙었으므로 고속도로에서 시원하게 달려보고픈 마음도 있었다.

고속이라는 데서 오는 두려움이 있었으나 차량 구매 후 두 달, 대전 시내 운전 도전 후 한 달 만에 서대전 톨게이트를 통해서 고속도로에 진입하였다. 자가용으로 서울 본가 왕복에 도전한 것이다. 여러 선배가 고속도로 운전 시 주의 사항을 강조하였고, 스스로 고속에 대한 두려움이 있었으나 고속도로는 의외로 편하였다. 고속도로에서는 대전 시내 고가도로에서처럼 멈췄다 출발하는 곤란한 상황은 발생하지 않았다. 사무실 선배 조언대로 나는 마음껏 고속주행을 하였다. 차량 성능 향상을 위해서 시속 백오십 킬로미터로 달렸다. 대전에서 서울은 지척이었다. 자동차로 달리니 한 시간 남짓에 이미 서울 외곽에 도착하였다.

고속도로가 문제가 아니었다. 문제는 서울 시내였다. 지금도 많이 막히지만, 당시만 해도 서울 남부순환도로는 편도 2차선이었다. 차선에 비하면 차량이 너무나 많았다. 제한속도가 시속 육십 킬로미터였는지 팔십 킬로미터였는지 기억나지 않지만, 제한속도로 달릴 기회는 없었다. 대전에서 서울까지는 한 시간 남짓 걸렸으나 서울에서 서울까지는 두 시간 넘게 걸렸다. 한 가지 다행한 일은 전체적으로 차량 속도가 느렸으므로 이정표를 보기에는 쉬웠다는 점이다. 초행길이어서 신월동 우성상가를 찾기에 쉽지 않을 걸 걱정하였으나 그런 일은 없었다. 예상보다 시간이 길어졌을 뿐 서울 집에 도착하는 데 성공하였다. 이백 킬로미터 장거리 고속주행에 성공한 것이다.

사람의 기억은 제한적이다. 많은 사건 사고가 있더라도 기억하고 싶은 것, 충격적인 일만 추억이 된다. 많은 사람을 만나더라도 기억하는 건 극소수다. 취향에 따라 기억의 편식이 심하다. 모처럼 부모 형제를 만나서 많은 이야기를 나누었으리라. 내 빨간 프라이드는 우리 집안에서는 처음으로 장만한 승용차였으므로 차에 대한 에피소드가 많았을 것이다. 당시 부모 형제는 자가용이 없었다. 아무것도 기억에 없다. 기억나는 건 서울 갈 때와 대전으로 올 때 운전한 기억뿐이다. 첫 고속도로 도전에 대한 두려움에 더해 죽을 뻔했던 교통사고 때문이리라. 엄청난 충격은 사소한 기억을 삭제한다.

일요일 오후 일찍 서울 집을 나서서인지 남부순환도로가 집에 갈 때처럼 복잡하진 않았다. 토요일 오후 저녁 무렵 서울에 도착했으므로 더 교통이 혼잡했었던 것 같다. 서울을 빠져나오는데 한 시간이 채 걸리지 않았다. 예상보다 쉽게 서울을 벗어나 기분이 좋았다. 고속도로에 진입하자마자 고속주행으로 자동차를 길들여야 한다는 선배 말대로 시속 백오십 킬로미터로 질주하였다. 당시 프라이드 승용차 미터계는 백육십 킬로미터까지 표시되어 있었다. 말 그대로 최대한의 속도로 달린 것이다.

삼십여 분이나 달렸을까? 어느새 천안이었다. 이 정도면 충분히 차가 길들었으리라. 눈썹이 휘날리도록 달리다가 천안을 지나면서 이제는 여유 있게 가자는 생각이 들었다. 룸미러를 보니 뒤차는 아득히 멀리 있고 백미러를 보니 옆 차선에는 차가 없었다. 깜빡이를 넣고 1차선에서 2차선으로 차선을 바꾸는 순간이었다. '꽝' 소리와 함께 차에 충격이 왔다. 순간적으로 중앙분리대 쪽으로 차가 밀렸으나 두 손으로 운전대를 움켜쥐고 중심을 잡았다.

웬일인가 하고 우측을 바라본 순간이었다. 승용차 한 대가 4차선 도로 밖으로 달려나가다가 급히 핸들을 돌려 다시 1차선으로 돌격하였다. 그 차는 내 차의 조수석을 정면으로 충돌 후 중앙분리대를 들이받고 한 바퀴 빙그르르 돌아서 정차하였다. 그 상황에서도 운전대를 놓지 않고 중심을 잡는 바람에 큰 충격을 받았음에도 내 차는 중앙분리대에 충돌하지 않았다. 얼마쯤 가다가 비상깜빡이를 넣고 고속도로 1차선에서 정차하였다. 얼른 사고 차량으로 달려갔다. 완전히 고물 깡통으로 바뀐, 찌그러지고 구겨진 소나타에서 50대 중년 부부가 내리고 있었다.

"괜찮으십니까? 다친 데는 없습니까?"

"괜찮은 거 같습니다. 큰일 날 뻔했네. 너무 걱정하지 말아요. 괜찮을 겁니다."

내가 걱정하는 말에 사고를 낸 부부는 오히려 나를 걱정하는 투로 말했다. 잘 이해가 되지 않았으나 어쨌든 다행이었다. 산 지 6개월이 채 안 되었다는 현대자동차 소나타는 내 차와 두 번 충격 후 회전하면서 중앙분리대를 두 번이나 충돌하여 형체를 알아볼 수 없을 정도로 찌그러졌다. 차가 이렇게 박살이 났는데도 사람이 다치지 않았다니 얼마나 다행인가? 천우신조란 이럴 때 쓰는 말이다.

"가해 차량은 괜찮습니까?"

얼마 후 경광등을 울리면서 달려온 경찰이 내게 한 첫마디였다. 알 수 없는 일이었다. 나는 뒤차에 받혔다. 그것도 두 번씩이나. 그런데 내 차가 가해 차량이라니 이해할 수 없었다.

"아니, 제가 뒤차에 받혔는데 제 잘못입니까? 뒤차가 과속해서 그런 것 같은데요."

"과속해서 그런 건지는 알 수 없지만, 앞차가 차선 변경 중에 사고가 났기에 앞차 잘못입니다."

당시 나는 시속 백오십 킬로미터로 달리고 있었다. 빠른 속도로 움직이는 차량은 자유롭다. 뒤차 걱정하지 않고 차선을 변경해도 사고 날 염려가 없다. 뒤차가 백오십 킬로미터 미만으로 달렸다면 서로 접촉할 일이 없었으리라. 이것이 내 판단이었다. 그것은 정확한 판단이었다. 아마 소나타는 시속 이백 킬로미터 정도로 달렸으리라. 그러니 내 차를 들이받고 4차선까지 갔다가 돌아와서 직진 주행 중인 내 차 우측면을 재충돌한 것이다. 속도에 관한 한 내 생각이 옳았으나 교통경찰의 판단은 옳았다. 차선 변경으로 진행 중인 차량을 방해하지 않아야 한다.

차선 변경 전에 긴 시간 주변 차량 진행을 관찰해야 했으나 룸미러와 백미러만 보고 곧바로 차선 변경한 내 잘못이었다. 내 차 속도를 과신하여 나보다 더 빨리 달리는 차는 없으리라는 속단이 큰 불찰이었다. 차에는 보이지 않는 사각지대가 있다. 차량 양쪽 후미 부근에 있는 차는 룸미러에도 백미러에도 잡히지 않는다. 차선 변경 전 길게 주변 차량 진행 상태를 확인해야 하는 이유다.

사고를 당하여 죽을 뻔한 중년 부부는 비록 과속했을망정 내 운전 미숙을 간파하고 오히려 내가 놀랄까 봐 위로한 것이다. 경찰의 말에 순간적으로 의심하였으나 설마 알지 못하는 경찰이 나를 해코지하겠는가 하는 마음에 내 잘못을 인정하였다. 사고당한 중년 부부는 착한 사람이었다. 타인의 실수로 죽을 뻔했다면 누구라도 화를 내리라. 6개월 된 새 차가 폐차해야 할 정도로 망가지고 목숨 마저 위태로운 상황을 넘겼음에도 초보운전자의 심리적 충격을 걱정하였다. 당시에는 거기까지 생각이 미치지 않았으나 두 사람은 내게 은인이었다. 실수일망정 엄청난 피해를 준 사람을 탓하지 않을 사람이 몇이나 될까?

상대 차는 완전히 박살이 나서 견인차가 끌고 갈 때 탈 수조차 없었다. 중년 부부가 어떻게 고속도로를 벗어나 목적지에 이르렀는지 모른다. 내 차는 심하게 부서졌으나 운전은 가능하였다. 견인할 필요가 없었다. 문제는 상대 차가 2차로 내 차의 우측 앞문을 들이받아 유리창이 깨진 것이다. 때는 11월이라 창문을 열고 운전하기에는 너무 추웠다. 그래도 다른 방법이 있겠는가? 천안에서 계룡대까지 한 시간 이상을 덜덜 떨며 운전해야 했다.

월요일에 출근하여 전날 교통사고 이야기를 하고 차 길들이려다 죽을 뻔했다는 내 말에 사무실은 웃음바다가 되었다.

"우하하하! 누가 새 차는 길들여야 한다고 했어? 책임져야겠네."

"푸하하하! 이 사람아, 차 길을 들이더라도 차선 변경은 제대로 해야 하지 않는가? 차 길들이라고 한 게 잘못이 아니라 차선 변경할 때 사각지대를 살펴야 한다는 걸 알려주지 않은 게 잘못이구먼."

내 차를 수리하는 데만 1주일이 걸렸다. 살 때 475만 원이었는데 수리비만 300만 원 넘게 들었다. 견인 차량 없이 사고 현장에서 끌고 온 내 차가 그 모양이었으니, 완전히 찌그러진 깡통 꼴이었던 소나타는 물어보나 마나였다. 아마도 1,000만 원 가까이 들었으리라. 어쩌면 폐차했을지도 모른다. 소나타를 몰 정도이므로 가난한 사람은 아닐 것이나, 피해자에 다시 한번 미안한 마음이 들었다.

이후 초보운전자에게 하는 내 첫 번째 훈수는 차선 변경할 때 주의해야 할 자동차 사각이다. 룸미러나 백미러로 확인할 수 없는 사각이 존재한다는 점, 차선 변경할 때는 미리 주변 상황을 파악해야 하지만 변경 직전 목을 돌려 눈으로 사각 지점을 확인하라는 것이다. 차선 변경할 때 접촉 사고를 피하려면 룸미러나 백미러가 아닌 자기 눈으로 확인해야 한다. 운전면허 딴 아내에게 한 첫 번째 훈수도 차선 변경 요령이었다. 그 덕분인지 아내는 지금껏 교통사고가 없다. 호사다마는 운명이지만 전화위복은 의지다. 불행한 상황에서 행복을 찾아내는 것, 행복으로 전환하는 능력이 진정한 실력이다.

실수나 실패는 누구에게나 있다. 철저하게 원인을 규명해야 한다. 사고 원인을 되풀이하지 않을 교훈을 찾아내어 실천해야 한다. 인생에서 같은 종류의 실수나 실패를 단 한 번으로 막아낸다면 필경 성공하리라. 가능한 최대한의 성취를 이루리라. 나는 차선 변경 요령을 확실하게 터득했다. 그 대가가 너무 혹독했을 뿐이다.

퇴짜

　미로는 끝나지 않았다. 단 하나의 짝을 찾기 위한 방황은 끝나지 않았다. 하긴 생존과 번식을 지시한 유전자의 지엄한 명령이 삶의 목적이라면 죽을 때까지 이어지리라. 어떤 일이 있어도 포기하지 않으리라. 더구나 아직 이십 대 청춘 아닌가? 벌써 짝 찾는 걸 포기한다면 자신에 대한 예의가 아니리라.

　대전에는 금오공고 2년 선배인 8기 이강로가 살고 있었다. 강로 선배는 몇 안 되는 부여군 출신이라서 향우회를 통해 우정이 다져졌을 뿐만 아니라 심지어 임천중학교 직속 선배이기도 하다. 계룡대에서 근무한다는 걸 알자 연락해서 만찬을 베풀었다. 선배는 좋다. 이것저것 미지 세계의 위험을 알려주고 살뜰하게 챙겨준다. 젊은이에게 가장 중요한 당면 과제가 무엇인가? 짝 찾는 일이다. 선배 본인도 결혼하지 않은 처지였지만 동병상련 내 마음을 잘 알았다. 다짜고짜 회사 후배를 소개한다고 발 벗고 나섰다.

"얼굴 무지하게 예쁘다. 피부도 뽀얗고 쌍꺼풀진 큰 눈이 초롱초롱한 게 매력적이지. 눈이 높은 게 탈이지만 잘해봐. 종아리가 좀 굵은 게 흠이라면 흠이지만…"

"그래요? 예쁘면 그만이지 다른 건 뭐 볼 게 있나요? 만나자마자 감사합니다. 제 마음을 그렇게 꿰뚫어 보시고, 역시 선배님이 최곱니다. 잘되면 나중에 진하게 쏠게요."

쇠뿔도 단김에 빼랬다고 말 나온 김에 당장 토요일에 약속을 잡았다. 얼굴이 무지하게 예쁘다는 선배 말에 싱숭생숭 마음이 설렜다. 기대가 크면 실망이 크다는 걸 잘 알면서도 사람은 꿈속에서 노니는 걸 좋아한다. 그러니 늘 불가능한 꿈을 상상하면서 행복해하지 않던가? 어쨌든 약속한 날까지 기다리는 동안은 행복했다. 가능한 최대한의 기대치로 상상할 때 행복하지 않을 사람이 있는가?

약속 장소에서 처음 본 아가씨는 선배 말대로 예뻤다. 적이 마음에 들어 오래 기다린 보람이 있었다. 역시 운명의 여신은 나를 저버린 게 아니었다. 더 나은 배우자를 만나게 하려고 그 긴 시간을 홀로 지내게 한 것이다. 이런저런 이야기 끝에 식사 장소로 옮기려고 일어섰을 때였다. 일어선 아가씨의 뒷모습에 소스라치게 놀랐다. 종아리가 굵다는 말을 들었지만 그렇게 굵은 사람은 처음 보았다. 그 작은 얼굴과 몸매에 어떻게 그렇게 굵은 다리가 숨겨져 있는지 보고도 믿기지 않았다. 꿈은 산산조각이 났다. 혼자 김칫국부터 실컷 들이킨 격이었다.

갑자기 힘이 쑥 빠졌다. 얼굴이 예쁘니 보통 정도의 몸매라면 괜찮겠지만 보통 사람 두세 배 굵기라면 문제가 달랐다. 조선 시대처럼 늘 한복을 입고 산다면 문제가 없겠으나 미니스커트, 초미니스커트가 대세 아닌가? 주변 사람이 킥킥 비웃는 소리가 들리는 듯했다. 아, 아직도 나의 때가 도래하지 않았는가 보다. 어쩌겠는가? 다음에 만날 인연을 기약할 수밖에…. 식사를 마치고 헤어질 때였다. 마음에 들지 않았지만 소개한 선배 체면이 마음에 걸려 다음 약속을 잡지 않을 수 없었다.

"오늘 즐거웠습니다. 다음 주말에 다시 만날 수 있을까요?"

나는 마음에도 없는 말을 꺼냈다. 내 마음에 들지 않는다고 해도 상대는 누군가의 소중한 딸이고 미래 누군가의 아내나 엄마가 될 사람이다. 내가 소홀히 대해서는 안 된다. 더구나 절친한 선배의 소개로 만나지 않았던가? 나는 최소한 두세 차례는 더 만나고 나서 적당한 이유를 들어 헤어질 참이었다.

"글쎄요, 다시 만날 필요가 있을까요? 저는 솔직히 댁이 마음에 안 드는데…"

갑자기 벼락을 맞은 듯 머리끝이 쭈뼛하였다. 아직 여자친구가 없는 건 사실이지만 소개받은 사람이 내 마음에 들지 않아서였다. 모르는 사람에게 도전해서 퇴짜를 맞은 적은 있어도 소개받은 사람에게 퇴짜 맞기는 처음이었다. 대학교 앞에서나 길에서 처음 보는 여자에게 말을 걸었다가 실패한 사례는 무수하다. 그건 나를 전혀 모르던 여자였다. 선배 소개로 나왔으므로 아마 나에 대해 좋은 쪽으로 설명했으리라. 그런데도 처음 본 내가 싫다는 것이었다.

사람은 대체로 과대망상 속에 산다. 자신을 특별한 위치로 밀어 올려놓는다. 그러니 외모나 재능이나 재산이 빈약해도 당당할 수 있다. 나는 스스로 재산 빼고는 누구에게도 뒤진다고 생각한 적이 없다. 여자를 사귀지 못한 것은 첫째 내가 돈이 없어서 결혼할 여자가 아니라면 사귈 의사가 없었고, 둘째 나를 거부한 여자가 나를 몰라서였다고 생각했다. 하긴 예쁘고 날씬한 여자가 거리에서 달려드는 총각을 무얼 믿고 사귀겠는가? 이미 주변에 사귀자는 남자가 줄을 섰을 텐데 말이다.

인생은 무거운 짐을 지고 자기를 찾아 떠나는 긴 여행이다. 죽음에 가까울수록 세상을 차츰 자세히 알아가듯이 자신의 진면목(眞面目)도 깨닫게 된다. 불행한 건 자신이 몰랐던 위대한 면을 발견하는 것보다 생각보다 내세울 게 없고 평범하다는 사실을 알게 된다는 것이다. 충격이었다. 얼굴 예쁜 거 외에는 별 볼 일 없는 여자가 대놓고 내가 마음에 들지 않는다고 말한 것이다. 더구나 종아리도 엄청나게 굵은 여자가….

처음 본 여자가 내가 가난하다는 사실은 모를 것이다. 내 꿈이나 이상은 당연히 모를 터이니 그렇다고 치자. 그 여자의 판단 대상은 공군 대위라는 신분과 직업, 내 외모가 전부였다. 만나기 전에 공군 대위라는 사실은 알았으므로 그것이 결격 사유는 아니다. 그렇다면 내가 퇴짜맞은 단 하나의 이유는 외모였다. 집안이 가난하고 천재적인 재능이 없다는 사실은 잘 알았다. 겉으로 보이는 몸 하나는 그런대로 쓸모 있어 보이리라 기대했다. 유일하게 내세 웠던 몸마저도 남 보기에 보잘 게 없다는 게 증명되었다. 몸이 이 미 늙어버린 것이다.

어떻게 헤어져서 집에 돌아왔는지 기억에 없다. 그 정도로 충격 이 컸다. 술을 자주 마시는 편이었고 별도로 몸 관리하진 않았지 만, 아직 이십 대다. 물론 소개팅이라고 해서 양복을 갖춰 입고 나 가지는 않았다. 십 대 이십 대는 체육복이나 반바지 차림이라도 봐 줄 만하다. 그 자체로 빛나는 게 청춘 아니던가? 그 청춘이 지나가 고 있는 게 틀림없었다. 지금까지 만난 모든 사람이 내 외모를 보 고 '좋을 때다'라고 부러워했지, '아니 벌써' 하고 안타까워한 적은 없었다.

큰일이었다. 갈 길이 멀다. 배우자가 인생에 중요한 존재이긴 하 지만 원대한 목표에 비하면 큰일이 아니다. 장군, 대통령이 되기 위 해서 준비해야 할 일과 쌓아야 할 업적은 아직 시작도 하지 않은 터다. 그런데 장가도 가기 전에 겉으로 보이는 청춘이 사그라지고 있다니 어쩌란 말인가? 강 건너 불 보듯 할 일이 아니다. 늙어가는 주체는 바로 나였다. 처음 만난 아가씨에게 퇴짜를 받은 건 엄청난 충격이었으나 돌이킬 수 없는 사실이다. 그 엄청난 현실을 직시하 였으니 타개책을 찾아야 한다. 눈높이를 확 낮춰서 얼른 짝을 구 해야 한다. 그게 내게 주어진 엄중한 현실이었다.

군 인사 비리

1993년 2월 25일 국회의사당 앞 광장에서 약 38,000여 명이 참석한 가운데 제14대 김영삼 대통령 취임식이 거행되었다. 정치인 장택상의 비서로 일하다가, 1954년 제3대 국회의원 선거에 자유당 소속으로 출마해 국회의원에 당선되면서 최연소 국회의원으로 정계에 입문한 이래 독재에 대항하여 민주화 투쟁으로 일관하였던 정치인 김영삼 인생의 화룡점정이었다. 우여곡절이라고 표현하기에는 지나치게 파란만장했던 정치 역정을 아름답게 마무리하려는 대통령의 각오는 취임사에 그대로 드러났다.

"…오늘 우리는 그렇게도 애타게 바라던 문민 민주주의의 시대를 열기 위하여 이 자리에 모였습니다… 개혁은 먼저 세 가지 당면 과제의 실천으로부터 시작해야 합니다. 그 첫째는 부정부패의 척결입니다. 둘째는 경제를 살리는 일입니다. 셋째는 국가의 기강을 바로잡는 것입니다. 우리 사회의 부정부패는 안으로 나라를 좀먹는 가장 무서운 적입니다. 부정부패의 척결에는 성역이 있을 수 없습니다. 결코, 성역은 없을 것입니다. 단호하게 끊을 것은 끊고, 도려낼 건 도려내야만 합니다. 이제 곧 위로부터의 개혁이 시작될 것입니다. 그러나 국민 모두 스스로 깨끗해지려는 노력 없이 부정부패는 근절되지 않습니다. 깨끗한 사회의 실현은 국민 여러분의 손에 의해서만 완성될 수 있습니다… 흐트러지고 있는 국가 기강을 다시 세워야 합니다. 부정한 수단으로 권력이 생길 때, 국가의 정통성이 유린되고 법질서가 무너지게 됩니다. 목적을 위해서 절차가 무시되는 편법주의가 판을 치게 됩니다…"

김영삼 대통령의 취임 일성은 부정부패 척결이었다. 취임과 더불어 '정치자금은 일체, 받지 않겠다'라고 선언하고 고위 공직자 재산 공개와 부정축재 수사를 지시하였다. 끊을 건 끊고 도려낼 건 도려내야 한다면서 성역 없는 수사를 강조한 대통령의 인기는 아이돌 가수 못지않게 치솟았다. 사회의 높은 곳에서 부정한 방법으로 안락한 생활을 누리던 기득권에 대한 철퇴에 온 국민이 환호하였다. 대통령이 되는 과정은 복잡하였으나 출발은 일단 좋았다.

국회의원과 고위 공직자가 줄줄이 사퇴하거나 그들의 감옥행이 이어지자 공직사회는 아연 긴장하였다. 군도 예외는 아니었다. 군도 일반 사회와 다를 바 없으나 긴 세월 군사정권의 독재로 베일에 싸인 세계였다. 이전에는 군내 문제가 사회로 퍼져 논란이 생기지 않았으나 대통령의 단호한 의지에 군내 비리가 하나둘 불거지기 시작했다. 율곡 사업 비리에서 출발하여 인사 비리까지 파헤쳐졌다. 군 지휘부는 쑥대밭이 되었다.

사람 사는 데라면 어디서나 비리는 있다. 개인의 영달을 위한 인사 비리는 항상 있게 마련이다. 당시 군은 지나쳤다. 육·해·공군을 가리지 않고 엄청난 인사 비리가 수면 위로 떠올랐다. 많은 장성이 처벌을 받고 군복을 벗어야 했다. 해군이 특히 심했다. 해군은 소장 한 명을 제외하고 소장 이상 모든 장군이 강제 전역했다. 비리에 연루되지 않은 사람이 한 사람도 없었다. 심지어 남은 한 명의 소장마저도 비리가 없어서가 아니라 가장 적어서였다. 정부는 해군 소장을 중장으로 진급시켜 해군참모총장으로 임명했다.

장교 사회가 그렇게 부패했을 줄 국민은 상상도 못 했다. 수사 과정에서 나온 인사 비리 피해자의 사연은 기구했다. 수많은 사연이 언론에 보도되었다.

"밥을 제대로 먹지 못했습니다. 대위 월급은 모두 모아서 소령 진급할 때 뇌물로 바치고, 소령 월급을 모아서 중령 진급 뇌물로, 중령 월급을 모아서 대령 진급 뇌물로…"

"밥 대신 라면을 먹었습니다. 모두가 그런 판이니 혼자만 하지 않을 수 없어서…"

과장도 있을 것이다. 언론의 포장도 있었으리라. 그렇더라도 보도된 내용은 상상을 초월하였다. 보도대로라면 고급장교 중 혐의가 없는 사람은 없는 셈이었다. 어떻게 그렇게 완벽한 부정이 이루어질까? 아마 보통 사람이라면 의문이 생기리라. 생태계는 완벽하다. 먹이사슬은 흠잡을 틈 없이 구성되게 마련이다. 내 삶이 우선이라는 생명체의 본성과 자신의 마음을 미루어 상대방 심리를 읽어내는 인간의 영민함이 추악한 먹이사슬을 완성하였다.

대놓고 뇌물을 가져오라고 윽박질렀거나 모든 이에게 같은 방식으로 닦달하였다면 금세 세상에 드러났으리라. 사람은 그렇게 허술하지 않다. 찌르고 뺄 때와 장소를 정확히 안다. 우선 뇌물 받을 대상은 모두가 아니다. 진급할 만한 사람에게 뚜쟁이가 접근한다. 불법을 드러내놓고 저지를 수 없기에 에둘러서 말을 꺼내도 진급에 코가 석 자나 빠진 당사자는 즉각 눈치챈다. 알아서 뇌물을 바치면 일사천리로 일이 진행되고, 당사자가 고사하면 그걸로 그만이다. 나중에 진급에서 탈락할 뿐이다. 당사자는 그 원인과 결과를 짐작하지만 뚜렷한 증거가 없다. 약간의 물증이 있더라도 섣불리 신고하였다가는 촘촘하게 쌓이고 연결된 카르텔에서 본인만 불명예스럽게 사라지리라.

능력이 확실히 떨어지거나 행실이 고약하게 소문나서 누가 봐도 진급할 만한 사람이 아닌 사람은 아예 뇌물로 진급할 기회조차 없는 셈이다. 무능하고 괴팍한 사람에게 뇌물을 받고 진급시켰다가는 뭇사람의 손가락질과 함께 그 저의를 의심받으리라. 의심받을 일은 아예 시도조차 해서는 안 된다.

사람의 능력 차이가 확연하게 구분되는 것이라면 뇌물이 무의미할 것이다. 일등과 꼴등 차이는 누구나 구분하더라도 3등과 7등 차이를 식별하는 건 쉬운 일이 아니다. 근무평정이라는 객관적 자료가 있으나 모두 사람이 한 일이다. 사람에 따라서 기준이 다르다. 아부를 좋아하는 사람은 업무 능력보다 대인관계가 중요하다고 주장하고, 운동을 좋아하는 사람은 남자는 보고서보다 몸이 튼튼해야 한다고 생각할지도 모른다. 나열한 순위가 일치할 수 없다. 세 명이 진급 공석이라면 열 명 중 뇌물로 진급할 수 있는 사람은 일곱 명인 셈이다.

설령 자타 공인 일등이라도 마음 놓고 뇌물 공여를 거부할 처지는 아니다. 가장 앞선다고 소문난 선배가 낙마하는 일이 비일비재하다. 얼마간의 뇌물로 진급이 확실하다면 마다할 일이 아니다. 뇌물은 주는 것으로 끝나는 게 아니다. 시스템이 유지된다면 후배에게 뇌물을 챙길 기회가 생기리라. 어차피 주고받아 본전치기라면 마다할 이유가 무어란 말인가?

그러니 진급 대상자는 달콤한 유혹에 넘어가지 않을 수 없다. 육·해·공군 모든 장교가 뇌물을 주고받고 진급한 건 아닐 것이다. 사정기관과 언론의 보도를 믿는다면 중령 이상 고급장교는 인사 비리에 연루되었을 가능성이 크다. 세상은 공정하지 않다. 정의롭지도 않다. 십 대를 벗어나면서 그 사실을 어렴풋이 짐작하였으나 실상은 상상 이상이었다.

김영삼 대통령이 대통령 후보와 당권을 모두 요구하여 김대중과의 단일화가 무산되어 문민정부 출발을 늦춘 흠은 있으나 썩을 대로 썩어 문드러진 치부를 도려내는 데는 성공하였다. 인간 사회를 완전하게 개조할 수는 없을 것이나, 부정부패를 줄이는 데 크게 공헌하였다. 희미하게나마 육군에 존재하던 하나회 척결도 김영삼 대통령의 치적이라 할 만하다.

육·해·공군본부가 있는 계룡대에서 근무하였으므로 당시 분위기와 고급장교 동요를 체감하였다. 각 군 참모총장의 힘은 인사에서 나온다. 공군본부가 중요한 이유는 전략 전술이나 작전, 정책 부서라서가 아니다. 그건 표면상의 이유일 뿐이고 중요한 것은 단 하나, 인사권한이다. 구체적으로 진급 대상자 선별과 보직 임명권한이다. 생물은 이익에 따라 움직인다. 사람도 마찬가지다. 군인에게 이익은 좋은 보직으로 갈 수 있는가와 때맞춰 진급할 수 있는가가 전부다. 그러니 촘촘하게 엮인 먹이사슬을 따라 모든 힘이 참모총장에게 집중된다. 대통령이나 참모총장이 되기를 원하는 진정한 이유다. 세상은 명예와 명분으로 돌아가지 않는다. 우주의 섭리, 자연법칙은 이익이다. 세상은 이익으로 돌아간다.

세상의 원리가 이익으로 돌아가는 것이 철칙이라도 사람은 그것을 내세우지 않는다. 스스로 떳떳하지 않아서다. 온갖 미사여구로 대의명분을 포장한다. 이익은 몰래 취해야지, 대중 앞에 공표할 일이 아니다. 조자룡은 운이 좋았다. 아주 다행히도 세상이 빠르게 변해서 부패한 세상에서 살지 않았다. 부패한 세상에서 혼자 부패하지 않는 건 하늘의 별 따기다. 그건 똥통에 빠져서 구린내가 나지 않기를 바라는 것이나 마찬가지다. 공정과 정의를 부르짖으며 정치에 입문한 사람이 빠르게 인정받고 정치인으로 변신하는 것과 같다.

대한민국은 멋진 나라다. 물론 기득권이 과거에 저지른 죄악이 있고 현재도 부정과 부조리가 존재한다. 지역을 볼모로 거대 양당이 이전투구하고 내로남불하는 건 여야에 별 차이가 없다. 그렇더라도 내가 태어난 1960년대와 현재를 비교한다면 일취월장이나 괄목상대로는 부족하다. 상전벽해나 천지개벽과 같은 변화다. 칠팔십 년대에 누가 대한민국이 선진국에 도달하리라 예상했겠는가? 엄청난 진통이 이어졌고 현재도 이어지고 있지만, 대한민국은 발전 중이다. 그 대한민국에서 가장 성취한 세대로 여겨지는 586세대인 나는 행운아다. 어쩌면 사람은 개인 능력보다도 태어난 때와 장소에 더 영향받는 것인지도 모른다.

15장

1994

착각은 자유다.

저 혼자 마음껏 상상하는 거야 누가 말릴 수 있는가?

사람은 사람을 잘 모른다.

심지어 자기 자신마저도 제대로 모른다.

누가 다른 사람을 잘 아는가?

없다.

만약 누군가를 자세히 안다면

자기도 모르게 짝사랑하는 사람일 것이다.

- 본문 「청춘 격랑」에서

아홉 시간

　새 차는 처음에 고속주행으로 길들여야 한다는 선배 말 듣다가 일찍 저세상으로 갈 뻔한 대형 교통사고를 낸 지도 어언 두 달이 지났다. 차량 수리비로 거의 새 차 가격에 가까운 값이 들었으나 어쨌든 차선 변경할 때 주의할 점을 확실히 알게 되었다. 고속이든 저속이든 차선 변경할 때는 차량 뒤쪽 양 모서리 부근의 사각지대를 반드시 두 눈으로 확인해야 한다. 비싼 교훈을 얻었으므로 평생 비슷한 사고를 다시 겪지는 않으리라. 뜻밖의 불행을 막을 수는 없으나 다시 일어나게 해서는 안 된다. 세상에 공짜는 없다. 호사다마가 막을 수 없는 운명이라면 전화위복은 개인의 의지다.

　1994년 2월 9일부터 11일까지는 설 명절이었다. 비록 대형 교통사고로 목숨을 잃을 뻔했으나 서울 본가를 한 번 자가용으로 다녀왔고, 이후 운전 연습을 빙자하여 엄청나게 싸돌아다녔으므로 운전에 자신이 붙어서 자동차로 서울 집에 가는 데 부담은 전혀 없었다. 내비게이션이 없을 때라 서툰 서울 지리가 문제였으나 초행 때 워낙 집중하였고 남부순환도로가 상습 정체 구역이어서 길 찾는 데 큰 문제가 없으리라.

계룡대에서 서울시 양천구 신월동에 있는 본가까지는 180킬로미터 거리다. 길이 막히지 않는다면 두 시간 남짓 거리였으나 보통은 꿈같은 일이고, 잘해야 세 시간 만에 도착한다. 명절이라 더 길이 막힐 걸 걱정하였으나 역방향이어서인지 오히려 평소 주말보다 빨리 집에 도착하였다. 요즘은 역방향이라고 고속도로가 한가하지 않지만, 당시만 해도 귀성 귀경 역방향은 고속도로가 텅텅 비다시피 하였다.

십여 평 반지하 연립주택에서 아홉 명의 대가족이 모였으니 에피소드가 많았으리라. 그 많은 사람이 그 좁은 집에서 어떻게 먹고 마시고 잘 수 있었는지 이해가 되지 않는다. 안방과 작은방 두 개 해서 방이 셋이었는데 안방에서 네 명, 작은방에서 네 명, 거실에서 어머니가 주무셨던 것으로 기억한다. 인간은 망각의 동물이다. 충격적인 사실이나 생명의 위협을 받았던 일이 아니라면 얼마 후 잊어버린다. 너무 많은 걸 기억하면 새로운 정보를 쌓아둘 저장 공간이 부족하리라.

서울에 갈 때와 명절 기간은 큰 문제가 없었다. 차량 고속주행 시험을 했던 지난 서울 방문 때와 마찬가지로 이번에도 계룡대로 돌아갈 때 문제가 발생하였다. 점심을 먹자마자 출발하였다. 역방향이어서 차가 밀리지 않을 것을 예상하였으나 세상일은 알 수 없다. 가는 동안에 무슨 일이 발생할지 모른다. 만사 불여튼튼이다. 미리 대비하는 게 최고다. 저녁 식사 시간 전에 도착해서 일찍 밥 먹고 쉬는 게 최선이리라.

명절 마지막 날 오후 두 시에 출발하였는데 남부순환도로는 한산하였다. 명절이 아니라면 볼 수 없는 풍경이었다. 서울 시내부터 고속으로 질주하니 금세 천안 부근이었다. 차량 고속주행 시험이 아니라 이번에는 재미로 시속 백오십 킬로미터로 달렸다. 운전에 빠져 무아지경으로 달리고 있는데 저 멀리서 비상깜빡이가 번쩍거리는 걸 보고 깜짝 놀라 급정거하였다. 얼마나 급하게 브레이크를 밟았는지 고무 타는 냄새가 진동하였다. 차는 부르르 떨며 앞차와 충돌 직전에 간신히 정지하였다.

알 수 없는 일이었다. 갑자기 고속도로가 주차장이 되었다. 엉금엉금 기어가는 정도가 아니라 아예 정지하여 꿈쩍도 하지 않았다. 아마 보이지 않는 먼 곳에서 대형 사고가 난 듯하였다. 그로부터 무료한 시간이 흘렀다. 나는 원래 듣는 걸 좋아하지 않는다. 평생 라디오나 녹음기를 사서 무언가를 들은 적이 없다. 뉴스는 TV로 보고 음악 감상은 하지 않았다. 노래를 잘 부르지 못해서인지 음악은 내게 소음에 불과했다. 무언가에 집중할 때 시끄러운 걸 싫어한다. 운전이 미숙할 때이므로 음악 감상할 여유조차 없었으리라.

고속도로가 장시간 정체될 때는 교통방송에서 정보를 얻어야 한다. 그런데 그런 생각조차 하지 못했다. 한두 시간이 흐르자 애가 타도록 답답할 뿐이었다. 시동을 끌 수도 없다. 거의 정체 상태지만 가끔 조금씩 움직이기 때문이다. 당시에 자동 변속 차량은 드물었다. 차가 가다 서기를 반복하니 클러치를 밟는 왼발이 쥐가 날 정도였다.

괴로운 시간이 길게 흘러갔다. 다섯 시간 넘게 차가 제자리걸음하자 문제가 하나둘이 아니었다. 우선 소변이 문제였다. 처음 서너 시간은 어렵게 참았으나 참는 데는 한계가 있다. 중간에 고속도로 휴게소가 없었고 마침 휴게소를 지나더라도 들어가고 나올 방법이 없었다. 고속도로와 마찬가지로 모든 휴게소가 주차장이었다. 처음에는 꼬마나 고속도로 가에서 소변을 보게 하였으나 얼마 후에는 남녀노소가 따로 없었다. 체면 차릴 계제가 아니었다. 옷에 오줌을 쌀 수야 없지 않겠는가?

배꼽시계가 줄기차게 울렸으나 방법이 없었다. 휴게소에 들어갈 방법이 없는데 어디서 먹을 걸 구하겠는가? 명절 끝이라 집에서 먹을 걸 챙겨온 사람은 그나마 다행이었으나 총각인 나는 먹을 걸 따로 챙겨오지 않았다. 주전부리는 어린아이가 있을 때나 챙기는 법이다. 더 큰 문제는 차량 연료였다. 서울에서 출발할 때 연료를 꽉 채웠으므로 두 시간 거리를 걱정하지 않았으나 일곱 시간이 지나자 차츰 걱정되었다. 이미 대전 가까이 도착한 터라 계룡대까지 고속도로 휴게소가 없었다.

괴로운 시간이 공포로 바뀌었다. 차는 거북이같이 움직이므로 이런 추세로는 날을 샐지도 모른다. 연료는 이미 칠십 퍼센트를 소모한 상태다. 과연 연료가 소모되기 전에 집에 갈 수 있을 것인가?

중간에 연료가 떨어지면 어찌할 것인가? 그야말로 걱정이 태산이었다. 시동을 끌 수는 없었으나 나는 전조등마저 껐다. 차량에서 발전으로 전기를 생산하는 동력원은 연료다. 연료가 떨어지면 언젠가 전원도 사라지리라. 차량 시동을 켠 상태에서 전조등을 끄는 건 무의미하다. 전기 소비가 없더라도 연료는 소모된다. 전조등을 끈다고 연료 소모에 영향을 미치지 않을 테지만 조급한 마음에 이 것저것 따질 여유가 없었다.

전조등은 차가 거의 움직이지 않는 상태였으니 그렇다 치고 히터까지 껐다. 난방은 따로 연료를 소비하지 않고 엔진 열을 이용하는 것이었으므로 그야말로 쓸데없는 짓이었다. 그 추운 엄동설한에 연료가 떨어질까 봐 마음이 덜덜 떨리고 있었는데 몸까지 추위에 떨었다. 인간이 이성적 동물이라고 하지만 어느 순간 공포에 빠지면 사고가 마비된다. 무지하기도 하였으나 그만큼 마음이 다급하였다.

경부고속도로와 호남고속도로 분기점에 이르러서야 정체 이유를 알았다. 경부고속도로 차량은 느리게 빠져나갔으나 호남고속도로 위에서는 차량이 흩어져 체인을 채우느라 여념이 없었다. 호남 지방에 폭설이 내린다는 것이다. 어두운 밤인데도 저 멀리 하얗게 눈이 쌓인 게 보였다. 연료 떨어질 것에 더해 이제 눈길 운전마저 걱정해야 할 판이었다. 달리 방법이 없었다. 어쨌든 스스로 차를 끌고 계룡대까지 가야 한다. 차를 살 때 딜러가 서비스로 준 체인이 있었다. 생전 처음 고속도로 눈 위에서 체인을 치며 걱정이 태산이었다.

　고속도로가 완만하나 경사는 있다. 체인을 쳤더라도 눈 위에서 브레이크를 밟는 날이면 어떤 일이 벌어질지 모른다. 어쨌든 브레이크를 밟을 상황을 만들어서는 안 된다. 게다가 눈길에 오르막에서 서기라도 하는 날이면 출발할 일이 막막하다. 앞차와의 거리를 충분히 두어 브레이크를 밟거나 세우는 일이 없어야 한다. 모두 나 같은 마음이었으니 차는 백 미터 이상 거리를 두고 서행하였다. 그러니 대전에서 천안까지 주차장이 되지 않고 배길 방법이 있으랴!

　밤 열 시에 고속도로 눈 위에서 체인 친다고 북새통을 쳤으나 원인을 알았고 차가 움직이기 시작하였으므로 다소 안도하였다. 이제 한 시간 안에 숙소에 도착할 수 있으리라. 그 안에 연료가 떨어지지 않는다면 오늘을 무사히 넘길 수 있다. 연료계는 이미 바닥을 가리키고 있었다. 계기상으로 연료가 바닥나도 사오십 킬로미터는 주행 가능하다는 걸 들어서 알고 있었다. 그 말이 사실이기를 바랄 뿐이었다.

　눈길을 기다시피 하여 마침내 계룡대 독신자 장교 숙소에 도착했다. 우여곡절과 천신만고라는 말이 부족할 정도로 복잡하고 힘든 날이었다. 세상은 만만하지 않다. 만만치 않은 게 아니라 가시밭길이나 지뢰밭을 지날 때처럼 고통스럽고 위험하기까지 하다. 무사안일을 지루해해서는 안 된다. 듣는 건 흥미진진할지 모르지만, 막상 본인에게 닥치면 창황망조(蒼黃罔措)하여 전전긍긍하게 되리라. 두 시간 거리를 아홉 시간이 걸려서 도착한 숙소는 천국이었다. 공포와 추위에서 벗어나도록 가련한 영혼을 품어주는 최고의 안식처였다.

　서울에서 계룡대까지는 멀었다. 거리는 백팔십 킬로미터에 불과하지만, 마음으로는 만리타향 같았다. 굶주림과 추위에 더해 공포에 떨어야 했던 1994년 설 명절 나들이가 지금도 뇌리에 생생하다. 아홉 시간이 노는 데는 짧을지 모르지만, 운전에는 너무나 긴 시간이다. 더구나 중간에 쉴 수도 없는 상황이라면…. 그날 조자룡은 숙소에 도착하기 무섭게 완전히 뻗었다.

탄약시스템

1990년대 초 화두는 정보화였다. 1980년 첫선을 보인 앨빈 토플러의 『제3의 물결』이라는 책이 나온 지도 어언 10년이 흘렀다. 제3의 물결에서 첫 번째 물결은 농업혁명에 따라 수렵 채집 문명이 농경사회로 대체되는 혁명적 사회 변화이고, 두 번째 물결은 산업혁명에 따른 대량생산, 대량분배, 대량소비, 대량교육, 대량휴양, 대중문화에 기반한 근대문명으로의 이행이며, 세 번째 물결은 후기산업화 사회로서 미래 정보화 혁명을 예고하였다.

앨빈 토플러가 예측한, 컴퓨터에 의한 인간의 연결이란 의미를 제대로 이해한 사람은 많지 않았다. 1980년대에는 컴퓨터를 사용하는 사람이 거의 없었다. 컴퓨터가 무엇인지조차 아는 사람이 드물었다. 286 컴퓨터가 나오면서 국가기관이 아닌 개인이 사용하기 시작했고, 1990년대 386 컴퓨터가 나오자 비로소 PC 통신이란 개념이 알려졌다. 전화선과 모뎀을 이용한 원시 컴퓨터 통신이었으나 앨빈 토플러가 말한 정보화 사회가 무엇인지 비로소 대중이 이해하기 시작했다.

한국은 산업화 후발 국가였으나 어느 정도 선진국을 따라잡은 상태였다. 산업혁명에서는 뒤처졌으나 정보혁명에서마저 늦어서는 안 된다는 게 정부 방침이었다. 정부와 산업계는 개념이 불확실한 상태에서 정보화를 부르짖었다. 군도 마찬가지였다. 정보화가 무엇인지, 정확히 어떻게 해야 하는지도 모르면서 예산이 투입되고 사업이 본격화하였다.

컴퓨터를 소유한 개인이 드물었고 전용 전산망이 깔리기 전이었다. 불과 10여 년 뒤 휴대폰이 유행하리라고는 상상도 하지 못할 때였다. 국방부 산하 국방정보체계연구소는 군의 정보체계 개발 전략을 고심하였다. 모든 걸 동시에 전산화한다는 건 꿈같은 이야기다. 크게 문서관리시스템과 물자관리시스템으로 구분하고 방대한 물자관리시스템을 어떤 방식으로 구축해나갈 것인지가 핵심 과제였다.

당시 물자는 1종 식량에서 9종 수리부속까지 아홉 개로 분류하였다. 군수품 관리는 수불(수령과 불출), 저장, 검사, 정비, 처리(소모와 폐기)의 5단계 기능으로 이루어진다. 쟁점은 종별로 정보체계를 구축하여 기능별로 연계할 것인가와 5대 기능별로 구축하여 1종부터 9종까지 확장할 것인가였다. 개념이 모호한 상태에서 최소 예산으로 물자 한 종의 시범체계를 개발하는 방안이 효율적이라고 판단하였다.

군수 5대 기능이 모두 포함된 분야는 장비와 탄약인데, 장비는 정비관리 업무 규모가 방대하다. 항공기나 함정의 정비관리 업무는 국방 군수 업무의 절반에 이를 터였다. 장비 정보체계를 먼저 개발한다면 비용이 엄청나고 실패 위험이 너무 컸다. 탄약은 군수 5대 기능을 거치는 업무 분야였고, 장비에 비교하면 업무영역이 좁고 규모가 작았다. 최소 부대와 담당자가 정보체계 개발에 참여한다는 장점이 있었다. 국방부 최초 개발 정보체계는 탄약으로 결정되었다. 처음 명칭은 '국방 탄약 정보체계'였으나 나중에 '탄약시스템'으로 바뀐다.

국방부 최초 개발 정보체계 사업이 탄약시스템으로 결정되었을 때 공군 업무 담당자로 선정된 게 당시 광주비행단 탄약중대장이었던 나다. 무슨 일로 차출되었는지도 모르는 상태에서 공군본부에 전입하고 보니 부여된 임무가 정보체계 개발이었다. 물론 나는 정보체계에 대한 개념은 물론이고 컴퓨터 키보드조차 만져본 적이 없다. 금오공고와 금오공대에서 배운 전공과 관련이 있었지만 황당한 목표와 무관하다는 이유로 전공에 등한시한 나다. 사실상 업무 문외한이 공군 대표가 된 셈이다.

나에게 주어진 임무는 크게 세 가지였다. 첫째는 국방부 정보체계 개발 방침을 이해하고 공군 탄약 업무 절차를 완전히 파악하여 정보체계에 반영할 내용을 식별하여 정리하는 것, 둘째는 식별된 공군 요구 사항을 최대한 반영하는 것, 셋째는 정보체계를 개발할 공군 사업단을 구성하여 사업을 추진하는 것이었다. 행정계에서 문서 기안해본 게 전부인 나에게 너무 거창한 임무였으나 어차피 누구라도 해야 할 일이었다. 맨땅에 헤딩하는 방법밖에 없었다.

공군본부에 오자마자 우물 안을 벗어나기 위하여 밤 열두 시까지 매일 야근을 결심하고 실천하였으나, 우물 안 벗어나기와 무관하게 주어진 업무를 추진하기 위해서도 어차피 야근은 필수였다. 전산화에 대한 개념과 공군 전체 탄약 업무 파악을 위해서는 혼자 공부하는 것 외에 다른 방법은 없었다. 밤 열두 시까지 야근하는데 불만은 없었다. 탄약 업무를 제대로 모르는 것도, 정보체계에 대한 지식이 없는 것도 과거에 내가 열심히 살지 않은 탓이다. 무지는 내 책임이다. 스스로 해결하는 건 당연하다.

많은 시간 업무에 몰두하는 나날이었으나 행복하였다. 비로소 내가 세상에 존재하는 이유, 군에 존재하는 이유를 찾은 셈이다. 연일 언론에 정보화가 오르내리지만, 그 말을 제대로 이해하는 사람은 드물었다. 공군본부에 근무하는 사람도 정보통신 분야 종사자가 아니라면 정확히 이해하지 못했다. 생산과 소비를 제외한 모든 유통 과정이 전산화된 현재는 우스워 보일지 몰라도 당시에는 어디에서 손댈지 감조차 잡기 힘들었다. 그 일이 나에게 주어진 임무였다.

국방부 최초, 공군 최초의 정보체계를 내 힘으로 개발한다는 자부심이 넘쳤다. 과정은 지극히 길고 복잡하겠으나 성공한다면 긴 세월 이름을 남기게 된다. 시스템이 사용되는 동안에는 적어도 최초 개발자로 이름이 오르내리리라. 성공적인 탄약시스템 개발이 국가와 군에 봉사하는 길이다. 그것은 군에서 내가 성공하는 데 초석이 되리라. 최첨단 업무를 한다는 자부심, 국가와 군에 막중한 일이라는 책임감, 군에서 개인 목표에 다가갈 수 있다는 희망에 가슴이 벅차올랐다. 어떠한 난관이 따르더라도 탄약시스템 개발 성공에 이 한 몸 바치리라.

청춘 격랑(靑春 激浪)

파란[波瀾]

처음 만난 과정은 기억하지 못한다. 내가 그 사람을 찾아갔는지, 아니면 뜻밖의 장소에서 해후하였는지 기억에 없다. 어쨌든 그를 만난 이후 내 이성은 엉망이 되었다. 생각이 뒤죽박죽이었고 감정 과잉으로 들끓었다. 젊은 조자룡의 가슴에 파문이 인 것이다. 그 파란은 시간 간격을 두지 않고 거대한 태풍으로 돌변하여 밀어닥쳤다.

강선희, 그는 같은 동네에 살던 초등학교·중학교 2년 후배였다. 단 한 번도 여자친구나 배우자감으로 고려한 적이 없었다. 그런 그가 어느 날 거대한 태풍이 되어 나를 강타하였다. 세상은 이해할 수 없는 것 천지다. 사람 마음도 마찬가지다. 가진 걸 다 줄 듯 너그럽다가도 송곳 하나 꽂을 수 없도록 옹졸해지기도 한다. 상황에 따라 죽 끓듯 변하는 게 사람 마음이다. 내 삶에 무관하였고 아무 렇지도 않던 그가 왜 갑자기 내 가슴에 불을 질렀을까? 당시에는 어쩔 줄 몰라 허둥거렸고, 저돌적으로 돌진하다가 절망하기를 반복하였지만 많은 시간이 지난 후에야 그 이유를 짐작하게 되었다.

첫째, 여자의 필요성을 처음 느꼈던 중학교 2학년 이후 많은 시간이 흘렀다. 여자가 필요하였으나 많은 여자가 필요한 건 아니었다. 역사에서 영웅호색이란 말이 있고 서양에 유명한 카사노바가 있었다는 것도 알았으나, 나는 그런 사람이 되는 걸 원하지 않았다. 젊은 날 내 사고를 지배했던 공자 사상은 주색잡기에 빠진 사람을 방탕하다고 하였다. 행실이 좋지 않은 사람의 표본이었고 패가망신의 지름길이라고 생각하였다.

나는 입신양명하여 호의호식하며 살기를 원하였으나 지나치게 쾌락에 탐닉하는 걸 경계하였다. 그런 삶이 흥미진진하고 유쾌할 것은 틀림없으나 필경 주변 사람의 따가운 눈총을 받게 되리라. 내 마음대로 산다고 늘 즐거울 리 없다. 내가 충분히 즐기면서도 다른 사람에게 인정받을 때 진정한 만족과 행복을 얻으리라.

내세울 게 전혀 없던 내가 많은 여성을 농락할 방법이라곤 도무지 없었으나, 설령 기회가 있었더라도 시도하지 않았을 것이다. 찢어지게 가난한 집안을 더 몰락하게 할 수 없었고, 다른 사람의 비난과 손가락질은 참을 수 없는 모욕이었으며, 그러한 행위를 해서는 목표하는 탁월한 장군이나 위대한 지도자가 절대로 될 수 없을 터다.

그래서 나는 여자친구를 사귄 적이 없다. 천하일색을 얻기 위하여 줄기차게 관찰하고 도전하여도 뜻을 이루지 못했으나 그저 그런 사람과 교제할 수는 없었다. 나는 잠시 외로움을 피하려고 여자와 사귀지 않았다. 그건 젊어서 다짐했던 초지일관이나 일편단심에 어긋나는 일이다. 내 마음의 순결이 더럽혀지는 것도 문제였으나, 혹시 상대가 나에게 깊이 빠지기라도 하는 날이면 나로 인해 큰 상처를 입게 될지도 모른다. 어처구니없는 일이지만 나는 단 한 사람에게라도 버림받아도, 다른 사람에게 상처를 줘서도 안 되는 존재였다. 아니, 스스로 그런 사람이 되기를 추구하였다.

믿을 수 없겠지만 그건 사실이다. 1980년대까지만 해도 남자의 순결은 자랑이 아니었다. 자랑이 아니라 오히려 수치였다. 들은 게 전부 사실은 아니겠지만, 남자는 자신의 여성 편력을 공공연히 자랑하던 때다. 유혹하는 방법, 순결한 여자를 정복하는 방식, 처음 본 여자를 강간하는 요령을 자랑스럽게 떠벌리던 시절이었다. 나는 웃고 손뼉 쳤으나 맞장구나 칠 뿐 자랑할 게 없었다. 시도조차 하지 않은 사람이 그럴듯한 무용담이 있을 리 없지 않은가?

수많은 책, 특히 무협지에서 남자 주인공이 온갖 절세미녀와 쾌락을 누리는 장면이나 1980년대 유행하던 국산 영화 '애마부인' 또는 '뽕' 시리즈를 보면서 그 느낌을 알고 싶어 몇 차례 성교를 시도하였으나 성공하지 못했다. 인간의 육체는 정신을 이기지 못한다. 머릿속에 사랑하지 않는 사람, 사랑해서는 안 될 사람과 관계는 할 수 없도록 새겨져 있었다. 세뇌 교육이 이렇게 무섭다. 공자와 부모와 선생이 가르친 대로 내 생각은 고착하였다. 그것이 옳든 그르든, 바람직하든 바람직하지 않든 청년 조자룡의 정체였다. 부끄럽게도 아내를 만나기 전까지 섹스에 성공한 적이 단 한 차례도 없었다. 불구가 아닌가 걱정할 정도였다.

상상으로 자위행위를 무수하게 하였다. 아름다운 배우자를 간절히 원했음에도 적당한 대상을 만나기 힘들었다. 어쩌다 외모가 마음에 드는 여자에게 접근은 모두 실패하였다. 이런저런 이유와 핑곗거리가 있었으나 그건 중요한 게 아니다. 현재 홀로라는 점, 얼마 후에는 나이 서른에 이른다는 강박관념이 억눌렀다. 공자는 서른에 뜻을 세웠다는데 나는 배우자 걱정이나 해서 세상에 이름을 남기겠는가? 그럴 즈음에 만난 후배 강선희는 외모나 태도에서 적절한 배우자감으로 여겨졌다.

둘째, 작년 연말에 이강로 선배에게 소개받았던 여자에게 받은 퇴짜의 충격이 컸다. 그때까지 과대망상으로 살던 나는 현실을 되돌아보는 계기가 되었다. 가슴에 웅대한 꿈을 가지고 있으며 충분히 실현할 자신이 있더라도 다른 사람이 보기에는 그렇지 않다는 게 확실했다. 다른 사람의 시선이 중요한 건 아니지만 사회적 동물인 사람이 제대로 인정받지 못하는 건 치명적이다. 아무리 탁월한 능력의 소유자라도 혼자 이룰 수 있는 일이 있는가? 자부심이 아니라 겉으로 능력을 드러내야 한다. 다른 사람이 보기에 나는 비범하지 않았다.

꿈과 재능은 겉으로 보이지 않는다. 겉으로 보이는 건 외모와 태도와 말뿐이다. 든든한 가문이나 재산은 없었으나 적어도 겉으로 보이는 신체와 태도와 말에서 떨어진다는 평가를 받을 줄은 몰랐다. 위대한 정신을 보일 수는 없더라도 우월한 외모와 예의 바른 태도와 적절한 임기응변에는 자신 있었다. 그런데 처음 본 여자가 다시 만날 필요가 없다고 내린 냉정한 평가는 자신하던 겉모습마저 별 볼 일 없다는 증거였다. 내 마음에 든 여자가 내린 평가가 아니다. 얼굴이 예뻐도 종아리가 너무 굵어서 사귈 마음이 전혀 없던 여자가 내린 평가였다. 큰일이었다. 홍안(紅顏)이 노안(老顏)으로 바뀐 것이다.

하위 일 퍼센트 빈농의 자식으로 태어났으나 그나마 보통 이상의 외모를 자신했는데 그마저도 사라진 것이다. 부모 형제는 모두 가난하다. 도움을 받는 게 아니라 오히려 도와줘야 할 형편이다. 그런 내가 스스로 결혼도 해결하지 못하고 늙어간다면 성공은 신기루에 불과하리라. 그럴 때 눈에 띈 게 후배 강선희였다. 강선희는 마치 구세주 같아 보였다. 그 어려운 순간에 강선희가 나와 합류한다면 다시 힘차게 노를 저을 수 있을 것 같았다. 망망대해 격랑을 뚫을 힘을 얻게 되리라.

셋째, 나는 사랑을 받은 기억이 없다. 부모의 사랑을 받았겠으나 내가 느낄 정도는 아니었다. 내가 서른에 첫딸을 낳기 전까지 사람을 사랑하지도 존중하지도 않은 이유다. 나는 신을 믿지 않는다. 완전히는 아니더라도 과학자 말을 신봉한다. 빅뱅으로 우주가 탄생했는지 확실치 않고, 지구가 46억 년 전에 만들어졌으며 최초 생명이 38억 년 전에 생겼다는 걸 확신하지는 않지만, 이기적인 유전자와 진화론을 대체로 믿는다. 진화론에 따르면 인간에게 특별한 점은 없다. 우연히 좋은 환경을 만나 생존에 성공하였고, 우수한 성대를 잘 활용하여 거대 사회를 이루어서 만물의 영장이 된 것뿐이다. 그러니 사람이라고 하여 다른 생명체, 동식물보다 존중하고 사랑할 이유가 있는가?

초등학교 들어가기 전 형제는 방치되었다. 부모는 모두 일 나가고 형이 학교에 가고 나면 나와 두 동생뿐이었다. 다섯 살 터울인 누이동생을 내가 여덟 살이 되어 초등학생이 되기 전까지 돌보았다. 우리 형제의 생명줄이었던 부모와 형제는 사랑하였으나 삶의 공동체인 가족으로서였지 인간으로서가 아니었다. 또래 아이와 평범한 인간관계를 유지하였으나 사람으로서 사랑하고 존중한 건 아니다.

나는 아버지를 아빠라고 불러본 적이 없다. 아버지는 가정을 지키는 방패막이였으나 한편으로는 가혹한 독재자였다. 맞은 적은 있으나 사랑한다는 말을 들은 적이 없다. 어머니의 지극정성 돌봄을 받았으나 어머니에게도 사랑한다는 말을 들은 적은 없다. 사랑은 남부럽지 않게 사는 TV 속 드라마에서나 나오는 말이다. 사랑은 현실이 아니다. 그러니 내가 사람을 존중하거나 사랑하지 않은 게 이상하지 않으리라. 인간 조자룡은 가족과 주변 사람에게 약간의 동정을 받았으나 정에 굶주렸다. 누군가 조금만 보살펴주더라도, 아니 마음의 문을 열더라도 쉽게 눈물 흘리는 나약한 존재였다.

그런 나에게 강선희는 특별한 존재로 다가왔다. 선희는 보통의 체구에 단정한 이미지를 가졌다. 내가 꿈꾸던 절세미녀나 모델같이 날씬한 몸매는 아니다. 한 마디로 외모에 반한 건 아니다. 당시 병원에 간호사로 근무하였다. 괜찮은 직장이지만 엄청나게 매력적인 직업은 아니다. 집안은 우리 집보다는 당연히 부유하였으나 시골에서도 부잣집은 아니었다. 언니는 초등학교, 중학교 내 동창이었다. 언니가 더 예쁘고 공부도 잘하였다. 그래도 나에게 이성으로 다가온 건 동생 선희였다.

세상에서 나에게 살갑게 대한 사람은 몇 안 된다. 부모 형제와 친구는 평범한 대화를 나누었을 뿐 다정다감한 편은 아니었다. 가정은 가난에 따른 가정불화가 주원인이었으나, 친구와 주변 사람은 내 성격 탓이 컸다. 진화론과 적자생존을 믿던 나에게 대부분의 사람은 경쟁자일 뿐이었다. 투쟁적이고 적대적인 내 본성이 어느 정도 드러났으리라. 마음에 들지 않는 친구를 괴롭히기도 했다. 내가 만약 2000년대에 초등학교를 다녔다면 미투나 학교폭력으로 곤욕을 치렀을 것이다. 선희는 처음부터 나를 살갑게 대했다.

나를 처음 만나자마자 부른 호칭이 오빠였다. 같은 동네에서 오래 알고 지냈고, 학교 선배이며 언니 친구인 나를 오빠라고 부른 건 당연했을지도 모른다. 나는 여자와 가깝게 지내본 적이 없다. 나에게 오빠라고 부른 사람은 더더구나 없다. 다섯 살 어린 여동생이 있었으나 자주 어울릴 기회가 없었고, 오빠라고 부르며 다정하게 따르는 스타일도 아니다. 6남매 중 홍일점인 여동생은 말과 행동이 거칠었다. 치고받고 싸우거나 욕설이 난무하는 형제 틈에서 자라서 남자와 큰 차이가 없었다. 내 나름대로 동생을 몇 번 챙긴 것을 기억하지만, 여동생이 어려운 일을 나와 상의하거나 부탁한 일이 없다. 나를 스스럼없이 오빠라고 부르는 선희가 친근하게 느껴졌다.

불가사의한 열정

선희가 스스럼없이 대하고 내가 친근하게 느낀 건 좋았다. 청춘 남녀였으므로 서로가 마음에 들어 천천히 알아가는 과정이었다면 좋았으리라. 세상은 만만치 않다. 사랑이 그렇게 쉽게 이루어지는 것이라면, 세상 사람이 그렇게 고뇌하지도 않으리라. 절박한 순간에 배우자감으로 적절하다고 생각되는 선희를 만난 데 대하여 나는 가슴이 뛰었으나 선희는 그렇지 않았다. 운명의 여신은 아직 내게 웃음 짓지 않았다.

선희는 이미 사귀는 남자가 있었다. 내가 연애 경험이 풍부하였거나, 사람의 심리를 깊이 연구하였거나, 스스로 주제 파악을 제대로 하였다면 행운을 빌어주며 물러섰을 것이다. 나는 사실 아무것도 모르는 어린아이였다. 천상천하 유아독존이라는 과대망상은 여전하였다. 열 번 찍어 넘어가지 않는 나무 없다는 말을 믿었다. 우공이산(愚公移山)이라는 터무니없는 말이 있지만, 누가 태산을 옮길 수 있는가?

불가능은 있다. 당연한 말이다. 아니, 있는 정도가 아니라 어쩌면 인간의 욕망 대부분이 실현 불가능할 것이다. 욕망을 완전히 충족한 사람이 있는가? 있다면 스스로 해탈을 주장하는 붓다 정도겠지만 그건 욕망의 충족이 아니라 욕망을 버린 결과다. 나는 나폴레옹의 '내 사전에 불가능은 없다'라는 말을 좋아하였다. 사실 그때까지 못 이룬 욕망도 없었다. 학교 다닐 때 욕망이란 게 공부 일등이다. 늘은 아니어도 중학교까지는 종종 일등을 했다. 촌구석 학교에서 공부 일등 한 경력이 전부이건만 관운장을 숭상하는 조자룡의 자부심은 하늘을 찔렀다. 나폴레옹이든 칭기즈칸이든 누군가 이룬 일이라면 나라고 하지 못할 리 없다는 교만이 넘쳤다.

거리나 대학교 정문에서 시도한 아름다운 여자에 대한 도전은 지속할 수 없었다. 성도 이름도 연락처도 모르는 사람에게 지속할 건더기가 있는가? 대꾸조차 하지 않는 여자를 공략할 방법은 없다. 선희는 달랐다. 우선 어떤 경위로든 연락처를 알았고, 전화하면 연결되었으며 만날 수 있었다. 결말이야 어떻든 당장은 도전 가능한 대상이었다. 같은 동네에서 자랐기에 우리 집안이 가난하다는 걸 잘 아는 만큼 내가 공부나 주먹으로 제법 행세했다는 것도 잘 알 터였다. 어쩌면 그렇기에 동네 후배 선희를 만만하게 생각했을지도 모른다.

착각은 자유다. 저 혼자 마음껏 상상하는 거야 누가 말릴 수 있는가? 사람은 사람을 잘 모른다. 심지어 자기 자신마저도 제대로 모른다. 누가 다른 사람을 잘 아는가? 없다. 만약 누군가를 자세히 안다면 자기도 모르게 짝사랑하는 사람일 것이다. 다른 사람을 의식하여 치장하고 태도를 공손히 하며 미사여구를 구사하지만 그걸 눈여겨보는 사람은 없다. 그 사실을 정확히 아는 사람은 본인뿐이다. 초등학교 내내 공부든 싸움이든 운동이든 그리기든 거의 선두였다. 동창은 대부분 알고 인정한다. 선희는 몰랐을 것이다. 어쩌면 알았어도 그것이 우수한 배우자의 조건은 아니었을지도 모른다.

선희가 사귀는 사람은 의사였다. 전남대학교를 나온 의사라고 했다. 의사는 훌륭한 직업이다. 요즘이야 최고 신랑감이지만 그 당시에도 나무랄 데 없는 직업이었다. 물론 나는 의사를 하찮은 직업으로 생각했다. 한 번도 직업으로 고려조차 해본 적이 없다. 내가 생각하는 훌륭한 사람은 알렉산더와 카이사르와 칭기즈칸과 나폴레옹이었으며, 좋은 직업은 왕이나 장군이었다. 전무후무한 불멸의 업적을 쌓을 수 있는 사람은 국가 지도자나 장군뿐이었다. 그래서 꿈이 장군, 대통령 아니었던가? 사귀는 사람이 의사라고 해서 기죽을 내가 아니었다. 오히려 투쟁심만 끓어오를 뿐이었다. 만만한 상대를 제압하는 건 잔인한 일이다. 만만치 않은 상대를 이기는 게 진정한 승리다. 불가사의한 열정이 끓어올랐다.

선희가 나를 놀린 건 아니라고 생각한다. 아마 진지하게 자신의 처지를 설명했을 것이다. 웬일인지 무슨 말을 해도 타는 불에 기름을 붓는 격이었다. 어떠한 타당한 설명이나 설득에도 뜨겁게 불타올랐다. 알 수 없는 일이었다. 하긴 모를 수밖에, 연애 경험이 없는 사람이 사랑을 알겠는가? 알 수 없는 끌림이나 감정의 격동을 이해하겠는가? 어쩔 줄 몰랐지만 나는 내가 아는 방식으로 대응하였다. 책이라면 남 못지않게 읽은 터다. 세상에 존재하는 온갖 형태의 사랑을 글로 읽었고 영화나 드라마로 보았다. 주인공의 사랑은 언제나 장애물투성이다. 그걸 뚫고 오르는 자만이 진정한 주인공이 되리라.

누구나 자신이 삶의 주인공이라고 생각한다. 내 삶에서는 내가 주인공이다. 주인공이 포기할 리 있는가? 영화나 드라마에서 주인공이 쉽게 배우자를 얻는 경우가 있던가? 만약 시련이나 역경이 가로막지 않는다면 그건 배우자로서 가치가 떨어지는 것이다. 뭇 남성이 사모하는 여자 주인공이라면 당연히 주변에 탁월한 남자가 우글거릴 것이다. 우수한 배우자를 얻기 위한 경쟁은 필연이다. 늘 현실보다는 꿈속에서 살았던 내게 모든 악조건은 나를 위한 신의 배려였다. 최후의 승리를 더 찬란하게 하려는 신의 연출이라고 확신했다.

무모한 도전이 시작되었다. 당시 선희는 충남 대천에 근무했다. 지금처럼 도로가 발달하지 않았을 때다. 천만다행으로 허름하나마 프라이드 자가용이 있어서 퇴근 후 찾아갈 수 있었다. 도로 사정이 안 좋아서 당시 세 시간 가까이 걸렸다. 다섯 시 퇴근 후에 식사를 마치자마자 대천으로 달렸다. 도착하면 밤 아홉 시였다.

특별히 한 일은 없다. 전화로 불러서 몇 마디 대화하는 게 전부였다. 어리석은 방법이었지만 그것이 당시 내가 아는, 할 수 있는 전부였다.

세상을 제대로 이해하고 사람의 심리를 더 잘 알았더라면 다른 방법을 찾았을 것이다. 아마 결과는 마찬가지였을지도 모르지만 화려한 거짓말이라도 하지 않았을까? 그건 내 방식이 아니다. 그보다는 아직 세상의 원리를 몰랐다. 초등학교 때 배운 대로 세상은 공정하고 정의롭다고 생각했다. 배운 게 진리라면 권선징악은 필연이다. 당장 위기를 모면하고자 하는 거짓이나 요행수는 언젠가 들통날 것이다.

사실 세상은 공정하지도 평등하지도 않다. 자세히 살펴보면 누구나 알 일이다. 호의호식하는 사람이 부모 잘 만난 덕이지 제가 똑똑해서인가? 사람이 좇는 건 공정이나 정의가 아니다. 딱 하나, 이익이다. 세상이 돌아가는 원리, 우주의 섭리나 자연법칙은 이익이다. 내가 선희의 마음을 돌리려면 나를 선택하는 것이 훨씬 더 이익이라는 걸 증명해야 했다.

의사보다 공군 대위를 선택하는 게 이익이라는 걸 증명할 수는 없었을 것이다. 그러나 그런 이치를 알았다면 무작정 찾아가는 게 아니라 군인이 의사보다 나은 점을 설명하는 데 주력했을 것이다. 대학교 때 스스로 최후의 로맨티시스트를 자처했듯이 나는 낭만주의 몽상가였다. 가난하지만 마음만은 풍요로운 자유주의자란 의미로 로맨티시스트라고 일컬었다. 스스로 자처했던 대로 나는 꿈속에서만 거닐던 몽상가였다. 최대한 노력하면, 정성을 다하면, 열 번 찍어 안 넘어가면 백 번 찍으면 넘어간다고 생각했다. 순진무구한 생각이었으나 그 나이에 천진난만은 무지가 아니라 죄악이다. 내 마음이야 그렇다 치고 당하는 선희가 얼마나 힘들었겠는가? 지금 생각하니 선희가 굉장히 힘들었을 듯하다. 당시에는 터질 듯한 내 마음조차 추스를 수 없었기에 다른 사람 생각할 겨를이 없었다.

처음 한두 번이 아니라 매일 계룡대에서 대천에 찾아가는 일이 반복되자 몸이 피곤하였다. 당연한 일이다. 백오십 킬로미터가 넘는 길을 매일 여섯 시간 가까이 운전해서 찾아가는 일은 아무리 혹한 사람이라도 쉬운 일이 아니다. 몇 마디 나누고 돌아와도 새벽 한 시가 넘기 일쑤였다. 사무실에서는 최대한 티를 내지 않으려고 노력했지만 눈치챘는지도 모른다. 어쨌든 매일 밤 열두 시까지 야근하던 사람이 일과 끝나자마자 사라졌으니 말이다. 그래도 누군가의 질책은 기억에 없다. 어쩌면 당시에는 선희가 사무실 상관보다도 더 중요하였으므로 질책을 기억하지 못하는 건지도 모른다.

들끓는 열정과 홀린 듯한 감정 과잉 상태였기에 가는 길은 덜 힘들었다. 성과 없이 돌아오는 길은 힘들었다. 힘들게 얻은 과실이 더 달콤하다고 세뇌하였지만 변하지 않는 상황에 낙담하였다. 침잠한 정신보다 힘든 건 졸음이었다. 구불구불한 시골길이라서 졸음운전은 곧 황천행이다. 죽음이 눈앞에 어른거려도 눈꺼풀은 내려온다. 졸음운전 경험이 있는 사람은 알리라. 먹고 마시고 꼬집고

별의별 짓을 다 해도 졸음은 끈질기다. 절대로 포기하지 않는다. 졸음을 이기는 방법은 단 하나다. 자는 것이다. 그럴 수 없으니 문제였다. 좁은 시골길에서 자는 건 추돌사고 위험도 있지만, 혹시 깊이 잠든다면 내일 출근은 어쩌겠는가? 어쩔 수 없다. 목숨 걸고 계룡대까지 돌아가야 한다.

한번은 졸린 눈을 감았다 떴다를 반복하며 가고 있는데 갑자기 갈림길이 나타났다. 내비게이션이 없을 때다. 시골에는 갈림길마다 이정표가 제대로 없다. 졸린 상태에서 어느 쪽으로 갈 것인지 정하지 못한 상태에서 멈칫거리다가 급정거하였다. 차 오른쪽 앞바퀴가 길을 벗어나 허공에 뜬 상태에서 멈췄다. 하마터면 큰 사고가 날 뻔하였으나 천만다행으로 가까스로 멈춰 섰다. 달리 방법이 없었다. 차에서 내려 가장 가까운 시골 농가에 찾아가서 상황을 설명하고 도움을 청했다. 다행히 장정 몇 명이 있는 집이었다. 서너 명이 힘을 합하여 차를 들어냈다. 아마 큰 차였다면 불가능했으리라. 경황이 없는 나는 인사도 변변히 하지 못한 채 과속으로 돌아왔다. 사고 날 뻔한 덕분에 잠은 달아난 상태였다.

만나서 무슨 말을 했는가는 기억나지 않는다. 마치 스토커 같은 내 행태에도 선희는 모질게 대하지 않았다. 어쩌면 그런 태도에 내가 희망을 걸었는지도 모른다. 하여튼 계룡대에서 대천까지는 먼 거리였다. 그 먼 거리를 매일 찾아오니 괴로운 와중에도 미안했을지도 모른다. 선희 마음이 확고하지 않았다면 내 정성에 감복했을지도 모른다. 공군 장교보다 의사가 나은 직업이라고 생각했든, 인간 조자룡보다 사귀는 사람이 더 마음에 들었든 간에 선희 마음은 흔들리지 않았다. 선희가 사귀던 의사에게는 다행이었으나 나에게는 지옥이었다.

지성이면 감천이란 마음으로 희망의 끈을 놓지 않은 게 한 달 정도였다. 어떠한 노력에도 성과가 없다는 게 확실해지자 삶의 의미를 생각하게 되었다. 어떤 사람은 사랑과 집착을 구분하지만 나는 그 차이를 모른다. 사랑이든 집착이든 대상을 포기하지 못하는 건 마찬가지다. 타당하고 합리적인 사랑이 아니었을지는 모른다. 어떤 이유로든 타오른 불길을 제어할 방법이 없는 나는 절망하였다.

삶과 죽음의 경계에서

프랑스 정신분석학자 자크 라캉은 '인간은 금지된 것을 욕망한다'라고 말하였다. 나를 뜨겁게 달궜던 원인은 무엇일까? 청순가련형 절세미녀가 아니라 배우자감으로 큰 손색이 없는 사람 정도로 여겨졌던 선희지만, 이미 사귀는 남자가 있다는 데서 갑자기 잡을 수 없는 신기루에 대한 애착이었을까? 그럴 수도 있다. 인간은 쉽게 얻을 수 있는 사물에는 시큰둥하고 도저히 접근조차 할 수 없는 대상에는 안달하는 법이니까.

그 원인이 중요한 건 아니다. 어떤 이유로든 일단 뜨거워졌고, 사랑이든 집착이든 불가능하다는 생각에 비례해서 욕망은 더 강력해졌다. 불가능한 도전이 무의미함을 깨닫고 한 달 만에 대천 방문을 포기한 건 타당하였다. 이성은 합리적으로 판단하였으나 감정은 합리적이지 않았다. 나는 선희가 좋다. 선희는 좋아하는 사람이 있다. 일부일처제 사회에서 한 여자가 두 남자를 거느리고 살수는 없다. 내가 선희와 살려면 선희 생각을 바꾸어야 한다. 선희가 생각을 바꿀 가능성은 없다. 그렇다면 내가 선희를 포기하고 다른 여자를 구해야 한다.

간단한 논리다. 너무나 단순한 논리이기에 이성은 쉽게 판단한다. 문제는 이성의 현명한 판단이나 선택과 무관한 감정의 폭주였다. 내가 선희에게 선택받지 못했다고 하여 무능하다거나 존재 가치가 없는 건 아니다. 물론 경쟁 대상자보다는 떨어질 수는 있다. 세상에는 70억 명의 사람이 있다. 그중 한 사람에게 선택받지 못하고, 한 사람에게 열등하다고 하여 좌절할 이유는 없다. 감정은 인간이 통제하기 힘든 요소다. 슬퍼야 할 때 슬프지 않을 수도 있고 기뻐할 일에도 무덤덤하기도 하다. 이성은 사소한 일이라고 말하고 있으나 감정은 참을 수 없음을 주장하였다.

이성과 감정은 인간 생존의 핵심 요소다. 상황 판단을 제대로 하여 올바로 대처하지 않거나 희로애락을 적절하게 표현하지 못한다면 사회생활을 할 수 없다. 지나친 감정 표현으로 인간관계를 파탄내지 않기 위해서는 적당한 이성의 간섭과 통제가 필요하고, 너무 냉정하게 이익에 빠져들 때는 인간의 정이나 의리에 호소해야 한다. 보통이라면 이성과 감정은 상호 보완하여 극단으로 치닫지 않도록 조절한다.

내가 절망할 이유는 별로 없었으나 내 마음은 한없이 나락으로 떨어져 내렸다. 사는 게 하찮게 여겨졌다. 스스로 미생물이나 기생충보다 가치 없는 존재로 느껴졌다. 선희가 어떤 절대자가 아님에도 나를 선택하지 않았다는 단 하나의 이유로 나는 무의미한 존재가 되었다. 나 자신만 가치가 떨어진 게 아니다. 우주나 태양이나 조국과 가족마저도 무의미해졌다. 내게 필요한 건 단 하나, 선희뿐이었다. 웬일인지 가장 중요한 걸 포기하기보다는 삶을 포기하는게 옳다는 생각이 들었다.

죽음을 생각했다. 마음만 먹는다면 죽는 건 간단하다. 힘들다고 쉽게 죽는다면 인류는 진작에 멸종했을 것이다. 죽음을 결심하자 온갖 상념이 떠올랐다. 생명체에게 생존과 번식을 명령하는 이기적 유전자의 배후 조종이었을 것이다. 금오공대 3학년 때 공군 병영 훈련에서 그랬듯이 자살하려고 마음먹자 어머니가 떠올랐다. 자살하려는 사람이 어머니 걱정할 필요는 없었으리라. 어머니를 핑계로 살 구실을 찾은 것이리라.

누나가 자살했을 때 망연자실하여 몸부림치며 통곡하던 어머니 모습이 떠올랐다. 여덟 자식을 낳아 살아남은 자식 여섯을 위하여 한순간도 편치 않은 삶을 살아오신 어머니의 과거가 그려졌다. 대성통곡했다. 죽고 싶도록 괴로워서 죽어야 했으나 누나가 죽었을 때 다짐한 말이 떠올랐다. '가장 큰 불효는 부모보다 자식이 먼저 죽는 것이다. 사나이 조자룡은 죽지 않는다. 무슨 일이 있더라도 부모보다 먼저 죽지 않는다. 설령 암에 걸리더라도.' 나는 암에 걸린 게 아니다. 암보다 치유가 힘들 수는 있다. 그래도 죽어서는 안 된다. 어머니가 처음으로 고등학교, 대학교를 나온 자식이라고 얼마나 좋아하였던가? 실패한 사랑을 핑계로 자살한다면 어머니의 마음은 어떨 것인가?

매일 밤 술을 마시고 울었다. 사람이 미치면 눈에 보이는 게 없다. 주위 사람도 무시한다. 일과 중에는 조용했다. 밤만 되면 미치광이가 되었다. 2인 1실 독신자 숙소에는 2년 후배 김주성과 함께 살았다. 나와 마찬가지로 금오공고와 금오공대를 졸업한 ROTC 후배로 정보통신 장교였다. 평소에는 아버지나 되는 듯 잔소리하던 내가 후배 보는 앞에서 대성통곡했다. 부끄러움도 수치도 몰랐다. 후배는 선배의 돌연한 추태에 어쩔 줄 몰라 했다.

나는 음악을 싫어한다. 노래를 못하기도 하지만 부르기를 싫어한다. 그때는 만취해서 혼자 노래방에 가서 두 시간 세 시간 노래했다. 대중가요라는 게 대부분 사랑 타령이다. 성공한 사랑보다는 실패한 사랑 노래가 많다. 부모와 고향 관련 노래도 많다. 한국인 근현대사의 애환이 담긴 한과 서러움에 대한 노래가 대부분이다. 이것저것 노래방 반주에 맞추어 목청껏 소리치다 보면 마음에 위안이 되는 듯했다.

어느 주말에 서울 본가에 간 적이 있다. 말끝에 내가 죽고 싶다는 말을 하였다. 어쩌다가 최근 있던 일이 화제에 오르내렸으리라.

사랑은 아무나 하는 게 아니다. 물론 사랑이 빈부귀천을 구분하여 오는 건 아니지만 생계유지가 급선무인 사람은 애써 사랑을 외면한다. 하루 벌어 하루 먹고사는 사람이 사랑 타령이라면 가족이 살아남겠는가? 어쩌다 사랑의 감정이 생겨도 무시하거나 형편을 들어 세뇌한다. 실연 경험이 없어서였을까? 아버지와 형은 크게 역정을 냈다.

"뭐여? 죽어? 고작 여자 때문에 죽는단 말여? 대학까지 나온 놈이 고작 한다는 말이 부모 앞에서 죽고 싶다는 말이냐? 애라 병신 자슥아."

"병신 지랄하고 자빠졌네. 쌔고 쌘 게 여잔데 여자 읎어서 죽는다고? 정신 차려 이눔아."

아버지와 형 말대로 나는 병신이었다. 스스로 생각해도 그렇다. 세상 사람 절반이 여자인데 여자 한 명 못 구해서 죽고 싶은 심정이 될 줄은 나도 몰랐다. 마음이 천 갈래 만 갈래로 찢어지는 것 같아서 정말 죽고 싶었다. 진정 죽고자 하였다면 말없이 죽었을 것이다. 죽고 싶다는 말은 살고 싶다는 절규다. 살고 싶으나 살 수 없는 상황에 대한 고뇌와 갈등의 하소연이었다. 나는 또다시 대성통곡했다. 살고 싶으나 살 수 없고, 죽고 싶으나 죽을 수 없는 고통에서 헤어날 방법을 몰랐다.

아버지와 형이 병신이라고 욕하는 게 슬펐지만 사실 어떤 위로로도 결과가 달라지진 않았으리라. 삶과 죽음의 경계를 오가던 내게 어떤 설득이나 조언도 귀에 들어오지 않았다. 그저 큰 소리로

울다 보면 어느 순간 마음이 진정되고, 또다시 고통이 찾아오면 울기를 반복할 뿐이었다. 그런 나를 아버지와 형이 바보 병신이라고 욕한 게 잘못이라고 생각하지 않는다. 내가 보기에도 나는 바보 천치였다.

언제 어떤 계기로 정상을 되찾았는지 기억에 없다. 한 달간 매일 대천으로 찾아가다가 한 달간 술 마시고 노래하고 운 기억만 남는다. 불가사의한 열정에 휩싸였다가 온 세상을 잃은 듯한 상실감이 폭풍우같이 몰아쳐 숨쉬기조차 버거웠던 순간을 생각하면 거짓말 같은 결말이었다. 술이 약이었을까, 노래가 약이었을까, 아니면 통곡이 내면의 불안과 불만을 잠재웠을까? 어쩌면 그 모두였거나 시간이 약이었을 것이다. 죽고 싶다는 말이 살고 싶다는 절규였듯이 살아야 할 이유를 빠르게 찾아냈으리라.

충격에 방황하던 두 달은 길었다. 자신도 모르던 나를 많이 발견하였고 세상을 보는 눈도 달라졌다. 실연은 아픈 상처다. 아무리 냉정하며 의지가 강한 사람이라도 견디기 힘든 참을 수 없는 고통이다. 마음이 천당과 지옥을 오가느라 몸이 만신창이가 되더라도 얻는 건 있다. 사람은 행복할 때보다 불행에서 깨달음을 얻는다. 행복은 그저 즐거울 따름이지만 불행은 새로운 걸 알게 한다.

그 이후

그 일이 있고 나서 겉으로 바뀐 건 없다. 아침 여섯 시에 일어나서 일곱 시 전에 출근하는 일상으로 돌아갔다. 겉으로는 아무렇지도 않은 듯 행동하였으나 사실 이전의 내가 아니었다. 제행무상, 모든 사물은 늘 돌고 변하여 그대로인 건 없다. 물질뿐만이 아니다. 사고방식과 생각도 변한다. 내가 타인에게 하찮은 존재임을 알았고, 죽고 싶도록 괴로워한다고 해서 세상이 달라지지 않는다는 것도 알았다. 아니, 죽어 사라져도 우주나 지구에 손톱만치의 영향도 없을 터였다.

외모는 예전의 나였으나 생각은 바뀌었다. 충격은 사람의 정체를 바꾼다. 상처가 크면 클수록 더 많은 영향을 준다. 첫째, 나는 나를 모른다는 걸 깨달았다. 자신을 모르는 사람이 있는가? 자기가 자기를 모른다면 누가 안단 말인가? 내 생각은 누구도 꿰뚫어 볼 수 없다. 의식하는 자아만 제대로 알 뿐이다. 그건 잘못된 생각이었다. 나는 나를 잘 안다고 생각했다. 세계관이나 국가관이 뚜렷하고 사회나 가족에 할 일을 알았다. 다른 사람과 조화로운 삶이 성공의 지름길이라는 걸 알았다. 어떤 상황에서든 내가 할 말과 행동은 정해져 있었고 그렇게 하리라고 확신하였다.

완전한 오판이었다. 나는 미지의 나를 모른다. 경험에서 드러난 의식과 무의식이 전부가 아니다. 맞닥뜨리지 못한 상황에서 어떤 말과 행동을 할지 모른다. 공자의 사상과 학교에서 가르친 대로 할 거라는 예측은 내 관념일 뿐이다. 여자가 나를 마음에 들지 않는다고 하여 죽고 싶은 마음이 들 줄은 꿈에도 몰랐다. 그 단순한 말이, 그런 사소한 이유로 내가 사랑하는 조국과 가족, 심지어 태양과 우주마저 무의미해질 줄 몰랐다. 한 여자의 말에 그렇게 큰 충격을 받고 참을 수 없는 고통을 느꼈다면 또 다른 사람의 말이나 절체절명의 위기에서 어떤 태도를 보일지 짐작조차 할 수 없다.

역사에 무수한 사람이 기록되어 있으나 훌륭한 사람보다는 못난 사람이 많다. 그 말은 내가 역사 속으로 들어간다면 달리 행동할 거라는 자신감이다. 나는 김유신보다는 계백이 좋고 정도전보다는 정몽주를 좋아한다. 오래 살면서 많은 업적을 남긴 신숙주보다 일찍 죽은 성삼문이 더 좋다. 호의호식하며 천수를 누린 이완용보다 비명횡사한 안중근을 좋아한다. 좋아한다는 건 그 사람의 말과 행동을 추종한다는 뜻이다. 그런 상황이 되면 그렇게 행동하리라는 의지다. 나는 나를 믿어 의심치 않았으나 그건 헛된 망상이었다. 그건 강력한 내 의지가 아니라 단지 옳다고 생각하는 관념일 뿐이었다. 한 여자가 사랑하지 않는다는 말에 조국과 가족을 버릴 정도라면 위기의 순간에 무슨 짓을 못 하겠는가? 나는 대수롭지 않은 놈이었다. 약간 겸손해졌다.

둘째, 사람은 사소한 일로 죽을 수 있다는 걸 알았다. 사람의 목숨은 끈질기다. 삼풍백화점이 붕괴하였을 때 수십 일을 음식 없이 버티다가 살아 나온 사례도 있다. 사람뿐이겠는가? 유전자가 각인해놓은 생명의 생존 본능은 무섭다. 어떠한 상황이나 곤란한 지경도 극복하는 생명은 경이롭기까지 하다. 바위 위 소나무를 보았는가? 독재자의 모진 고문이나 참을 수 없는 치욕에도 살아남은 사람이 허다하다. 살다 보면 죽고 싶을 때나 죽어야 할 일은 부지기수지만 대부분 삶을 선택한다. 그러니 두엄 밭에 뒹굴어도 저승보다는 이승이 낫다는 말이 있잖은가?

지독하게 삶을 추구하고 가혹한 고문이나 굴욕에도 굴하지 않는 게 보통 사람이다. 뜻밖에도 쉽게 스스로 생명을 끊기도 한다. 몸으로 이루어진 인간이지만 일체유심조란 말이 있는 이유다. 실제 상황이나 조건이 중요한 게 아니다. 어떻게 사고하고 판단하느냐의 문제다. 고통과 치욕 속에서도 살아야겠다고 생각하면 살게 되고, 아무리 사소한 충격에도 삶의 의미를 잃는다면 죽은 목숨이다. 인간에게 합리적인 이성이 있으나 외부 상황에 민감한 감정이 있다. 아무 말 없는 무시나 경멸하는 말 한마디가 사람을 죽일 수 있다. 실연을 참을 수 없다면 사소한 수모에도 죽을 수 있다.

사람은 사람을 대할 때 조심해야 한다. 겉으로 보기에 합리적이고 냉철한 사람으로 보여도 의외로 마음이 여릴 수 있다. 아무렇지도 않은 농담에 상처를 받아 죽어버린다면 감당할 수 있겠는가? 실연이 큰 상처지만 사람에 따라서는 다른 이유로 상처받을 수 있다. 다리를 저는 사람에게 병신이라는 욕이나 한센병 환자에게 문둥이라는 농담은 치명적일 수 있다. 사람은 입안에 숨겨진 도끼를 조심해야 한다. 한마디 말은 평지풍파를 넘어서 상대와 자신마저 살해하는 무기가 될 수 있다.

셋째, 사람은 무언가에 미칠 수 있다. 무슨 일에 깊이 빠진 사람을 미친놈이라고 욕한다. 이를테면 천둥 번개가 치는 폭풍우에도 골프를 하는 사람이 있다. 영하 삼십 도 날씨에도 등산이나 낚시를 하는 사람도 있다. 그게 제정신인 사람이겠는가? 제정신이 아니다. 미친 것이다. 이해할 수 없는 말이나 행동하는 사람이 종종 있다. 그런 사람을 경멸하였으나 스스로 경험하자 생각이 바뀌었다. 합리적이거나 타당하지 않더라도 그럴 만한 이유가 있거나 최소한 그런 취향을 가질 수는 있다. 내가 보기에 무모하더라도 스스로 좋아서 하는 일을 욕할 이유가 있는가?

나는 어떤 이유라도 자살은 좋지 않다고 보았다. 사실 좋은 자살은 없다. 자살이 타당하거나 권장할 만한 일은 아니더라도 무조건 무책임한 놈이라고 욕부터 하던 생각이 바뀌었다. 참을 수 없이 비참한 상황을 뒤집을 방법이 없거나, 살아가는 앞날에 견디기 힘든 고난이 예상되거나, 당장 느껴지는 육체나 정신의 고통을 감내할 수 없을 때 인간이 사용하는 최후의 수단이 극단적 선택이다. 어떤 이유라도 자살은 비겁한 행위라고 생각했다. 자살이 비겁한 행위일지는 몰라도 사람에 따라서는 어쩔 수 없으리라. 사람은 어떤 이유로 스스로 죽을 수 있다. 무책임한 놈이라는 욕 대신에 오죽하면 그랬으랴 하는 연민이 들게 되었다.

세상에 할 일은 많다. 한 가지를 포기한다고 살 수 없는 건 아니다. 보통 사람일 때만 그렇다. 성격상 하나의 일에 깊이 몰입하는 사람이라면 그걸 할 수 없다고 판단할 때 극단적 선택을 할 수 있다. 사람을 대할 때 보편적인 원리 원칙을 따라야 하지만, 때에 따라서는 특별하게 대할 필요가 있다. 그 사람이 살아온 환경이나 현재 처한 상황이 보통 사람이 이해할 수 없는 수준인지도 모른다. 좀 더 사람을 자세히 관찰하는 사람이 되었다. 겉으로 보이는 태도 이면에 어떤 이유가 있을지 상상하게 되었다. 갈등에서 역지사지는 상황을 바꾸게 하는 큰 힘이다.

넷째, 세상에 나를 위한 사람은 없다. 나에게는 내가 주인공이다. 일부러 시비를 걸거나 논쟁하지 않았으나 다른 사람을 중요하게 생각하지 않았다. 쓸데없는 분란을 만들지 않기 위하여 적당히 상대했을 뿐이다. 주인공이 조연이나 엑스트라와 같을 리 있겠는가? 주인공 역할을 제대로 하기 위해 열심히 책 읽고 일하고 심신을 단련했을 뿐이다.

내가 주인공이라면 세상은 나를 중심으로 돌아가야 한다. 그 이전에도 내가 유일한 주인공이라는 데 무언가 석연치 않은 의심이 들었으나, 선희의 선택으로 확실해졌다. 나는 내 인생의 주인공이다. 그러나 세상의 유일한 주인공은 아니다. 유일한 주인공이라면 그렇게 힘든 나를 내버려둘 리 있는가? 생사기로에 처해도 아무렇지 않게 세상이 돌아가겠는가? 감정의 과잉 상태에서 나는 아무것도 아니었으나 제정신으로 돌아온 후에도 보통 사람일 뿐이었다. 나는 70억 명의 인류 중 한 명, 그 이상도 이하도 아니다.

내가 특별한 사람이 아니라면 다른 모든 사람이 나와 같은 사람이라는 증거다. 무시하거나 막 대해도 좋은 사람은 없었다. 설령 우리 역사에 엄청난 악영향을 끼친 일본인, 중국인, 미국인, 러시아인, 심지어 북한 공산당이라고 해도 말이다. 잘못을 따질 거야 따져야 하겠지만 각 개인은 모두 소중한 사람이다. 나를 스스로 소중한 사람이라고 생각한다면 타인을 소중하게 여겨야 한다.

용광로와 빙하를 오가는 감정의 등락과 하루가 십 년 같은, 고통 어린 두 달이었다. 인생 전체를 봐서는 극히 짧은 시간이었으나 나에게는 긴 세월이었다. 그 짧고도 긴 세월은 나에게 많은 숙제를 주었고 고뇌하게 하였다. 그 길고도 길었던, 참을 수 없던 시간은 절대 돌아가고 싶지 않지만 작은 대가가 있었다. 겸손, 상처, 이해, 존중이란 개념을 다시 생각하게 하였다. 사람은 겸손해야 하고, 타인에게 상처를 주어서는 안 되며, 다른 사람이 하는 평범하지 않은 태도와 행동에 분노하기보다 먼저 이해하려고 노력하고 그 사람의 처지를 존중해야 한다.

거대한 충격과 지옥을 헤매는 방황은 다른 사람의 마음에 다가가는 방법을 가르쳤다. 상황에 따라 변하는 사람의 심리에 대하여 생각하였다. 사람은 누구나 소중하다. 상관뿐만 아니라 동료 부하의 마음도 중요하고, 부모 형제 처자식 친구의 생각도 중요하다. 다른 사람의 처지와 심정을 이해하려는 노력은 나에게 유리한 결과를 낳았다. 나를 상대해 반대편에 서야 하는 사람에게 미움을 덜 받았다.

사람은 금지된 걸 욕망한다. 위험천만한 일이다. 엄청난 대가를 치를 가능성이 크다. 인생에 공짜는 없다. 무언가 얻었다면 크든

작든 지불(支拂)한 게 있을 것이다. 목숨이 오가는 위험천만한 도전으로 얻은 대가라기에는 소박하였으나 삶에 도움이 되었다. 긴 세월 고통의 대가는 인간 심리에 대한 개안(開眼), 인간 이해였다.

국방부 군수국장(軍需局長)

1993년 공군본부에 온 이후 내 임무는 하나다. 육군 해군과 협력하여 탄약시스템 합동 사업관리단을 구성하여 개발에 착수하는 것이다. 공군을 위해서나 국방부 전체를 위해서도 무척 중요한 임무다. 육군은 대군답게 준비 요원이 이주천 대령, 한민규 중령, 정윤희 중령까지 3명이었고, 해군은 임상옥 소령, 공군은 조자룡 대위였다. 이주천 대령이 팀장이었고 보병 병과였다. 정윤희 중령은 정보통신 병과였으나 나머지 세 명은 모두 탄약(병기 병과) 특기였다.

당시 국방부 산하에는 국방정보체계연구소가 설립되었다. 박정희 전 대통령의 자주국방 방침으로 만들어진 국방과학연구소가 국산 무기체계 연구개발에 혁혁한 공을 세웠듯이 온 세상이 부르짖는 정보화를 국방부가 앞장서서 적은 비용으로 가장 빨리 이룬다는 목표 아래 만들어진 연구소다. 국방정보체계연구소는 줄여서

'국정연'이라고 불렀으며 탄약시스템 개발 담당 연구원은 이선복 박사다.

이주천 대령은 대단히 유능하고 리더십이 뛰어난 장교다. 육군 보병 병과였으나 병기(무장·탄약)나 정보통신(통신·전산) 분야 지식에 해박했다. 소위 때 공군 조종사를 조종술만 아는 범생이로 잘못 알았던 것처럼, 육군 보병 장교에 대한 내 선입관은 틀렸다. 공군 조종사는 스스로 공군을 대표한다는 자부심이 있다. 주요 지휘관은 모두 조종사다. 최고 지휘관이 되기 위해 조종술 외에도 모든 업무를 파악하려고 노력한다. 참모총장 수준 지휘관 자질을 갖추고자 한다. 공군 조종사는 우대받는 귀족적 신분이었으나 스스로의 노력으로 일반 장교보다 우월한 능력을 쌓는다.

육군 보병 장교는 육군을 대표한다고 생각하지 않는다. 국방부를 육군이 주도하고 육군은 보병 장교가 이끄는 만큼 국방부를 대표한다고 생각한다. 육군 업무뿐만 아니라 해·공군 업무까지 완전히 이해하려고 노력한다. 해군 항해 장교나 공군 조종 장교가 참모총장을 목표로 군 생활을 한다면 육군 보병 장교는 참모총장을 넘어서 합참의장이나 국방부 장관 이상을 바라본다. 나는 처음 본 육군 대령의 탁월한 업무 지식에 놀랐으나 그런 이면이 있었다. 내가 그랬듯이 이주천 대령의 꿈도 자못 원대하였다.

이주천 대령은 한때 육군참모총장 부관을 할 정도로 그 능력을 인정받은 유능한 장교다. 전두환 쿠데타로 경질된 정승화 참모총장의 부관이었고, 반란군에 의해 정승화 참모총장이 연행될 때 교전으로 복부에 관통상을 입었다. 목숨을 건진 건 천운이었으나 잘 나가던 무운이 꺾인 불행한 사태였다. 모시던 직속상관이 숙청되었으니 앞날이 가시밭길인 건 당연하다. 더구나 상대는 온 나라를 떨게 하던 하나회. 군에서의 성공은 꿈같은 일이었으나 김영삼 대통령 취임 이후 분위기가 완전히 바뀌었다. 개혁을 부르짖은 대통령은 과거 자기 앞길을 막은 장본인이기도 한 하나회 척결에 주력하였다. 이주천 대령에게도 기회가 생긴 것이다.

이주천 대령을 중심으로 육·해·공군 탄약시스템 추진위원은 정기 모임을 가지며 개발 전략을 숙의하였다. 이미 구체적인 전략은 세워진 터였다. 군수물자 중 5종 탄약 업무를 정보체계로 개발하고 다른 물종에 확대 적용한다는 전략이었다. 육·해·공군 합동 사업관리단을 출범하고 국정연이 기술 지원한다는 것도 결정되었다. 정부에서 정보화를 최우선 정책으로 삼은 만큼 예산도 문제가 아니었다. 당면 과제는 하나였다. 정보체계를 개발할 우수한 업체를 선정하는 일이었다.

탄약시스템 추진위원 의견은 일치하였다. 가장 우수한 기술력을 가진 업체를 선정하기 위해 경쟁 입찰한다는 것이다. 김영삼 대통령의 취임 일성이 부정부패 일소와 개혁이었다. 대한민국이 엄청난 속도로 산업화와 민주화에 성공하였으나 시민의식까지 성숙한 건 아니다. 과도기였던 만큼 많은 변화가 이루어졌으나 사회 곳곳에는 부정부패와 부조리가 만연해 있었다. 인권유린이 공공연하게 벌어졌고 사회는 공정하지 않았다. 가진 자나 힘 있는 사람에 의해

불법이 태연히 이루어졌다.

군에는 상부 지시 사항 전파라는 게 있다. 직속상관 방침이나 명령을 문서로 말단 부대까지 전파한다. 직속상관은 대통령, 국무총리, 장관, 참모총장, 사령관, 단장이다. 연대장이나 대대장도 직속상관이나 문서로 전파하는 건 드물고 주로 구두로 전파한다. 매월 매주 상부 지시 사항이 나오는 형편이었다. 어쨌든 중간 부대가 전파하지 않으면 어떤 문제가 생겼을 때 책임이 따른다. 책임을 면하기 위해서라도 상부 지시 사항은 반드시 문서로 예하 부대에 전파한다. 중대장 때는 거의 매일 조회 시간에 상부 지시 사항을 낭독하다시피 하였다. 명령은 엄정하게 지켜야 하지만 상부 지시 사항은 장병을 짜증 나게 한다.

대통령이 지시하면 그 지시 사항만 전파하는 게 아니다. 국무총리가 덧붙이면 그것도 전파하고, 국방부 장관이나 각 군 참모총장 의견도 덧붙인다. 사령관 단장도 마찬가지다. 그러니 비슷한 내용이 여러 번 반복해서 내려오게 마련이다. 읽는 중대장이나 듣는 중대원이나 짜증 나는 건 마찬가지다. 상부 지시 사항은 거의 지시 사항답지 않은 면피성 행위에 가까웠다. 대통령의 방침을 따랐다는 증거가 상부 지시 사항인 셈이다.

부정부패는 대체로 돈과 연결된다. 권력자 주변과 사업이 벌어지는 데는 악취가 진동하기 마련이다. 법과 제도가 미비하거나 사법 의지가 약한 사회에서 손쉽게 돈 버는 방법이 권력과의 결탁이다. 자본주의 사회에서 돈을 마다할 사람이 있는가? 곳곳에 기회를 노리는 사람 천지다. 어쩌면 법이 강제하지 않는다면 거의 전 국민이 마다하지 않을지도 모른다. 그러한 국민 성향을 바꾸기 위하여 대통령은 국무회의 때마다 '수의계약 절대 금지'를 강조했다. 수의계약이 무엇인가? 지인에게 사업권을 주는 것이다. 공정한 경쟁 없이 얻은 막대한 이익이 어디로 가겠는가?

육·해·공군 탄약시스템 추진위원의 개발 업체 선정은 공개 경쟁 입찰이었으나 국방부 군수국장(國防部 軍需局長) 생각은 달랐다. 군수국장은 육군 보병 소장이다. 각 군 군수참모부장이 참모총장을 보좌하듯 국방부 장관을 보좌하는 군수업무 총 책임자다. 탄약시스템 개발 최종 책임자였다. 군수국장은 공개적으로 지시하지 않았으나 은근히 수의계약을 종용하였다.

당시 정보체계 개발 사업 초창기였던 만큼 대형 사업 실적을 가진 업체는 없었다. 모두가 초짜였다. 삼성데이터시스템(SDS), LG정보통신, 한진정보시스템 등 일반 기업과 군인공제회에서 운영하는 제일정보통신이 사업을 따려고 노력하고 있었다. 개발 경험이 없기로는 마찬가지였으나 국정연이나 군 정보통신 전문가들은 민간 기술이 앞선다고 판단하였다. 제일정보통신은 군인공제회 산하 기업인 만큼 군에서 진급하지 못하고 전역한 전산 장교가 많았다. 군업무를 이해하는 측면에서는 유리하지만, 정보체계 신기술은 막 공부를 마친 젊은이에 미치지 못한다.

육·해·공군 추진위원은 전자 분야에서 세계를 선도하는 삼성이나 LG가 선정되기를 내심 바랐으나 군수국장은 제일정보통신이 유리하다고 생각하였다. 군 출신이 많으니 업무 이해도가 빠르지 않겠느냐는 것이다. 추진위원이 토의 결과로 경쟁 입찰을 건의하면 군수국장은 재검토를 지시하였다. 당시 군인공제회 이사장이 군수국장과 육사 동기였다. 정확한 내막은 모르지만, 동기간에 모종의 유착이 의심되는 정황이었다.

군은 상명하복의 명령 사회다. 군수국장이 재검토 지시를 하지 않고 수의계약을 명령하면 따르지 않을 사람이 없다. 물론 따르지 않을 사람이 존재할 수도 있으나 그 정도로 용기가 대단한 사람은 드물다. 결과에 책임지지 않을 일에 목숨 걸고 항거할 사람이 있겠는가? 문제는 나중에 실패했을 때다. 수의계약 하여 사업에 실패한다면 책임은 고스란히 군수국장이 져야 한다. 사업 실패와 무관하게 대통령 국무총리 장관의 '수의계약 금지' 상부 지시 사항을 어겼다는 사실이 드러나도 문제다. 그런 위험부담을 고스란히 지려고 하겠는가?

그건 우리도 마찬가지였다. 수많은 '수의계약 금지' 상부 지시 사항 공문을 받은 우리가 근거 없이 수의계약이 타당하다고 건의하겠는가? 당장 군수국장 의견을 따르는 건 쉬운 일이나 나중에 문제가 생기면 책임은 검토한 추진위원이 져야 한다. 그러니 우리끼리 토론장에서는 군수국장을 격렬히 성토하며 울분을 토하였으나 막상 대면 회의에서는 할 말을 제대로 하지 못했다. 군수국장 눈밖에 날까 두려웠을 터다.

그렇게 1년의 세월이 흘렀다. 1993년 8월에 공군본부에 왔을 때에 비해 단 한 걸음도 나아가지 못했다. 처음에는 업무 초보자이자 가장 낮은 계급자로서 다른 사람 의견을 경청했다. 1년은 공군 탄약 업무 파악과 정보체계를 이해하는 데 충분한 시간이다. 무려 1년이나 추진위원 검토 결과 보고와 재검토 지시가 반복되는데 어이가 없었다. 만약 외부에 이런 사실이 유출되어 언론에 보도되는 순간 난리가 날 일이었다.

"언제까지 검토만 할 겁니까? 이번에는 끝장을 냅시다."

"아니, 정보통신 분야에서 진급에 떨어져 제대한, 나이 든 군인이 신기술을 안답니까? 제일정보통신에 맡기느니 차라리 군 자체로 하는 게 나을 겁니다."

"군수국장이 대면 회의를 한다니 수의계약을 하려는 이유나 들어봅시다."

"또 재검토 지시하면 우리 모두 추진위원에서 사퇴합시다."

"재검토 지시할 거면 차라리 수의계약 명령을 요구합시다."

국방부 군수국장과의 대면 회의 전 육·해·공군 추진위원은 한목소리로 격앙했다. 1994년 8월 어느 날 탄약시스템 추진위원회 회의가 국방부 군수국장실에서 열렸다. 경쟁 입찰이 필요하다는 우리 보고서는 이미 읽은 상태였다. 군수국장은 훈시하는 투로 자기 의견을 길게 말하고 우리를 질책하였다. 회의 참가 전 분노하여 열변을 토하던 추진위원은 모두 침묵하였다. 밖에서는 그렇게 일치된 의견을 주고받던 사람이 모두 고개를 숙였다. 어색한 시간이 몇 분 흘렀다. 이래서는 아무 소득도 없이 회의가 끝날 게 분명하였다.

보나 마나 추진위원 보고서 결재가 아니라 재검토 지시가 분명하였다. 계급으로나 지식으로나 내가 나설 계제가 아니었으나 참을 수 없었다. 1년 허송세월한 것도 모자라서 얼마나 더 시간을 낭비하란 말인가?

"국장님, 공군 대위 조자룡입니다. 국장님 뜻은 충분히 이해합니다만 저희 실무자 일동은 경쟁 입찰로 업체를 선정하는 게 타당하다고 판단했습니다. 정보체계 개발은 신기술 적용이 중요한데 군 전산 장교 출신은 학교를 떠난 지 오래잖습니까? 제일정보통신 직원 나이는 대부분 30대 후반입니다. 도저히 신기술을 습득했다고 믿어지지 않습니다. 제일정보통신 직원이 군 전산 장교 출신이라서 업무 파악에 유리하다는 말도 사실과 다릅니다. 전산 장교가 정보통신 기술자지, 탄약 업무를 경험한 건 아니잖습니까? 탄약 업무를 파악하는 건 막 대학 졸업한 사람과 차이가 없습니다. 오히려 어설프게 아는 것보다는 처음부터 새롭게 파악하는 게 정확한 업무 처리에 유리할 수 있습니다. 가장 큰 문제는 수의계약이라는 방식입니다. 작년부터 부정부패 방지와 수의계약 금지에 대한 상부 지시 사항이 수십 차례 내려왔습니다. 대통령, 국무총리, 장관, 참모총장 지시 사항을 모두 합하면 열거하기 어려울 정도입니다. 과연 제일정보통신이 수의계약을 할 만큼 정보체계 기술이 독보적인지, 설령 독보적이라고 하더라도 대통령, 국무총리, 장관, 참모총장 지시를 어겨가면서까지 수의계약을 해야 하는지 알 수 없습니다. 수의계약 해서 만약 실패라도 하는 날이면 누구 책임입니까? 국장님의 판단대로 군인공제회 산하 제일정보통신이 모든 면에서 탁월하다면 차라리 명령하십시오. 제가 보기에 국장님 명령에 불복하고 경쟁 입찰을 주장할 사람은 없어 보입니다. 재검토만 벌써 1년입니다. 아무리 재검토해도 국장님 생각으로 결론 날 것 같지는 않습니다. 지나간 시간이 짧지 않은데 언제까지 검토해야 합니까? 경쟁 입찰이 옳다고 생각하지만, 국장님 지시라면 수의계약이라도 따르겠습니다."

침묵의 시간이 흘렀다. 침묵이라기보다는 폭풍 전야 정적이었다. 철없는 위관장교 말이라고 웃어넘기기에도, 잘못된 주장이라고 조목조목 반박하기에도 어색한 상황이었다. 우리끼리 토론할 때는 명쾌한 논리로 주장하던 참가자는 90도로 고개를 숙이고 있었다. 어떤 날벼락이 떨어질 것인가? 대위는 모른다. 대령이나 중령은 안다. 군의 특성이 무엇인가? 명령이 무엇인가? 항명과 쿠데타의 차이는 없다. 도전에 대한 응징은 단호하다. 전시에는 즉결처분이고 평시에는 저버린다. 군수국장의 이후 반응에 항거할 사람은 없을 터다. 각 개인은 가장이다. 국가의 방위와 정보체계 개발도 중요하지만, 개인에게 중요한 진급에 큰 영향을 끼칠지도 모른다. 모두가 두려워 숨을 죽였다. 마치 폭풍전야의 정적과 같은 시간이 5분여 흘렀다.

"요즘 청년 장교는 말이야. 소신이 없어서…"

모두가 땅을 향하여 고개를 숙이고 조마조마할 때 홀로 하늘을 우러러 한숨 쉬며 기가 차 하던 군수국장이 5분여 시간이 흐른 후 내뱉은 한마디였다. 나는 울컥했다. 소신이 무엇인가? 굳게 믿는 바가 아니던가? 상관의 불합리한 지시에도 정당한 사유를 들어 거부하는 게 소신이 아닌가? 군수국장 생각은 달랐다. 수의계약을 반대하는 우리와 판단이 달랐다. 군인공제회 이사장이 동기라서가 아니라 군 출신 전산 장교가 햇병아리 젊은이보다 군수 분야 정보체계 구축에 유리하다고 생각한 것이다. 군수국장은 우리가 경쟁 입찰을 주장하는 이유는 제일정보통신이 적임자임에도 수의계약 금지 상부 지시 사항을 어기지 않기 위해서라고 생각했다. 내가 한 말을 후환이 두려워 책임지지 않으려는 면피성 발언으로 평가한 것이다.

공자가 말한 입지도 되지 않은 나이에 군수국장의 당치 않은 말에 감히 소신을 피력했으나 젊은 혈기였을 뿐, 이후 발생할 상황을 예상한 건 아니다. 무슨 일이 발생할지 알 수 없었다. 불안한 가운데도 또다시 울컥했다. 글로 표현해서 그렇지 나는 5분 이상 횡설수설 내 주장을 펼쳤을 것이다. 그러고 나서 5분 후에 군수국장이 한 말이다. 하고 싶은 말은 많았다. 그래도 참았다. 군에서 장군은 하늘이다. 위관이 감히 맞상대할 사람은 아니다. 군이 다르고 내가 대위라서 참았을 뿐이다. 만약 대령이나 중령이 그따위 소리를 지껄였다면 재떨이가 날았을지도 모른다. 내 입안에서 터져 나오려는 말은 이랬다.

"국장님, 소신이란 게 윗사람 말을 따르는 것입니까? 앞날을 좌우하는 상관의 말이라도 옳지 않다면 목숨을 걸고라도 충언해야 하는 게 소신 아닙니까? 후환이 두려워서 아무도 하지 못하는 말을 하룻강아지 범 무서운 줄 모르는 위관장교니까 하는 말 아닙니까? 저는 소신 없는 장교가 아닙니다."

지나쳐서 좋을 건 없다. 과유불급 아니던가? 지나침은 모자람과 같다. 내 발언은 이미 군에서 상관에게 하는 말로서는 지나쳤다. 더 떠드는 건 감정의 발로일 뿐이다. 아마 한마디만 더 했어도 국장은 참을 수 없었을지도 모른다. 나는 소신에 대한 군수국장의 정의에 반박하지 않았다. 군수국장의 소신 발언 이후 누구도 발언하지 않았다. 회의는 끝났다. 군수국장은 수의계약을 포기하고 보고서에 결재했다. 사람은 다 마찬가지다. 무언가 주장을 하더라도 본인이 모든 책임을 져야 하는 상황이라면 신중해진다.

회의는 불과 30여 분 진행하였다. 발언한 사람은 군수국장과 조자룡뿐이었다. 정보체계에 해박한 지식을 가진 연구원도, 전두환 쿠데타에 저항하던 이주천 대령도, 군을 대표한다던 중령 소령도 아무 말 안 했다. 회의장 밖으로 나오니 일제히 나에게 찬사가 쏟아졌다.

"와! 공군 세다! 공군이 최고다."

"공군이 얌전한 신사인 줄로만 알았는데 그게 아니네."

"세상에서 제일 용감한 건 공군 대위다."

"조자룡은 조자룡이다. 그 조자룡이 어딜 가겠는가?"

"공군 대위는 장성급이다. 장군과 단둘이 자웅을 겨루지 않았는가?"

칭찬을 넘어 갈채 수준이었다. 내가 겁 없이 말하기는 하였어도 처음부터 원한 건 아니다. 육군, 해군 선배 장교가 아무도 말하지 않아서 어쩔 수 없이 말했을 뿐이다. 사람은 유한한 생명이다. 시간은 금이 맞다. 금이 가치가 높은 금속이지만 인간에게 주어진 시간도 못지않다. 다른 사람은 몰라도 나에게 내 인생은 소중하다. 1년을 허송세월하다시피 했는데 또 어물쩍 넘어가려는 데 분노한 건 당연하다.

1년간 시간을 끈 업체 선정은 이후 일사천리로 흘러갔다. 육·해·공군 탄약시스템 추진위원의 뜻대로 경쟁 입찰로 업체가 선정되었다. 심사위원은 외부 인원과 추진위원이었다. 국방부 최초 정보체계 구축 사업 업체는 삼성데이터시스템으로 결정되었다. 사업이 계획대로 완벽하게 성공하였다면 무한 행복했을 것이다. 세상은 인간 뜻대로 돌아가지 않는다. 결과론이지만 삼성이든 LG든 제일정보통신이든 대동소이했을 것이다. 세상은 결과 외에 공정한 과정도 중요하다. 사업 성공 여부와 무관하게 우리는 군수국장과 투쟁할 명분이 있었다. 설사 삼성보다 제일정보통신이 성공할 가능성이 더 컸더라도 수의계약은 아니다. 상부 지시 사항이 아니더라도 세상은 공정해야 하지 않은가?

군수국장 앞에서 고개 숙인 탄약시스템 추진위원이었지만 마음만은 정결하였다. 세상과 조국을 위해 앞장서서 완벽한 정보체계를 구축해야 한다. 인류와 후배가 지켜보고 있지 않은가? 앞날이 두려워 누구도 말하지 않을 때 분기탱천하여 군수국장보다 더 길게 주장을 피력한 조자룡은 용감하였다. 아직 질풍노도의 꺾이지 않는 기백을 가지고 있었다. 그 기세 그대로 탄약시스템을 완벽하게 개발하고 자신의 앞날을 스스로 찬란하게 밝힐 것인가?

나의 운명

첫 만남

큰 충격과 끝없는 방황을 하던 때로부터 두 달여 시간이 지났다. 아무리 큰 기쁨이나 고통도 시간이 지나면 무뎌진다. 곧 세상의 종말이라도 닥칠 듯 비통해하던 마음이 거짓말같이 사라졌다. 깨달은 자 싯다르타의 말은 옳았다. 일체유심조(一切唯心造), 세상만사 마음먹기 달렸다.

겉으로는 달라진 게 없었지만, 마음에는 묵직한 게 가라앉아 있었다. 아침에 가장 먼저 출근하고 밤 열두 시까지 야근하는 일상으로 돌아왔다. 어느 날 나를 공군본부로 불러들여 그 모든 원인을 제공한 사람이라고 할 수 있는, 옆자리 근무하던 인사담당자 엄 대위가 말을 걸었다.

"서른이 코앞에 닥쳤는데 슬슬 여자를 구해야지? 어때, 내 아내

후배 중에서 가장 훌륭한 사람으로 추천할까?"

엄 대위는 정확히 1년 전에 결혼하였다. 경기도 장호원에서 한 결혼식에 나도 참석했다. 아내는 계룡대 근무하는 현역 육군 중사였다. 말로 표현하지 않았어도 어쩌면 가장 가까이에서 지켜보던 엄 대위는 내 충격과 갈등과 방황을 어느 정도 눈치채고 있었는지도 모른다. 거의 두 달 가까이 야근이 없었으니 어떤 낌새를 느꼈으리라.

"글쎄요, 소개받은 사람이 수십 명은 족히 되는데… 마음에 드는 사람이 좀체 없던데요?"

나는 사실대로 말했다. 솔직한 게 장점일 수도 있지만 때로는 건방지거나 싸가지가 없어 보일 수도 있다. 상황에 따라 에둘러 말해야 할 때도 있건만 방정맞은 입은 닥치는 대로 내뱉는다. 그게 천성인데 어쩌겠는가? 어느 날 큰코다친 뒤라야 조심하게 되리라.

"이 사람아, 모든 게 때가 있고 임자가 있는 법이야. 자고로 열매는 무르익어야 저절로 떨어지게 마련이려니, 아직 짝을 못 만난 게지. 이 사람 저 사람 만나다 보면 언젠가 제 눈에 안경을 찾겠지."

큰 충격에 엄청난 갈등과 방황으로 고통을 겪은 지 불과 얼마 되지 않았기에 썩 마음은 내키지 않았으나 말인즉슨 옳은 말이다. 결혼을 포기했다면 모르되 언젠가 해야 한다면 한시라도 빨리하는 게 나으리. 독신자 숙소에서 홀로 의식주를 해결하는 것도 번거롭고 귀찮았으며 가장 큰 문제는 주말이었다. 주말에 어울릴 친구가 사라져갔다. 당시에는 이십 대에 결혼하는 게 대세이기도 하였지만, 특히 직업군인은 결혼이 빨랐다. 스물일곱을 넘기면서 독신자가 줄기 시작했다. 함께 어울리던 사람이 가족을 핑계로 꽁무니를 빼기 시작했다.

"아, 미안해. 주말에는 가족과 약속이 있어서…"

"주말에는 내가 애 당번이다. 주말에는 시간을 낼 수 없어."

"마누라 친정에 일이 있어서 다녀와야 해. 다음에 보자."

핑계는 많았다. 아마 대부분 거짓말이리라. 매주 가족 행사가 있을 리 없지 않은가? 한가하게 나와 노닥거릴 시간이 없다는 뜻이다. 유전자의 지엄한 명령인 번식을 위해서도 결혼이 필요하지만, 주말을 해결하기 위해서라도 해야 한다. 주말에는 사무실에 나와서 일해도 능률이 오르지 않는다. 하긴 에너지 넘치는 이십 대 청춘에 아무리 거창한 꿈을 위해서라도 휴일에 사무실에서 일하는 게 따분하지 않겠는가? 잠깐 고민하다 흔쾌히 승낙했다.

"알겠습니다. 선배님이 소개해주시는데 어련하시겠습니까?"

그렇게 아내와의 첫 만남이 이루어졌다. 수십 번 소개받은 경험은 기대치를 확 낮추었다. 현실에서 경국지색 절세미녀 만나겠다는 걸 어느 정도 포기한 상태였다. 아내의 첫인상은 나쁘지 않았으나 한눈에 홀딱 반할 정도는 아니었다. 엄 대위 부부와 함께한 식사에서 그저 의례적인 말만 오갔다.

아내는 키가 크고 늘씬했다. 내 마음에 드는 건 슈퍼모델 뺨치도록 늘씬한 몸매였다. 몸매만큼은 꿈꾸던 이상형의 여자 이상이었다. 그 한 가지로 내 마음을 사로잡지는 못했다. 하긴 당시 절정의 인기를 누리던 최진실과 황신혜조차 내 마음에 썩 들지 않았는데 누가 마음에 들겠는가? 얼마 전 방황은 이상형 여자여서가 아니라 눈에 무엇이 씌어서다.

남자는 배우자로 아름다운 여성을 원한다. 구체적으로 얼굴이 뛰어나게 예쁘고 어떤 옷이라도 잘 어울리는 늘씬한 몸매를 원한다. 왜 예쁘고 늘씬한 여자를 원하는가? 체면 때문이다. 사람은 대체로 과대망상 속에 산다. 자기 자신을 객관적으로 보지 못한다. 세상에서 최고는 아니더라도 누구에게도 지지 않는다고 착각한다. 최고가 아닌 사람이 누구에게도 지지 않는다는 건 모순이다. 인간은 모순적인 존재다.

여자의 뛰어난 외모가 왜 체면에 관계되는가? 설령 자신은 보편적 미녀가 아니라 독특한 여자 취향이라도 배우자만큼은 보통 사람이 원하는 미녀를 바란다. 역사나 소설에서 등장하는 여자가 누구인가? 경국지색 또는 절세미녀. 서시, 왕소군, 초선, 양귀비, 클레오파트라, 줄리엣 모두 절세가인이다. 절세가인의 남자는 모두 한 시대를 뒤흔든 영웅이거나 단 하나의 주인공이다. 남자는 자기 인생에서 주인공이기를 바란다. 역사나 소설에서 그렇듯이 주인공의 아내는 절세미녀가 제격이다. 그뿐만 아니라 미녀 아내는 그 자체로 권력이다. 남자는 잘생기고 똑똑한 남자에게 기죽는 게 아니라 예쁜 아내를 둔 남자에게 꼬리를 내린다.

남자가 예쁜 여자를 원하는 건 본성에서 우러난 것이기도 하지만 대체로 사회적 영향이다. 다른 사람에게 인정받기 가장 쉬운 조건이 아름다운 배우자다. 예쁜 여자는 콧대가 높다. 어려서는 겸손하고 얌전하다가도 오만방자해지기 일쑤다. 그건 남자 탓이다. 주변 남자는 예쁜 여자에게 관대하고 온갖 혜택을 베푼다. 자기와 무관한 여자에게도 그렇다. 하긴 이왕이면 다홍치마라고 내 여자가 아니면 어떤가? 아름다운 여자는 보기만 해도 기분 좋지 않은가? 그러니 외모가 뛰어난 여자는 모든 사회적 배려와 혜택을 고맙게 여기는 게 아니라 당연하게 여긴다. 모두가 같은 행동이므로 배려하지 않는 사람이 오히려 세상 물정 모르는 사람이거나 무례한 자다.

모든 남자가 원하는 예쁘고 날씬한 여자가 선택한 남편이 누구겠는가? 겉으로는 보잘것없어 보여도 특별할 게 틀림없다. 엄청난 거부이거나, 신분이 고귀한 사람이거나, 재능이 뛰어난 천재거나 그도 저도 아니라면 변강쇠 같은 정력을 소유한 사람이리라. 모든 남자가 원하는 여자가 보잘것없는 남자를 선택할 리 있는가? 그래서 아름다운 아내를 동반한 사람은 서울대나 사관학교 나온 사람보다 더 특별해 보인다. 특별한 노력 없이도 우월한 사람으로 보일 기회를 포기할 사람이 있는가? 모든 남자가 예쁘고 늘씬한 여자를 원하는 건 당연하다.

그런 이유로 여자는 잘생긴 사람이나 똑똑한 사람보다 부유한 남자를 원한다. 물론 잘생기고 똑똑하며 부유한 사람이 가장 좋다. 그렇게 모든 조건을 갖춘 남자가 있는가? 있더라도 그 남자를 차지할 기회가 있는가? 서시나 초선 정도의 미녀라면 그런 남자를 노릴 수 있다. 보통 사람이 그런다면 미친 여자 소리를 듣는다. 어떤 사람을 구해야 하는가? 남자가 다른 남자가 원하는 여자를 바라는 것과 마찬가지로 여자는 다른 여자가 찾는 남자를 구한다. 여자가 원하는 사람은 부자다. 잘생기거나 똑똑한 건 차순위다.

왜 여자는 부자를 원하는가? 연애하기에는 잘생긴 남자가 좋다. 남 보기에도 좋고 스스로 기분도 흡족하다. 유전자의 명령이 무엇인가? 생존과 번식이다. 잠깐 노는 건 뛰어난 외모와 강철 같은 체력을 가진 사람이 좋지만, 남편감으로는 부족하다. 남편의 첫째 조건은 기쁨과 즐거움을 주는 것보다도 자신의 생존을 보장하고 자식을 훌륭하게 키울 능력이다. 자본주의 사회에서 능력이 무엇인가? 돈이다. 프로축구나 프로야구 선수가 외모나 기록으로 평가받는가? 물론 그것도 영향은 있다. 그래도 언론에서 대서특필하는 건 최고 연봉자다. 세계에서 최고 부자 순위도 화제다. 가장 똑똑하거나 잘생겼거나 UFC 챔피언인 사람이 아니다.

요즘은 경향이 바뀌었다. 남성 우월 사회에서 남녀 평등 시대로 바뀌면서 변한 풍속도다. 남자에게 의지하지 않아도 여자 혼자 벌어서 먹고살 수 있는 시대다. 남편이 부유한 게 좋지만, 자신이 풍족하다면 꼭 부자일 필요는 없다. 오히려 기쁨과 즐거움을 주는 잘생기고 젊은 남자가 매력적이다. 그래서 요즘은 남자도 성형수술이 유행이고, 가발과 머리카락 이식수술이 인기며, 몸매 관리하는 젊은이가 늘었고, 화장하는 남자가 대세다. 예전에 여자가 그랬듯이 능력 없는, 가난한 남자는 부유한 여자의 액세서리 조건을 갖추어야 한다.

1990년대는 지금과 분위기가 달랐다. 남자가 아내를 포함한 가족을 평생 먹여 살려야 한다고 생각하던 시대다. 그래서 훌륭한 남편의 조건은 재산과 직업이 첫째 조건이었고, 빼어난 아내의 조건은 절세미녀였다. 여자에게 좋은 남편은 우직한 머슴이었고 남자에게 훌륭한 아내는 화려한 장식품이었다. 그러니 부유한 남자와 예쁜 여자를 찾는 사람을 속되다고 욕하지 마시라. 그것은 몇몇 사람의 취향이 아니라 수천 년 이어져 온 관습이자 인간 속성이다.

특별한 일 없이 첫 만남은 끝났다. 다시 만날 약속도 하지 않았다. 어둠의 터널을 지나온 나는 조금 신중한 사람으로 변했다. 막무가내 저돌적으로 달려드는 것을 용기 있는 사람으로 여겼으나 쓰라린 경험이 생각을 바꾸게 하였다. 함부로 발설하였다가 후회할 일을 하면 안 된다. 혼자 헛물을 켠다면 또다시 상처받으리라. 배우자를 구하는 건 단순한 일이 아니다. 배우자가 될 여자가 아니라면 만날 생각이 전혀 없던 나는 심사숙고하였다. 훌륭한 사람이무엇인가? 어떤 사람이 좋은 여자인가? 아내의 조건은 무엇인가?

아내의 조건

물론 아내는 내 사람이다. 나에게 선택할 권리가 있다. 그러나 내가 누군가에게 예속된 존재가 아니듯이 아내는 독립적 인격체다. 내가 내 인생의 주인공으로 살아가듯 아내도 모든 이와 스스로 관계를 설정하며 자기 세상의 주인공으로 살아갈 권리가 있다. 한마디로 아내는 내게 가장 중요한 사람이고, 나 역시 아내에게 가장 중요한 사람 중 한 명이지만 아내가 내 소유는 아니다.

예쁘고 날씬한 여자를 원하는 건 나다. 내 뜻대로 아내를 결정했을 때 문제가 없을 것인가? 첫 만남 이후 장고에 들어갔다. 최근 있었던 자살 소동이 깊은 생각을 유도하였는지도 모른다. 어떤 여자가 훌륭한 사람인가? 어떤 여자가 삶에 도움이 되고 오랫동안 행복할 수 있을 것인가? 나 외에 아내와 밀접한 관계를 맺고 살아갈 사람을 생각하였다. 미래 자식과 부모, 형제, 친구는 내 아내로 어떤 사람을 원할 것인가?

내 아내는 얼마 후 누군가의 엄마가 될 것이다. 자식 처지에서 훌륭한 엄마의 조건을 생각하였다. 결혼한다고 반드시 애를 낳아야 하는 건 아니지만 당시만 해도 애를 갖는 걸 당연시하였다. 낳을 것인가가 아니라 몇 명을 낳을 것인가로 고민할 때다. 애를 갖지 못하면 결혼하지 않거나 이혼하는 사람도 드물지 않았다. 내가 결혼해서 행복하려면 아내가 애를 낳고도 건강할 뿐만 아니라 훌륭한 엄마 역할을 해야 한다는 걸 의미했다.

우선 애를 낳는 일은 간단하지 않다. 요즘이야 애를 많이 낳지도 않고 난산이라고 판단하면 즉시 제왕절개로 출산한다. 당시는 자연분만을 선호했다. 제왕절개가 산모의 고통이 덜하고 간단하지만 두 명밖에 낳을 수 없는 단점이 있다. 수술에 대한 두려움이나 거부감도 존재한다. 예쁘고 날씬한 몸매보다 어쩌면 애를 잘 낳는 사람이 행복에 도움이 되리라. 애를 쉽게 낳을 만한 몸을 가진 사람이 훌륭한 엄마가 되리라.

자식이 건강하지 않거나 반듯하게 자라지 않는다면 행복한 가정에서 멀어진다. 아내뿐만 아니라 처가 가족력과 아내의 정신 자세가 중요하다. 가족을 중요하게 여기는 보편적인 사고와 사랑이 필요하다. 아이에게 엄마보다 중요한 사람은 없다. 사람의 지능 발달은 태어나서부터 다섯 살까지 대부분 이루어진다고 한다. 그 기간에 다른 사람이 관여할 시간은 거의 없다. 선천적 재능은 부모를 닮겠지만 후천적인 발달은 거의 엄마에게 달린 셈이다. 아내가 될 사람의 지혜와 정신 자세와 생활 태도를 알아야 한다.

가족력과 과거 학업 성적은 확인할 수 있고 체격은 눈으로 판단할 수 있으나 사실 가족에 대한 사랑과 양육 능력까지 파악할 방법은 없다. 물어서 알 수 있는 일이 아니다. 그래도 결혼 전에 그 사람의 말과 태도에서 알아내야 한다. 외모에 빠져서 덜컥 결혼하고 나서 나중에 후회하면 때가 늦으리라. 자녀 양육 방식에 대해 생각이 다르다면 모두가 불행하리라. 다투는 부부뿐만 아니라 사이에 낀 자녀도 불행하다.

부모는 어떤 며느리를 원할까? 남편과 사이좋게 지내고 애 잘 낳아 키우며 부모에게 효도하는 사람이다. 예쁘고 날씬한 건 거의 무관하다. 내가 6남매 중 셋째인 만큼 부모를 모셔야 할 책임이 적고 그렇게 될 가능성이 거의 없지만 미래 세상일은 알 수 없다. 최소한 부모 형제에 대한 가치관은 파악해야 한다. 부모 형제의 기대에 완전하게 부응할 필요는 없으나 너무 차이가 난다면 곤란한 문제가 생길 게 틀림없다.

형제는 어떤 사람을 원할까? 어떤 제수와 형수와 올케를 원할 것인가? 겸손하고 착한 사람을 원할 것이다. 똑똑하거나 예쁘고 날씬한 여자는 분명 아니다. 똑똑한 건 나와 아이에게는 바라 마지않는 일이지만 형제 처지에서 제수와 형수와 올케가 똑똑해서 좋을 게 무어란 말인가? 똑똑하고 예쁘고 날씬하다면 좋아하는 게 아니라 오히려 시기하고 질투하리라. 그저 소통 가능하며 착하고 겸손한 사람이면 충분하다.

친구는 어떨까? 친구가 내 아내가 미녀이기를 바랄 리는 없다. 사람은 스스로 우월한 존재이기를 원한다. 친구가 훌륭한 아내를 얻어 잘 살기를 바라지만 자신보다 엄청나게 잘되기를 바라는 건 아니다. 모두가 부러워할 만한 절세미녀와 샘날 만큼 행복하게 살아간다면 오히려 상대적 박탈감이나 상실감을 느끼리라.

못생겨서 생길 문제는 없으나 빼어난 미녀라면 분란의 소지가 있다. 남자는 미녀라면 사족을 못 쓴다. 음흉한 욕망은 대상을 가리지 않는다. 미인박명이라는 말이 왜 있겠는가? 미녀가 조용히 살아가는 건 쉬운 일이 아니다. 본인의 태도에 무관하게 미녀가 살아가는 주변은 사건 사고로 유혈이 낭자하다. 불륜과 살인 사건에는 미녀가 낄 때가 많다. 예쁜 여자가 껴서 친구 사이가 더 좋아질 가능성은 없다. 친구의 아내는 친구 사이를 훼방하지 않을 평범한 여자가 적당하다.

남편에게는 예쁘고 날씬한 여자가 최선일까? 애인은 예쁘고 날씬한 여자가 최고다. 사랑하기에도 좋고 과시하기에도 좋다. 좋은 아내도 같은 조건일까? 물론 예쁘고 날씬하며 똑똑하고 착하고 부유한 사람이 좋으리라, 단 죽을 때까지 나만을 사랑한다면. 세상 모든 남자가 원하는 완벽한 여자가 나를 선택할 가능성은 없다. 만약 그런 일이 발생한다면 기뻐할 게 아니라 저의를 의심해야 하리라. 그처럼 완벽한 여자가 제정신이 아니라면 가난한 공군 대위를 선택할 이유가 있는가?

2주간의 심사숙고 결과는 내가 이상적인 배우자로 꿈꾸는 여자는 내 아내가 될 리 없다는 결론이었다. 위대한 국가 지도자를 꿈꾸며 완벽한 배우자를 얻으려고 노력하였으나 가능성이 전혀 없는 망상이었다. 지금까지의 모든 노력이 쓸데없는 정력 낭비였던 셈이다. 그렇다면 어떤 여자가 내게 알맞은 아내일까?

모두가 노릴 만한 절세미녀는 아내로 부적합하다. 아내를 지키려는 불필요한 노력이 지나치게 클 뿐 아니라 지킬 힘도 없다. 재산과 신분과 재능이 변변치 않은 주제에 경국지색이 가당키나 한가? 자식과 부모 형제, 친구가 좋아할 만한 여자가 가장 좋은 아내감이다.

한 가지를 덧붙인다면 종교와 취미가 같아야 한다. 사람은 쉽게 변하지 않는다. 결혼하고 맞춰 살아간다고 말하지만 그건 욕망에 넘어간 허위의식이다. 본인이 변하지 않는 이상 상대가 나와 맞추기를 바란다는 게 얼마나 허황한 일인지 알게 되리라. 종교를 바꾸는 일은 거의 없다. 역사에 종교 전쟁이 흔하듯이 종교 문제로 가정불화를 겪는 예가 허다하다. 오죽하면 세 살 버릇 여든까지 간다는 말이 있겠는가? 종교를 바꾸기를 바란다는 건 정신을 바꾸는 일이다. 정신이 바뀐 사람이 그 사람이겠는가? 종교가 다르다면 결혼을 포기하는 게 맞다.

취미가 반드시 같아야 할 이유는 없으나 취미가 다르면 불편하다. 우선 비용이 두 배로 든다. 더 큰 문제는 멀어진다는 것이다. 몸이 멀어지면 마음도 멀어진다는 말이 있다. 곁에서 자주 소통해야 진정한 부부다. 기러기 부부나 주말에 따로 활동하는 부부는 가정불화로 이어질 가능성이 크다. 가능하다면 취미가 같거나 적어도 서로의 취미를 싫어하지 않는 사람이 배우자로 적합하다.

첫 만남 이후 혼자만의 깊은 사유로 아내의 조건이 완전히 바뀌었다. 지금까지 외모 한 가지만 고려하였다면 이제부터 관찰해야 할 건 외모가 아니라 정신 자세다. 아내는 내 육체와 정신의 영원한 동반자이며, 내 자식의 자상한 어머니여야 하고, 부모가 믿고 의지하는 현명한 며느리여야 한다. 남편으로서가 아니라 부모나 자식의 시선으로 관찰해야 한다.

2주가 짧은 시간은 아니다. 소개받은 여자는 황당해할지도 모를 일이다. 선배의 간곡한 권유로 만났는데 처음 만나고 나서 가타부타 일언반구 없이 소식이 끊겼으니 말이다. 엄 대위와 형수의 처지와 아가씨의 심정은 충분히 이해하였으나 내 생각의 정리가 필요하였다. 이제까지와 마찬가지로 외모 딱 하나로 판단할 수는 없는 일이다. 최근 받았던 충격과 상처가 완전히 아문 게 아니다. 신중하게 접근하여 다양한 시각으로 관찰하고 평가해야 한다. 2주가 짧지 않은 기간이었으나 어떤 사람을 배우자로 선택할 것인가를 결정하는 데 지나치게 긴 시간은 아니었다. 다시 만나서 요모조모 살펴야 한다. 2주 만에 다시 만나면 무엇이 보일 것인가?

두 번째 만남

전화로 만남을 요청하자 흔쾌히 수락했다. 시간이 많이 흘러 기분 나빠하지 않을까 우려했는데 내가 마음에 드는 모양이라고 생각했다. 착각이었다. 내게 전혀 관심이 없었으나 부사관 선배인 엄대위 아내가 사무실에 상주하다시피 하면서 최소한 세 번은 만나봐야 한다고 들볶았다고 한다. 남자가 만나자는 말도 없는데 말이다. 흔쾌히 수락한 건 내가 마음에 들어서가 아니라 형수의 강요 또는 압력에 굴복한 셈이다.

사정은 나중에 들어서 안 일이고, 두말하지 않고 다시 만나자는 말에 기뻤다. 사람 마음은 미묘하다. 사소한 일로도 기분이 오르락내리락한다. 자신이 한 생각이 들어맞거나 의도대로 일이 진행되면 선견지명을 자랑하며 한없이 고조되고, 뜻밖의 상황으로 진행

되면 초조와 조바심에 좌불안석이다. 상대의 태도로 보아 나쁘지 않다. 2주 고뇌한 대로 외모 외에 훌륭한 아내의 조건을 갖추었는지 알아내야 한다. 상대에게 잘 보여서 마음을 얻는 것보다도 상대의 정신 자세와 생활 태도를 알아내는 게 급선무다.

서로 잘 알지 못하는 상태에서 두 번째 만남인데도 어색하지 않았다. 소개해준 선배에 대한 체면을 지키려는 마음과 나의 신중한 접근이 도움이 되었으리라. 식사하는 중에 슬쩍 종교에 관하여 물었다.

"가진 종교는 있나요? 종교에 대해 어떻게 생각하세요?"

"딱히 믿는 종교는 없어요. 어떤 종교를 가져도 반대하지 않아요. 혹시 가진 종교가 있나요?"

"아닙니다. 저는 무교입니다. 죽음 이후 세계를 믿지 않아요. 사람이 특별하다고 생각하지도 않지요. 그저 다양한 생명의 일종으로 알 수 없는 현상으로 생겼다가 사라진다고 생각합니다."

종교는 일치하였다. 전에 소개받은 사람 중 상당수는 기독교를 믿었다. 기독교든 불교든 토속신앙이든 다른 사람이 종교를 갖는 데는 반대하지 않지만, 아내는 다르다. 독실한 신자라면 연애할 때는 종교를 강요하지 않을 수 있으나 언젠가는 종교 활동을 요구할 가능성이 크다. 부부가 무엇인가? 일심동체 아니던가? 종교는 중요한 정체성이다. 자기가 믿는 종교로 유도하다가 뜻대로 안 되면 가정불화로 번지기 일쑤다. 평지풍파를 막기 위하여 믿는 흉내를 내는 사람이 허다하나 마음이 따르지 않는 신앙은 고역이다.

"좋아하는 게 뭐예요? 즐기는 취미가 있나요?"

"당연히 있지요. 취미 없는 사람이 있나요? 저는 등산을 좋아해요. 주말에는 친구와 산에 갈 때가 많아요. 평소에는 시간 나는 대로 영화 감상을 즐기고요."

"아 그래요? 공통점이 많네요. 저도 자주는 못 하지만 등산이 좋아요. 힘들게 산 정상에 오르는 순간 기쁨이 용솟음치지요. 압도적인 풍광을 맞으면 가슴이 뻥 뚫리는 듯하고요. 영화도 싫어하지 않습니다."

예감이 좋았다. 배우자의 재산이나 직업, 외모도 중요하지만 정작 중요한 건 정신과 생활 태도다. 세상을 보는 시각과 중요하게 여기는 일이 다르다면 아무리 조건이 훌륭한 사람이라도 평생을 함께하기가 쉽지 않다. 종교는 세상을 보는 중요한 틀이며, 취미는 일하는 시간 외에 많은 시간을 보내야 하는 삶의 즐거움이다. 부부에게 가장 중요한 건 재산이나 외모가 아니라 어쩌면 종교와 취미인지도 모른다.

"자녀에 대해서는 어떻게 생각하세요?"

"저는 형제가 많아서인지 많은 게 좋은 것 같아요. 형제가 7남매거든요. 북적북적한 게 사람 사는 거 같아 좋아요. 키울 능력만 된다면요."

"아, 형제가 많군요. 저도 6남매예요. 어려서 죽은 형과 젊어서 죽은 누나까지 하면 8남매였지만 현재는 5남 1녀지요. 위로 두 형과 아래도 세 동생이 있어요."

"어머, 우리와는 반대네요. 우리는 아들이 둘이고 딸이 다섯인데…. 오빠 둘하고 언니 둘이 있어요. 저는 셋째 딸이고요."

"셋째 아들과 셋째 딸이라… 정말 공통점이 많네요."

이야기를 나눌수록 끌리는 부분이 있었다. 아내는 눈에 번쩍 띄는 미녀형은 아니다. 얼굴이 갸름한 편이 아니라 약간 크고 각이 졌다. 내가 보자마자 푹 빠지지 않은 이유다. 가까이서 말을 나누다 보니 항상 웃는 표정이 아름다웠다. 목소리가 보기 드물게 낭랑했다. 대화 능력도 빠지지 않는다. 첫눈에 마음에 들었다가도 시간이 흐를수록 매력이 떨어지는 사람이 있다. 아내는 반대였다. 첫인상은 평범하였으나 대화할수록 마음에 들었다. 2주간 심사숙고한 훌륭한 아내의 기준에 부합하였다.

"부모와 사는 건 어떻게 생각하시나요?"

"둘이 사는 것보다는 못하겠지만 괜찮다고 생각해요. 형편대로 살아야지 자기 마음대로 살 수 있나요? 앞날을 미리 알 수 없잖아요?"

"그렇지요? 저도 그렇게 생각하는데 아무래도 집안일이 늘잖아요? 남자보다는 여자가 부모 모시는 게 힘든데 그렇게 생각한다는 게 대단하네요. 제가 부모 모시게 될 일은 없겠지만 마음만은 모시고 싶기도 해요. 너무 가난하게 사셔서 즐거움을 모르고 사셨거든요."

"아무래도 그렇겠지요. 여자가 힘들기야 하겠지만 부모 덕에 성장하였으니 사람 도리는 해야겠지요. 반듯한 생각을 가졌네요."

사귀기 위해 떠보는 말이므로 의례적인 대답일 수는 있다. 처음

대화하는 사람에게 속마음을 다 드러낼 필요가 있는가? 어쩌면 도덕 시험문제의 정답 같은 대화였으나 그냥 하는 말 같지는 않았다. 나는 원래 거짓말할 정도로 지능이 뛰어나지 않아 솔직하게 말하는 편이지만 아내도 같은 부류였다. 거짓말도 앞뒤가 맞아야 한다. 상상만으로 위아래와 전후좌우를 얽는 건 쉬운 일이 아니다. 뛰어난 거짓말은 천재의 영역이다.

"친구가 많은가요? 저는 친구가 많은 편이에요. 금오공고 3년을 합숙하다 보니 아는 동기가 많아요."

"많다고 할 수는 없지만, 꽤 돼요. 형제도 그렇지만 친구도 많은 게 좋은 것 같아요. 사람 주변에는 사람이 모여들어야 한다고 생각해요. 사람이 혼자서는 살 수 없잖아요? 친구가 많다는 건 그 사람이 도움이 된다는 거겠지요. 그런 사람이 훌륭하지 않을까요?"

"너무 모범 답안인데요? 하여튼 좋습니다. 제 생각도 정확히 그래요."

좋았다. 두 번째 만남으로 파악한 당시 아내는 만점이었다. 예쁜 얼굴과 날씬한 몸매는 과시용이다. 어진 아내, 현명한 어머니, 자상한 며느리의 조건이 아니다. 내 아내에게 필요한 덕목은 지혜로운 사고와 어진 마음이다. 종교와 취미가 같다. 자녀, 부모, 친구에 관한 생각도 같다. 게다가 셋째 딸이다. 속담에 셋째 딸은 묻지도 말고 데려가라는 말이 있잖은가? 긴 시간 아내의 조건에 대해서 심사숙고한 보람이 있었다. 이 사람은 내 아내로서 충분하였다. 문제는 내가 훌륭한 남편감인가 하는 것이었으나 그건 상대가 판단할 문제다.

"우리 결혼할까요? 저는 할 일이 많은 사람이고 벌써 내년이면 서른이라서…."

"뭐라고요? 기가 막혀서… 저를 알아요? 모르는 사람에게 그렇게 막 결혼하자고 하나요? 이제 겨우 두 번째 만남이잖아요?"

"아, 당장 결정하라는 게 아니고요. 사귀면서 천천히 생각해보라는 거지요. 저는 살아서 할 일이 많아요. 결혼하지 않을 사람과 보낼 시간이 없어요. 그래서 결혼하려고 하지 않는 여자와는 교제 자체를 안 해요. 일단 그쪽이 마음에 든 거죠. 나도 그쪽 마음에 들도록 노력할게요. 좋은 마음으로 계속 만났으면 좋겠네요."

"만나는 거야 뭐 가능하지만…."

첫 만남에는 아무것도 이루어지지 않았지만 두 번째 만남은 소기의 성과를 거두었다. 일단 나는 훌륭한 아내감을 찾은 셈이다. 2주간은 어쩌면 이 여자가 훌륭한 엄마와 며느리가 될 것인가에 대하여 고심하였는지도 모른다. 일반적인 아내의 조건이 아니라 대상을 정한 상태의 고뇌였던 셈이다. 어쨌든 아내는 중요하다. 아내에게는 남편이 중요할 것이다. 한번 정해지면 죽을 때까지 바꿀 수 없다. 한 번뿐인 인생에서 배우자보다 중요한 게 있는가? 나의 2주간 심사숙고는 타당하였고 내 청혼에 대한 아내의 힐난은 당연하였다.

데이트

'주사위는 던져졌다.' 로마군을 이끌고 루비콘강을 건너던 카이사르가 한 말이다. 로마의 개선장군은 이탈리아 북쪽에 흐르는 루비콘강을 건너기 전에 군대를 해산하고 단신으로 와야 한다. 군대를 거느리고 강을 건넌다는 건 곧 반란이다. 로마에 있던 정적 폼페이우스가 무력을 거느리고 있는 이상 카이사르는 혼자서 로마에 갈 수 없었다. 사전 협상 없이 맨몸으로 간다는 건 자살행위다. 주사위는 던져졌다는 말이나 루비콘강을 건넜다는 말은 돌이킬 수 없다는 뜻이다.

훌륭한 배우자를 얻겠다는 마음을 먹은 지 십여 년이 흘렀다. 나는 주변 사람이 볼 때 쓸 만한 놈이 아니었다. 부유한 집안도 아니고 탁월한 재능을 갖추지도 않았으면서 오만방자하였다. 말끝마다 욕설이었다. 좋은 아내를 얻는 데는 스스로 노력보다도 주변 사람에게 잘 보여야 한다는 걸 알았다면 방정(方正)한 언행을 하려고 노력했을 것이다. 자랄 때는 전혀 몰랐다.

세상이 돕지 않으니 스스로 해결하려고 했다. 창피하고 쑥스러웠으나 여대 정문에서 마음에 드는 여대생에게 수십 차례 도전하였고, 은행에서 가장 마음에 드는 아가씨를 소개받으려고 한 적도 있으며, 동생 앨범을 보고 아파트까지 찾아간 적도 있었다. 부질없는 짓이었다. 세상은 나를 인정하지 않았다. 남자든 여자든 마찬가지였다.

소개받은 여자에게 퇴짜맞고 마음을 준 고향 후배에게마저 버림받았다. 내가 오만방자한 생각이나 말과 행동을 할 이유는 전혀 없었다. 아무리 황당한 꿈으로 마음은 천상에서 놀더라도 현실을 직시해야 한다. 나는 세상과 자신을 너무 몰랐다. 긴 실패의 시간은 나를 조금이나마 현실로 돌려놓았다. 주제 파악을 조금 한 것이다. 이러다가는 경국지색이 아니라 평범한 여자 하나도 차지하지 못할 수 있다.

두 번째 만남에서 남편의 시각이 아니라 부모, 형제, 친구, 자식의 시선으로 관찰하였다. 아내는 괜찮은 여자였다. 좋게 보니 남편의 처지에서도 훌륭하게 보였다. 키 크고 날씬하고 해맑게 웃는 얼굴과 낭랑한 목소리가 매력적이었다. 남자는 단순하다. 아니, 내가 단순한 것인지도 모른다. 그렇게 찾고 기다리던 훌륭한 배우자감이 눈앞에 있는데 망설일 이유가 무엇이란 말인가?

"우리 결혼할까요?"

이미 청혼한 이상 물러설 데는 없다. 불과 얼마 전 겪었던 그 엄청난 충격과 고통을 재현하지 않으려면 최선을 다해 아내의 마음을 사로잡아야 한다. 솔직한 게 중요한 게 아니다. 거짓말하지 않으면서도 내 이상과 장점과 훌륭한 미래를 제시해야 한다. 내 매력에 깊이 빠지면 더할 나위 없겠으나 최소한 보통 사람보다는 낫다는 걸 증명해야 한다.

데이트가 시작되었다. 주중에는 야근이 많았으므로 가끔 보는 정도였으나 주말은 온전히 아내를 위해 사용하였다. 처음에는 주로 대전역 앞 번화가에서 영화를 관람하였다. 음악이나 미술에 감흥이 없는 나에게 영화가 무난하였다. 영화도 장르가 다양하였으나 아내 의견에 따랐다. 내 의견은 중요하지 않다. 지금은 아내가 주인공이다. 어쨌든 아내의 마음에 드는 게 급선무다. 내가 좋아하는 영화는 결혼하고 봐도 충분하리라.

영화를 보고 나서는 근처 먹자골목에서 식사하였다. 나는 양식을 좋아하지 않는다. 양식뿐 아니라 외제품, 외래문화 자체를 싫어한다. 천상천하 유아독존은 나뿐만 아니라 나를 포함한 우리나라 전체였다. 우리나라가 세상에서 최고였다. 아마 박정희 식 세뇌 교육 덕분이리라. 돌이켜 생각하니 나는 애국을 강조한 세뇌 교육에 가장 충실한 학생이었다. 다행히 아내도 양식보다는 토속음식을 좋아하였다. 나물류를 좋아한다. 버섯전골은 우리가 먹은 단골 메뉴다.

나는 버섯전골을 먹어본 적이 없다. 비싸고 귀한 음식이라서가 아니라 시골집에서 어머니가 해준 음식이 아니었고, 외식이란 걸 경험하지 않아서다. 아내의 추천으로 먹어본 버섯전골 맛은 최고였다. 느타리버섯에 소고기를 넣어 볶은 질감과 향이 환상이었다. 어디 버섯과 소고기 맛 때문이랴? 사람에게는 오감과 이성이 있지만 정확한 게 아니다. 시간과 장소에 따라 달라진다. 유혹해야 할 상대가 좋다는데 좋지 않을 게 무에 있겠는가?

정서와 음식 취향이 비슷한 게 너무 좋았다. 대위 월급을 받기에 굶주릴 정도는 아니더라도 여전히 생활이 풍족하지 않았다. 부모 형제 모두 가난하게 살아가므로 집안에서 도움받을 형편이 아니다. 오히려 조금이라도 보태야 하는 처지다. 아내가 양식을 고집하였다면 다소 곤란했을 것이다. 덕분에 우리는 데이트하면서 양식집과 커피숍을 가본 적이 없다. 우아하게 차려입고 격조 있는 식사와 차를 나눈 적이 없다. 당시 기준으로도 너무 소박하였다. 가끔 흉내라도 낼 것을…. 지금 돌아보니 후회가 되고 아내에게 미안하다.

아내는 그때나 지금이나 현명하다. 어쨌든 나는 아내의 도움을 받으며 살아간다. 보통은 여자가 데이트 상대 남자의 등골을 빼먹는다. 결혼하기 전이기에 최대한 이익을 보자는 심리일 것이다. 그건 멍청한 짓이다. 사기꾼이라면 나중에 남길 이익을 위해서 아낌없이 투자할 것이나 평범한 사람이라면 여자가 여러 좋은 조건을 갖추었더라도 포기할 것이다.

사치하는 여자를 포용할 수는 없다. 사치가 무엇인가? 분수보다 화려한 생활 아닌가? 가진 것보다, 버는 것보다 더 쓰는 여자와 어떻게 살 것인가? 아내는 여러모로 나를 배려했다. 늘 만나자고 하는 건 나였고 모든 걸 내가 주도하였으나 비용을 분담하였다. 결혼한다면 그 돈이 그 돈이겠으나 미래를 알 수 없는 터에 그게 쉬운 일인가? 소위 자타공인 예쁘다는 여자의 특징은 입만 가지고 다니는 게 특징이다. 예쁜 여자 잘못이라기보다 남자가 그렇게 만든다. 아내는 외모보다도 말이나 행동이 더 아리따웠다.

한번은 짜장면을 먹었다. 나중에 알았지만, 아내는 짜장면을 좋아하지 않는다. 아내는 짬뽕을 좋아하였으나 가격도 싸고 내가 먼저 짜장면을 시키니 따라 시킨 것이다. 나는 짜장면을 좋아한다. 초등학교 때 백제문화제 그림 그리기 대회 출전했을 때 인솔 선생님이 부여 읍내에서 사준 게 짜장면이었다. 초등학교 4학년 때였다. 세상에 그렇게 맛있는 음식이 있다는 걸 처음 알았다. 보리곱삶이만 먹던 시절이었다. 돼지고기 향이 밴 면발이 그렇게 맛있을 수가 없었다. 이후로 큰 행사에서 먹는 건 짜장면이었다. 초등학교, 중학교 졸업식 때 먹은 음식도 짜장면이다.

그렇게 맛있는 짜장면을 아내는 면만 건져 먹었다. 짜장면은 데이트 때 먹는 음식으로는 곤란하다. 먹다가 음식이 튀기라도 하면 옷에 얼룩이 지고, 아무리 조심해서 먹더라도 입 주위에 묻기 마련이다. 최대한 고상한 모습을 보여야 하는 청춘 남녀에게 맛보다는 멋이 중요하다. 설사 둘 다 좋아하더라도 짜장면은 적절한 음식이 아니다. 내가 좋아한다니 같이 시켰는데 여간 조심하는 게 아니었다. 조심스럽게 면만 건져 먹더니 젓가락을 내려놓았다.

"아니, 다 먹었어요? 면보다 양념이 더 맛있는데…"

"예, 배가 불러서요."

"그래요? 이거 남기면 다 버리는데… 제가 먹어도 될까요?"

나는 아내의 허락을 받고 아내가 남긴 짜장면 양념을 남김없이 훑어 먹었다. 하위 일 퍼센트 집안에서 자란 나다. 어려서 밥 한 톨 흘려도 아버지께 싸대기를 얻어맞았다. 그건 좋은 교육이 아니었으나 음식의 소중함을 알았다. 쌀뿐만 아니라 시래기 한 가락이나 깨 한 톨도 농사꾼은 심혈을 기울인다. 모든 음식은 농부의 자식이나 진배없다.

먹다 남은 음식을 깨끗하게 처리하는 내 모습에 아내는 놀라는 눈치였다. 아내는 정갈한 사람이다. 다른 사람이 먹다가 남긴 건 아무리 배고파도 안 먹는다. 살아온 환경이 나와는 달랐다. 그러니 데이트하는 사람이 먹다 남긴 음식을 거리낌 없이 먹는 내가 얼마나 놀라웠겠는가? 아내는 솔직하고 담백한 성격과 먹다 남은 음식을 먹는 데서 진심을 느꼈다고 한다. 하긴 내가 존경하는 사람은 내가 할 수 없는 일을 쉽게 하는 사람이다. 살아온 과정에서 농사꾼의 애틋한 심정을 몰랐다면 나도 그럴 수 없었으리라.

매주 대전 시내에서 영화를 보고 함께 먹는 음식이 즐겁고 맛있었다. 마냥 행복한 게 당연하였으나 인간의 욕심에는 끝이 없다. 그럭저럭 아내도 내가 싫지 않은 눈치고 영원히 함께 살자면 내 본성도 어느 정도 드러내야 한다. 하얗던 사람이 결혼하고 나서 시커멓게 변하면 얼마나 놀라겠는가? 영화뿐만 아니라 프로야구를 보자고 유혹했다. 아내는 당연히 프로야구를 모른다. 아니, 아내뿐만 아니라 당시 대부분 여자가 몰랐으리라. 스포츠는 남자의 영역이다. 남자는 원래 수렵과 전투가 임무다. 생사가 오가는 격렬한 일에는 적극적이나 평범한 일상은 따분하다. 현대 스포츠는 수렵과 전투가 바뀐 오락이다.

당연히 아내는 반대하였다. 그 뜨거운 날씨에 땡볕에서 세 시간이나 의미 없는 경기를 관람하는 걸 누가 찬성하겠는가? 나는 의미 없는 게 아니라는 걸 최선을 다해 설명하였다. 모르고 보면 의미가 없으나 선수 행위를 이해한다면 감동이다. 프로가 무엇인가? 생계다. 프로와 아마추어의 차이는 생계가 걸려 있는가다. 생계를 걸머진 가장의 책임은 막중하다. 안타 하나, 출루 하나, 도루 하나가 곧 돈이다. 경기에는 승패가 있기 마련이다. 어쨌든 승리를 위해서 최선을 다하는 선수는 가족을 거느린 가장이다. 얼마나 승부와 기록에 대한 열망이 크겠는가? 절실한 사람의 부딪힘은 뜨겁다. 그 양보할 수 없는 격렬한 승부는 드라마를 만든다. 그러기에 스포츠는 각본 없는 드라마라고 하지 않던가?

싫다는 프로야구를 보기 위하여 영화 두 편에 프로야구 한 번 관람을 제안하였다. 어차피 영화는 늘 보는 것이기에 프로야구 관람하는 날은 모든 비용을 내가 내기로 하였다. 낯선 건 어설프다. 봐도 이해되지 않는다. 규칙을 모르는 프로야구가 재미있겠는가? 나는 사랑하는 사람을 위하여 아나운서를 자청하였다. 용어와 규칙을 설명하는 게 쉽지 않다. 그냥 이해하는 것은 어렵지 않더라도 그 모든 과정을 말로 설명하는 건 쉽지 않다. 그래도 어쩌겠는가? 평생 함께할 사람을 얻으려면 그 정도의 노력은 해야 하지 않겠는가?

"저 사람은 왜 걸어 나가요?"

"그건 투수가 던진 공이 타자의 몸을 맞았거나 스트라이크 세 개를 던지기 전에 볼넷을 던져서예요. 투수의 실책에 대한 벌칙으로 공짜로 1루를 버는 거죠."

"저 사람은 왜 갑자기 뛰나요?"

"도루예요. 한 누라도 진루하는 게 득점하는 데 유리하죠. 1루에서는 장타에도 득점이 어렵지만 2루에서는 단타라도 득점할 확률이 높아요. 점수를 낼 확률을 높이기 위하여 훔치는 거지요. 물론 포수의 정확한 송구에 횡사할 수도 있지만…"

"선수가 왜 느릿느릿 뛰어요?"

"홈런이에요. 타자가 친 공이 외야 펜스를 넘어가면 빨리 뛸 필요가 없어요. 수비수가 방어할 방법이 없어요. 그냥 지켜보는 수밖에요. 주자 수에 따라 솔로, 투런, 쓰리런, 만루홈런이라고 하지요. 그대로 다 점수예요. 야구의 꽃이죠. 에이스 투수는 경차를 몰아도 홈런왕은 벤츠를 몬다는 속담이 있어요."

사람은 자신의 존재를 드러내고 싶어 한다. 가장 쉽게 드러낼 방법이 무엇인가? 스스로 강점이 있는 분야에서 활동하는 게다. 그래서 사람은 타고난 재능보다 다른 사람보다 잘하는 분야를 선택한다. 아무리 탁월한 재능이라도 자신보다 뛰어난 사람이 많다면 무슨 의미가 있는가?

운동 잘하는 사람은 운동이 중요하다고 말하고, 말 잘하는 사람은 소통을 강조하며, 공부 잘하는 사람은 지식이 중요하다고 말한다. 술 잘하는 사람은 남자는 술이 최고라고 주장한다. 모두 자기 텃밭에서 놀고 싶어 한다. 아내는 나보다 뛰어난 지능을 가졌으나 프로야구에는 문외한이었다. 나는 스승이라는 우월한 입장에서 설명하였다. 나중에는 아내도 나 못지않은 해설자가 된다. 아내는 내게 운명이었지만 나도 아내에게 운명이라고 할 만큼 조화를 이뤘다.

주중에 가끔 만나서 식사하고 주말에는 바늘과 실처럼 떨어지지 않고 지내다 보니 서로에게 꼭 필요한 사람이 되었다. 태어나서 처음으로 부모 형제 외에 중요한 사람이 생긴 것이다. 나는 특별한 사람이 아니다. 타고난 재능이 뛰어나지 않고 평범하다. 다른 사람보다 뛰어난 게 있다면 끈질긴 인내심과 끝없는 도전 또는 노력이다. 한마디로 천재가 아니라 보통 사람이다.

나는 스스로 천재를 원했다. 물론 원한다고 되는 건 아니다. 세상에 존재하는 오직 한 사람을 원했지만 그런 천재성은 타고나지 못했다. 일류를 원하는데 천재가 아니라면 할 일이 무엇이겠는가? 남보다 두 배, 세 배, 열 배 노력하는 것이다. 열 배 노력해서 안 되면 백 배 노력해야 한다. 그래도 안 되면 어쩔 수 없다. 그게 내 습성이다. 책을 매일 반복해서 읽는 이유는 한두 번 읽어서는 이해할 수 없고, 이해해도 금방 잊기 때문이다. 머리 나쁜 사람은 피곤해도 어쩔 수 없다. 그저 무한 반복할밖에…. 그래서 천재가 둔재를 이길 수 없다는 말이 있는지도 모른다.

나는 아내에게 최선을 다했다. 그렇다고 다른 사람이 연인에게 한 노력의 열 배를 한 건 아니다. 다만 내 아내로 점찍은 여인에게 적당한 남편감으로 보이려고 본래 모습보다 과장하였다. 그건 어쩔 수 없는 일이다. 그래서 연애는 잘 연출된 드라마고 결혼 생활은 무삭제 다큐멘터리라고 하지 않던가?

효과가 있었다. 몇 달이 지나자 결혼하자는 말을 반복하지 않아도 그렇게 믿게 되었다. 결혼은 당사자가 좋아서 하는 것이다. 사랑만으로는 안 된다. 새도 수컷이 마련한 둥지를 요모조모 살펴보고 마음에 들어야 짝짓기를 허락한다. 둥지가 바람에 날리지 않도록 꼼꼼하게 지은 수컷이 새로 생기는 새끼를 끝까지 책임질 것이다. 암컷 혼자서 새끼를 키울 방법은 없다. 나중에 수컷이 배신한다면 후회해도 소용없으리라. 암컷은 몸을 허락하기 전에 최대한 수컷을 관찰한다. 수컷 처지에서는 애가 타지만 그건 어쩔 수 없다. 일단 부부가 된 다음에는 암컷이 약자가 된다. 자식 둔 어미 처지다. 여자에게 남자는 말 잘하고 잘생긴 게 최고가 아니다. 자신과 자식의 생계를 책임질 능력과 의지가 있는가가 중요하다.

1994년은 악몽의 해이자 환희가 넘친 해였다. 사람이 목숨을 끊으려고 하는 일은 쉽지 않다. 생명체의 본성을 거스르는 일 아니던가? 그런데도 부모 형제뿐만 아니라 우주나 지구 따위도 무의미하다는 생각에 죽으려고 했다. 오직 필요한 건 한 사람뿐이었다. 그 아픈 시간이 지나고 불과 얼마 후에 새로운 광명을 찾을 줄이야 꿈에도 몰랐다. 세상은 알 수 없다. 힘들더라도 버티고 볼 일이다. 그래서 인생사 새옹지마요 전화위복이라는 말이 있지 않은가?

상견례

1994년 후반기는 꽉 짜인 사생활 일정으로 분주했다. 아마 내 평생 가장 바쁘게 살았던 시기였을 것이다. 가장 보람차고 행복한 때이기도 했다. 결혼을 약속한 이후로는 거칠 게 없었다. 에너지 넘치는 청춘 남녀가 못할 게 무에 있겠는가? 주말이면 전국 방방 곡곡을 찾았다. 여행도 좋았고 등산도 즐거웠다. 세상은 마음먹기 나름이다. 영화나 드라마에서 해피엔딩이 결혼이다. 결혼은 불행 끝, 행복 시작이다. 그 행복을 눈앞에 두었는데 그보다 좋을 수가 있는가? 결혼 이후의 난관에 대해 아는 바는 없다. 함께 노력한다면 못 할 일이 없으리라.

공군 장교 독신자 숙소와 육군 여군무원 숙소는 계룡대 영내에 있다. 뭇사람의 시선을 받는 영내에서 태연히 데이트할 용기는 없었으나 내게는 훌륭한 발이 있었다. 1년 된 내 붉은색 프라이드는 두 사람을 잇는 교량이었다. 휴대전화가 없을 때였지만 틈나는 대로 연락하여 교외로 내뺐다. 주중에도 거의 매일 만나다시피 하였다. 기대했던 것보다 훨씬 늦은 만남이었기에 허투루 보낼 시간이 없었다. 지금 돌이켜보면 조금 의아한 면도 있다. 만나서 특별히 한 일은 없다. 그렇게 자주 보면서도 왜 그렇게 즐거웠을까?

당시로는 노총각 노처녀 신세였기에 결혼은 일사천리로 진행되었다. 요즘이나 그때나 결혼하려는 청춘에게 가장 큰 걸림돌은 보금자리다. 우리에게는 그런 걱정이 없었다. 이사가 잦은 군인이기에 군에서 관사를 제공한다. 완전한 내 소유는 아니어도 새로운 임지마다 집 걱정 없이 살 수 있었다. 당시에 유행하던 아파트는 일반 서민에게 선망의 대상이었다. 판잣집이나 허름한 단독주택에 살던 아이는 아파트에 사는 친구를 부러워하였다. 우리는 노력 없이 누구나 부러워하는 아파트에서 살 수 있었다.

물론 처음부터 직업군인에게 아파트가 제공된 건 아니다. 이전에는 단층형 좁은 평수의 단독주택이 군용 관사였다. 전후 베이비붐이 일어나 인구가 급팽창하자 문제가 발생했다. 베이비붐 세대가 입학하자 학교가 부족해졌다. 서울에서는 초등학교 2교대, 3교대 수업이 보통이었고 한 반에 60명, 70명씩 콩나물시루 같은 광경이 연출되었다. 결혼할 나이가 되자 살 집이 엄청나게 부족하였다. 아파트 열풍과 부동산 광풍이 불기 시작한 원인이다. 내가 보기에 586세대는 우리나라에서 가장 행복한 사람이다. 베이비붐 세대 뒤를 따라간 덕에 쾌적한 학교생활을 하였고 결혼과 동시에 아파트에 입주하는 행운이 따랐다. 10년 선배만 하더라도 결혼 후 6개월 또는 1년 이상 월세 단칸방 생활이 보통이었다고 한다.

서로 사랑하고 보금자리가 해결되었다면 달리 문제 될 게 없다. 양가 부모 허락을 받아야 하지만 크게 내세울 게 없던 양가였기에 까다로운 조건을 걸 리 없었다. 어떤 이유를 들어 결혼을 반대했더라도 주관이 뚜렷한 우리 성격상 밀어붙였을 것이다. 이모에게 양녀로 줄 뻔한 딸이어서 사랑을 듬뿍 준 아내의 결혼을 장모는 처음에 반대했다고 한다. 장인이 군인 출신이어서 군인 사위를 탐탁지 않게 여겼다. 아내 말로는 결혼을 극구 반대하는 장모의 잔소리가 귀찮아서 빨리 결혼을 결심하였다고 한다. 장모의 결혼 반대마저 나에게 유리하게 작용한 셈이다.

나는 셋째다. 두 형이 있었으나 정식으로 결혼식을 올린 사람은 없었다. 큰형은 결혼식 없이 동거하다 이혼하여 딸 하나를 두고 있었고 둘째 형은 미혼이었다. 해방 이전이나 떵떵거리는 가문이었다면 셋째 먼저 결혼을 허락하지 않았을 것이다. 찢어지게 가난하여 각자 생계유지에 급급하였기에 내 결혼을 반대하는 사람은 없었다. 오히려 하나라도 먼저 결혼하는 게 다행이라는 분위기였다. 세상에 다 좋은 것도, 다 나쁜 것도 없다. 장모의 반대에 아내가 반발하여 속도가 붙었고 우리 집 가난이 오히려 내 결혼을 도왔다.

양가 부모 승낙을 받은 우리는 대전에서 상견례를 하기로 했다. 부모님은 서울에서 거주하셨고 처가는 전남 보성에 있었다. 위치상으로도 중간이었을 뿐만 아니라 우리가 거주하는 계룡대에서 가까웠으므로 대전이 무난했다. 자가용이 없는 양가 어른이 편리하도록 대전역 앞에 있는 양곰탕 식당에 예약했다.

양은 소 위다. 내장이라는 선입견에 먹지 않는 사람이 꽤 있다. 아내도 내켜 하지 않았으나 내 권유로 먹어보더니 씹히는 질감과 구수한 국물 맛이 최고라고 했다. 내장을 좋아하는 사람은 양과 막창을 최고로 친다. 부모님이 모두 찬성하셔서 상견례 장소는 양곰탕 식당으로 정해졌다. 사돈을 처음 만나는 고상한 자리로는 격이 떨어지지만 가난한 서민으로서 실질을 숭상하는 우리에게는 제격이었다.

대화는 아버지와 장모가 주도하였다. 장인은 말이 없는 편은 아니었으나 할 말만 하시는 분이었고 어머니도 마찬가지였다. 아버지는 가난하여 학력이 없었으나 바른 소리를 잘하는 편이었고 자존심이 센 분이었다. 그런 점에서는 장모도 비슷하였다. 소개와 인사가 끝나자마자 아버지는 기다렸다는 듯이 내 자랑을 시작하였다.

"우리 자룡이는 수재예요 수재. 학교 다니면서 2등 한 적도 드물다니께유. 공부면 공부, 달리기면 달리기, 그림이면 그림 다 1등여유. 심지어 싸움까지도 그렇다니께유. 반장도 도맡아 했다구유."

"누구 딸은 아니간디요? 내 딸도 2등 하지 않았어요. 초등학교 다닐 때는 또래 애들 나머지 공부도 시켰다니께요."

나는 자라면서 칭찬을 듣지 못했다. 충청도 사람은 칭찬에 인색하다. 무슨 일을 썩 잘하는 사람은 쓸 만한 사람이고, 맛이 탁월한 별미 식품은 먹을 만한 것이며, 뛰어난 솜씨는 어지간한 것이고, 남보다 뛰어나다는 자랑이 '남만큼은 혀'다. 대단히 겸손하여 자랑 자체를 하지 않는 편이다. 남이 보는 자리에서는 더하다. 질책은 하더라도 칭찬은 없다. 성적표를 보고 나무라지 않는다면 그게 칭찬이다. 자라면서 내가 공부 잘한다고 받은 칭찬은 찬사가 아니라 무언의 칭찬, 침묵이었다.

내가 공부를 잘하게 된 계기가 있다. 초등학교 1학년 3월 첫 월말고사에서 반에서 9등을 했다. 입학하기 전에 내가 할 수 있었던 건 숫자 100까지와 내 이름 석 자를 쓸 수 있는 게 전부였다. 사전

교육이 전혀 없는 깡 촌놈이었으나 의외로 성적이 잘 나왔다. 남루한 몰골 차림으로 잔뜩 기죽어 있었으나 깔끔하게 차려입은 읍내 아이 성적은 신통하지 않았다.

4월 월말고사 성적은 7등이었다. 60명 중 7등이 대수롭지 않았으나 일단 기분은 좋았다. 뒤로 처지는 것보다 한 명이라도 더 제쳤다는 게 기분 좋지 않은가? 사실 나는 지능이 뛰어나지 않은 데다 조금 맹한 구석이 있었다. 나는 잘 몰랐지만 무슨 생각에 골몰하면 사팔뜨기 눈으로 멍한 상태가 되었다. '뭘 보냐?' 누군가 곁에서 물으면 화들짝 놀라 정신을 차리곤 하였다. 그래서 아기 때 별명 울보에서 '먼산바라기'로 바뀌어 있었다. 눈이 초롱초롱하지 않았다. 성적이 오르자 조금 자신감이 생겼다. 빡빡 민 대머리에 겉보기에 어리숙하고 옷이 남루하다고 기죽을 일이 아니다. 머리카락 멋지게 다듬고 깔끔한 차림새를 으스대지만, 공부 실력은 형편없지 않은가?

5월 월말고사 때는 5등이었다. '어라, 신기하네. 한 달에 2등씩 오르네. 몇 달 후에는 1등도 할 수 있겠는걸?' 공부가 재미있었다. 만약 2등씩 떨어졌다면 공부에 흥미를 잃었을지도 모른다. 사전 교육이 당장은 유리하더라도 장기적으로는 별 이익이 되지 않을 수도 있다. 내 잔뜩 움츠렸던 어깨가 펴지기 시작했다. 사람은 성과를 낼 때 자신감과 의욕이 생긴다. 누가 시키는 사람이 없었건만 나는 선생 말이라면 팥으로 메주를 쑨다고 해도 믿었다. 별다른 공부를 시키는 사람이 없었으나 학교 숙제만큼은 완벽해야 만족했다. 학생에게 좋은 게 무엇인가? 부모와 선생에게 받는 칭찬이다. 칭찬받을 일이 무엇인가? 공부다. 선생에게는 숙제 잘하고 성적 좋은 학생이 최고다. 나는 칭찬받으려고 혈안이 되었다.

학기말 고사는 예상대로 3등이었다. 규칙이 생기면 예상하기 쉽다. 한 달에 2등씩 오르는데 다음 성적을 모를 게 무어란 말인가? 한 달여 여름 방학 숙제가 상당히 많았지만 단 1주일 만에 끝냈다. 매일 써야 하는 일기 빼고는 모두 마쳤다. 공부가 재미있었다. 동네 친구와 축구하는 것보다 즐거웠다. 축구를 좋아하였어도 실력은 뛰어나지 않았다. 열심히 따라다니며 상대가 골을 넣지 못하도록 방해하는 정도였다. 멋진 드리블과 강력한 슛으로 모두를 감탄하게 하기에는 역부족이었다. 숙제는 다르다. 혼자 긴 시간을 투자한다면 얼마든지 훌륭하게 마칠 수 있다. 그 결과가 무엇인가? 칭찬과 상장이다. 당시에는 학생에게 방학 숙제에 대한 동기를 부여하기 위해서 과목별 숙제 우수자를 표창하였다.

방학 때 놀기보다 숙제를 열심히 한 결과는 달콤하였다. 국어, 산수, 사회, 자연, 그림 그리기, 일기 등 음악을 제외한 거의 전 과목에서 상장을 받았다. 칠백여 전교생이 모인 가운데 여러 번 불려 나가는 건 즐거운 일이었다. 아니, 이전에 느끼지 못한 강렬한 쾌감이었다. 나는 1학년뿐만 아니라 전교생에게 눈에 띄는 사람이 되었다. 바야흐로 조자룡의 전성시대가 열린 것이다. 잘산다는 게 무엇인가? 남이 부러워할 만큼 두드러진 삶을 사는 것이다. 나는 학생이 누릴 수 있는 최고의 기쁨을 일찍이 맛보았다. 초등학교를 졸업할 때까지 방학 숙제 결과로 매번 다섯 개 이상의 상을 수확하였다.

9월 월말고사 결과는 어떻겠는가? 보나 마나 버밍엄이다. 9, 7, 5, 3 다음이 무엇이겠는가? 그 정도는 유치원생도 알아맞힌다. 3에서 2를 빼면 1 아닌가? 일등이었다. 학기말 고사에서 3등을 하고 나서 '다음에는 1등 해야겠다'라고 했더니 아버지께서 '그래야지. 그렇게만 한다면 얼마나 좋겠누'라고 말씀하셨다. 꾸지람 외에는 거의 말이 없던 아버지도 성적이 조금씩 오르는 내가 신통하게 보인 모양이다.

1등 성적표를 자랑스럽게 내밀었어도 아버지는 '잘했네'라는 말 외에는 별말씀이 없었다. 칭찬하지 않아도 그 표정에서 나는 아버지 기분을 알았다. 시꺼멓게 그을린 무뚝뚝한 얼굴이 화사하고 해맑게 바뀌지 않았는가? 그보다 더한 칭찬이 어디 있으랴? 나는 어떤 찬사보다도 아버지 표정의 칭찬에 더 기뻤다. 어머니도 성적표를 보고 기뻐하시면 좋으련만, 어머니는 문맹이었다. 아버지는 학교에 가지 못했어도 서당 어깨너머라도 글을 깨우쳤으나 어머니는 그러지 못했다. 어머니는 내 자랑스러운 성적표를 보고도 알 수 없었다. 나는 무한 기쁜 와중에서도 성적표를 볼 수 없는 어머니가 슬펐다.

"엄마, 나 1등 했어요."

당시 대부분 아이가 그랬듯이 나는 자화자찬을 하지 못했다. 자기 자랑을 못 했다. 스스로 잘났다고 뻐기는 게 얼마나 쑥스러운 일인가? 스스로 1등 했다는 말이 쉽지 않았지만, 성적표를 볼 수 없는 어머니에게 말하지 않을 수 없었다.

"그래, 아이구 장허네 우리 아들. 도와주는 사람도 없는데 공부를 1등 했어?"

어머니는 진심으로 기뻐하셨다. 하긴 고슴도치도 제 새끼 잘난 멋으로 산다는데 찢어지게 가난해서 먹고살기 바쁜 판에 제힘으로 또래에서 공부를 일등 했다니 그보다 좋은 선물이 어디 있겠는가? 충청도 사람은 칭찬에 인색하고 어색해한다. 나는 자라면서 칭찬뿐만 아니라 사랑한다는 말도 들은 적이 없다. 그렇다고 부모가 자식 사랑하지 않을 리 없다. 느낌으로는 안다. 다만 말로 듣지 못했을 뿐이다.

그 후 1등을 놓친 적이 거의 없다. 어떤 대단한 일이라도 처음에는 희열이요 영광이지만 얼마 지나지 않아서 대수롭지 않다. 그저 평범한 일상일 뿐이다. 1등 하면 당연한 거고 2등 하면 '더 열심히 하잖고?' 하는 질책이 돌아올 뿐이다. 미사여구 찬사나 침묵의 칭찬이나 마찬가지다. 받아들이기 나름이다. 찬사든 침묵이든 내 욕구를 자극할 뿐이다.

평생 대놓고 칭찬하지 않던 아버지는 장모의 불평에 아랑곳하지 않고 장광설을 늘어놓았다. 매번 칭찬하지 않고 침묵하였으나 내 짐작은 틀리지 않았다. 쑥스러워서 말하지 않았을 뿐 마음으로는 무척 자랑스럽게 생각했던 게다. 아내도 그제야 내 어릴 적 이력을 어느 정도 알게 되었다. 데이트하는 상대에게 초등학교 성적 자랑할 계제가 있겠는가?

그건 나도 마찬가지였다. 남보다 뒤떨어지지는 않았다는 걸 아내와의 대화에서 눈치챘으나 구체적인 성적은 몰랐다. 아내는 이기려는 근성이 부족하다. 스스로 열심히 공부한 적이 없다고 한다. 나와는 달리 아내는 지능지수가 높다. 또래에서 타의 추종을 불허했다. 그러니 공부하지 않고도 늘 1등 하지 않았겠는가?

지능은 천지 차였으나 어쨌든 결과는 비슷하였으니 놀랍지 않은가? 한 사람은 대충대충 살았고 한 사람은 끈질기게 노력하는 스타일은 달랐으나 좋은 결과를 냈다는 점에서는 같았다. 상견례 자리는 양가 부모만 알게 된 게 아니었다. 아버지와 장모의 뜻밖의 자식 자랑에 우리는 서로의 학창 시절을 짐작하게 되었다. 엎친 데 덮친 격이었다. 나쁜 일은 엎친 데 덮치는 게 좋지 않지만, 좋은 일은 얼마든지 덮쳐도 좋다. 아내 머리 좋아서 나쁠 일이 있겠는가?

나는 아내의 학력에 관심 없었다. 당시 대학은 똑똑한 사람이 간다기보다 부잣집 자식이 가는 곳이었다. 지금이라면 부유한 사람을 바랐겠지만, 당시만 해도 아니었다. 경기에서 역전승이 더 재미있듯이 가난을 내 힘으로 극복하고 부유하게 사는 게 더 큰 영광이리라. 나는 장군도 대통령도 자신 있었다. 그러니 현재 가난하고 힘든 환경일수록 나중의 영광이 더 찬란하지 않겠는가? 아내가 대학 나오지 않은 것은 괜찮지만, 아이를 위해서 똑똑한 여자를 원했다. 아내는 내 기대에 백 퍼센트 부응했다. 아내는 노력하지 않아도 잘하는 천재였다.

성격도 유전되는지는 모른다. 그렇더라도 내가 열심히 노력하는 스타일이라고 해서 내 자식이 그렇게 되리라는 보장은 없다. 또 노력이라는 게 얼마나 힘든 일이던가? 늘 남보다 부지런해야 한다. 더 많은 시간을 투자해도 돌아오는 성과는 보잘것없었다. 그게 성실한 사람의 특징이다. 물론 인생 전체로 봐서는 천재보다 노력하는 둔재가 나을 수도 있다. 그 과정이 지난(至難)하다. 나는 천재이기를 원했다. 남보다 덜 노력하고도 늘 우뚝 서기를 바라 마지않았다. 재능은 천재 근처도 가지 못하는 주제에 천재를 원했으니 그 삶이 어떻겠는가? 노력이 습관이다 보니 지금이야 아무렇지도 않지만, 시험이나 진급 등 그때그때 결과가 나오는 일에는 늘 피를 말리는 듯했다.

사람은 누구나 자식을 사랑한다. 자식이 보통 이상의 재능으로 건강하게 잘 살기를 바란다. 배우자가 중요한 건 첫째 자식 때문이다. 확률상 반반을 타고난다고 했을 때 배우자가 자신보다 잘생기고 똑똑해야 훌륭한 자식을 둘 가능성이 커진다. 날씬하고 예쁜 여자를 원했던 게 완전히 틀린 건 아니었던 셈이다. 자식 외모는 그 부모를 닮지 않겠는가? 예쁘고 똑똑한 여자를 원한 내게 아내는 최고의 배우자감이었다. 어쩌면 노력하지 않을지도 모를 자식이 엄마 닮아서 공부 잘한다면 그 아니 좋은가?

나와 아내는 천생연분이다. 상견례 자리에서 더 확실하게 알 수 있었다. 사람은 저마다 다르다. 모두 독특한 개성이 있다. 아내와 나도 마찬가지다. 모두 주관이 뚜렷하다. 좋은 건 좋고 싫은 건 싫

다. 의사 표현이 확실하다. 두루뭉술 따라가는 일은 거의 없다. 그
점에서는 유사하지만 다른 점도 많다. 확실하게 다른 게 두 사람
의 지능지수였다. 늘 평범한 머리가 마음에 들지 않았는데 자식은
뛰어날 확률이 있다. 이 얼마나 다행인가?

　아내를 알게 된 건 행운이었다. 결혼에 이르게 된 건 더 큰 행운
이었다. 그러니 아내를 소개한 엄 대위가 얼마나 고마운 사람인가?
나와 아내와 세 아이에게 엄 대위 내외는 평생의 은인이다. 지금은
전역한 엄 대령 가족과는 가장 절친한 사이다. 두 사람이 살면서
좋지 않은 일이 많았다면 원망받을 때도 있었으리라. 우리가 잘살
고 아이 셋 모두 훌륭하게 성장한 건 우리 가족에게만 좋은 게 아
니다. 엄 대령 가족도 흐뭇해한다. 그래서 한 달이 멀다 하고 만나
코 비틀어지도록 술을 마신다. 아내나 형수는 못마땅해하지만….

처가[妻家]

　처가는 전남 보성 회천면이다. 보성은 동으로는 순천시, 북쪽은
화순군, 서쪽은 장흥군, 남쪽은 득량만과 접한다. 지금은 보성 녹
차와 벌교 꼬막으로 유명하고, 일림산 초암산 철쭉이 소문나서 5
월에는 등산객이 몰리는 곳이다. 당시만 해도 유명하지 않았고 역
사와 지리에 관심이 많던 나에게도 생소하였다.

양가 상견례로 장인 장모는 본 적이 있으나 처가댁 다른 식구는 보지 못하였다. 이듬해 결혼을 준비하고 있었으므로 사전에 인사해야 할 처지였다. 부모 사는 서울 집에서 아내와 함께 추석 명절을 보낸 바 있다. 추석이 지난 다음 주에 처가에 가서 인사하기로 하였다.

계룡시가 대한민국 중심부에 있으나 보성은 멀었다. 거리가 삼백 킬로미터가 넘었다. 지금처럼 도로가 발달하지 않았을 때다. 가는 데 네 시간이 넘게 걸렸다. 긴 시간보다 문제는 처음 가는 길을 찾는 것이었다. 내비게이션이 없을 때다. 모르는 길은 순전히 이정표에 의지해서 찾아가야 했다. 이정표가 친절하게 내 최종 목표지를 가리키지는 않는다. 머릿속에 대한민국 지도를 펼친 후에 방향을 정하고 가는 곳마다 인근 시군의 위치를 알아야 했다. 보성이란 말은 광주를 거쳐 화순 근처에서야 볼 수 있었다.

아내가 옆자리에 타고 있었으나 큰 도움이 되지 않았다. 아내는 당시 운전면허증이 없었다. 운전하지 않는 사람은 지리에 관심이 없다. 버스나 기차에 타는 순간 꿈나라행이다. 이정표를 볼 필요도, 본 적도 없다. 사전에 지도를 펼쳐놓고 도상 훈련한 대로 찾아가는 수밖에 없다.

아직 운전이 서투를 때다. 처음 가는 길이 두려웠고 이정표 확인하는 데 정신이 없었다. 아내는 천하태평이었다. 무지의 힘이다. 운전하는 사람은 운전이 피곤하고 위험한 순간이 끊임없이 이어진다는 걸 잘 안다. 운전 경험이 없는 사람은 위험한 상황을 알아차리지 못한다. 초보운전자 옆 좌석이 얼마나 위험한지를 모른다. 아내의 말에 대꾸하면서도 나는 시종 긴장하여 등줄기에 땀이 흘렀다.

계룡에서 광주까지는 호남고속도로를 탔으므로 문제가 없었다. 문제는 광주 시내를 통과할 때부터였다. 당시에는 외곽도로가 없었다. 광주시 북부에서 진입하여 시내를 관통해야 했다. 시내 지형 지물을 전혀 모르는 상태에서 화순 방면을 가리키는 화살표에 의지했다. 복잡한 광주 시내를 통과하려면 한 시간 이상 걸리는 게 보통이었다.

광주를 통과하면 차량이 한적한 시골길이어서 숨통이 트였으나 왕복 이 차선 국도여서 속도를 내기 어려웠다. 가다가 큰 화물트럭이나 경운기라도 만나는 날이면 속수무책이었다. 보성 녹차밭이 있는 고개를 넘어야 처가가 있는 회천면이다. 그 고개를 넘는 게 또 장난이 아니었다. 전라도가 평지일 것 같지만 천만의 말씀이다. 고도만 낮을 뿐 험준한 산악 지형이 지천이다. 보성 녹차밭 고개를 넘어서면 낭떠러지 옆 지그재그 길을 곡예하듯 가야 했다. 결혼할 여자를 찾는 데도 긴 세월이었으나 그 집을 찾아가는 것도 쉬운 일이 아니었다.

처가 대가족이 반갑게 맞았다. 장인은 원래 호인에 결혼에 반대하지 않았기에 반기셨고, 장모는 속으로는 어떻든 백년지기(百年知己) 사위를 반갑게 맞으셨다. 2남 5녀 아내 형제도 모두 모인 듯하였다. 사람은 낯선 환경을 힘들어한다. 남자가 우월하다고 큰소리지만 겉으로 드러내는 허세에 불과하다. 처음 접하는 상황이나 사람이 두렵고 떨리는 건 마찬가지다. 남자가 뛰어난 건 낯선 사람을 공격할 때뿐이다. 처음 만나는 사람과 친해지는 데 서투르다. 싸우는 건 나을지 몰라도 사귀는 건 여자보다 떨어질지도 모른다.

여러 사람이 나를 뚫어지게 관찰하며 이것저것 묻는 상황이 어색하였으나 누구나 겪는 과정이다. 움츠러들거나 기죽지 않으려고 연신 웃으며 호탕하게 대꾸하였으나 마음은 가시방석이었다. 그래도 식사 때 반주를 곁들이자 한결 편해졌다. 음주와 흡연이 여러 모로 해롭지만 백해무익한 건 아니다. 긴장을 풀어주고 마음을 가라앉게 하거나 대범하게 한다. 처음 만난 사람과 친해지려면 술이 최고다.

아내는 내가 불편할까 봐 이것저것 묻고 배려하였다. 추석 때 우리 집에 갔을 때 나는 아내의 처음 맞는 어색한 상황을 고려하지 못했다. 아내 처지를 생각하지 못하고 태평하게 내 할 일만 했다. 서울 본가는 십여 평 좁은 연립주택이었다. 그 좁은 집에서 열 명이 넘는 식구가 득실거렸다. 좁은 방 세 개에 식구가 들어차면 아내는 갈 데가 없었다. 아내는 어머니와 부엌 겸 거실에서 부지런히 일하거나 멀거니 앉아 있을 수밖에 없었다. 얼마나 어색하고 힘들었을까? 처가에 와 보니 아내의 불편했을 상황이 그려졌다. 그에 비하면 아내는 얼마나 영리한가? 남성우월주의는 당치 않다.

처음 만난 두 손위 처남과 손위 동서와 고스톱을 하였다. 어색했던 분위기는 완전히 사라졌다. 게임이라면 처음 만난 사람이라고 어색할 게 없다. 정해진 규칙대로 움직이는 건 낯설지 않다. 아마

서먹서먹한 상황을 부드럽게 하려는 노력이었으리라. 점 백 원짜리 고스톱을 치면서 처남과 동서와 쉽게 가까워졌다. 승부라면 지기 싫어하는 나다. 누구와도 마다하지 않는다. 초면에 고스톱 친 처남과 동서와는 지금도 만나면 점 백 원짜리 고스톱이다. 잃어도 따도 만 원 언저리인 점 백 고스톱은 최고의 오락이다.

처가 식구는 까다로운 사람이 없었다. 만나면 시끄럽게 자기 주장하는 우리 형제와는 사뭇 달랐다. 가정 형편도 우리 집보다는 나았다. 남해 바닷가가 생소하였으나 사람은 충청도 두메산골 촌사람과 차이가 없었다. 가는 길이 멀고 험하였어도 거기에 따뜻한 사람이 있어서 좋았다. 하긴 사랑하는 사람이 사랑하는 가족인데 따뜻하지 않을 리 있겠는가? 처가 식구도 내 부모 형제 못지않게 가까워지리라. 아내뿐만 아니라 미래 자식을 위해서도 그래야 하리라.

사랑의 일등공신

소위 임관할 때 다짐한 게 있다. '사나이 조자룡은 차를 사지 않는다. 골프를 하지 않는다'였다. 경제가 급성장하여 레크리에이션이란 말과 자가용이 유행하였으나 1980년대까지만 해도 자가용과 골프는 사치의 대명사였다. 땅 투기에 성공한 졸부나 기업체 사장이나 하는 게 골프요, 자가용이었다. 자가용을 직접 운전하는 사람은 드물었고 대체로 운전기사를 두었다. 운전이 전문기술 취급받던 시절이었다. 장교로 임관한다고 부자가 되는 건 아니었으나 나중에 여유가 생겨도 서민에게 눈총받는 졸부 행세는 하지 않겠다고 스스로 다짐하였다.

제행무상, 항상하는 건 없다. 우주의 섭리가 돌고 도는 것이요 만물은 변한다. 그렇더라도 대한민국의 변화 속도는 너무 빨랐다. 1989년 임관하고 광주비행단에 부임했을 때 무장대대에 자가용 보유자는 단 한 명뿐이었다. 그런데 이후 빠른 속도로 증가하였고 운전면허증 따기 열풍이 불었다. 불과 이삼 년 만에 간부 대부분이 면허증을 취득했다. 나는 승용차를 사려는 마음이 아니라 비상시를 대비하여 운전면허증을 땄다.

1992년, 만약을 위하여 운전면허증을 딴 건 최상의 선택이었다. 1993년에 공군본부 소속으로 바뀌었으므로 바쁜 일과 중에 운전면허 준비는 꿈도 꾸지 못했으리라. 처음 본부에 왔을 때만 해도 계룡대 주차장이 텅텅 빈 채였다. 텅 빈 엄청나게 넓은 주차장에 설계자를 욕할 정도였다. 공금이니 이렇게 쓸모없는 걸 만들었지 제 돈이었으면 이러지 않았으리라.

내 불만과 성토가 잘못이라는 걸 아는 데는 긴 시간이 걸리지 않았다. 불과 1년이 지나자 그 넓은 텅 빈 주차장에 차가 꽉 들어찼다. 주차장이 모자라서 도로에 주차하는 실정이었다. 자가용 열풍이 불었다. 1992년에서 1994년까지 차를 산 사람이 대부분이다. 나는 그 열풍에 낀 게 아니라 계룡대 숙소에서 남부상가까지 육 킬로미터를 걷기 힘들어서 어쩔 수 없이 차를 구하였다. 이리저리 재다가 차 가격이 가장 저렴하고 연비가 좋은 기아 프라이드 DM을 선택하였다. 내 첫 애마는 빨간 프라이드였다.

겉멋으로 끌고 다니는 자가용으로 서민의 마음을 아프지 않게 하겠다는 내 생각은 시대착오였다. 삼겹살이 고급 음식이 아니라 서민 음식이 된 것처럼, 자가용은 사치가 아니라 필수였다. 가난한 사람도 일하기 위해서는 자가용이 필요한 시대가 되었다. 환경이 사람을 바꾼다. 큰일이었던 외출이나 외식이 아무렇지 않은 일상이 되었다. 시속 4킬로미터짜리와 60킬로미터짜리 발은 사고와 행동 방식을 바꾼다.

차가 없었다면 그해 봄 충격적인 방황은 없었으리라. 실연의 상처는 쓰라렸으나 성찰과 성장도 없었을 것이다. 모든 건 잘되었다. 어떤 과정이나 결과와 무관하게 미래는 마음먹기 달렸다. 차를 산 것도, 실연마저도 현재를 있게 한 과정일 뿐이다. 실연이 마음가짐을 바꾸게 하였다면 차는 사고와 행동 방식을 바꾸었다. 활동 범위가 극적으로 넓어졌다.

아내와의 데이트는 주로 차 안에서 이루어졌다. 빨간 프라이드는 둘만의 전용공간이었다. 평일에도 드라이브를 즐겼으며, 주말에는 전국 유원지를 쏘다녔다. 자가용이 없었다면 상상도 할 수 없었으리라. 6킬로미터를 걸어서 이동하고 시내버스와 시외버스를 갈아타는 여행을 상상해보라. 무더위와 아픈 다리와 기다리는 데 지쳐 데이트가 즐겁지 않았으리라. 어쩌면 사소한 일에 짜증을 내는 바람에 파탄에 이르렀을지도 모른다. 옵션이 전혀 없는 빨간 프라이드였으나 나를 자유롭게 하는 데는 충분하였다. 내 첫 애마 빨간 프라이드는 사랑의 일등공신이었다.

그날도 아내와 인근 계룡산 등산을 위하여 차를 타고 출발하였다. 동기생 둘과 함께였다. 계룡산 능선에서 도시락을 까먹는 즐거운 상상을 화제로 나누며 계룡대 제3정문을 통과하여 공주 방향으로 좌회전하려는 찰나였다.

"자룡아, 저… 저…."

친구가 놀라 외치는 다급한 소리와 함께 차에 충격이 왔다. 교통사고가 난 것이다. 공주에서 대전 방향으로 직진하는 차가 있었으나 내 눈에는 수백 미터는 족히 떨어졌기에 마음 놓고 좌회전하였는데 예상보다 고속이었던 게다. 상대 차가 브레이크를 밟았다면 충분히 멈출 수 있었으나 당황하여 브레이크를 밟지 못했던가 보다. 내 차가 좌회전 완료했을 즈음 차 꽁무니를 스쳤다.

차에 탄 사람은 모두 무사했다. 차에 부딪힌 흔적은 남았으나 두 차 모두 큰 피해는 없었다. 내 차가 받혔으나 쌍방과실이었다. 직진 차량이 있는데 좌회전한 건 내 과실이었고, 이미 좌회전한 차를 들이받은 건 상대 과실이었다. 경찰과 헌병이 달려와 현장을 확인하였고 서로 보험 처리를 하기로 하고 원만히 수습하였다. 운전자끼리 다툴 이유는 없다. 어차피 양 보험회사에서 서로 손해 보지 않으면서 적당히 타협하리라.

모처럼의 주말 나들이에 교통사고가 찬물을 끼얹었으나 아무일 없었다는 듯 다시 출발했다. 사고는 사고고 데이트는 데이트다. 이중으로 손해 볼 수는 없지 않은가? 분쟁 없이 빨리 해결하느라고 보험 처리를 하였으나 실수였다. 당시 대한민국 운전자는 거의 초보운전이었다. 1990년대 초반에 자가용을 마련한 사람이 대부분이다. 나는 정확히 운전 경력 1년이었다. 전국적으로 교통사고가 엄청났다. 음주운전이 허용될 때였다. 지금은 모르지만, 당시 교통사고율이 전 세계에서 압도적인 1위였다. 자동차 보험회사 손실이 커서 사고 차량에 대한 보험료를 크게 인상하였다.

나는 1993년에 차를 사고 한 달 만에 대형 교통사고를 내었다. 상대 차는 거의 폐차 수준이었고 내 차는 신차 가격이 475만 원이었는데 300만 원 넘게 견적이 나왔다. 사람이 죽지 않은 게 다행일 정도였다. 보험 처리를 하였는데 보험료 인상은 미미하였다. 그런데 법이 바뀌어서 이전 사고까지 소급하여 보험료가 인상되었다. 거의 50만 원 가까이 인상된 것으로 기억한다. 그럴 줄 알았다면 차 범퍼값으로 10만 원 정도 주고 합의했을 것이다. 당시에는 전혀 몰랐다. 나중에 확인해서 안 일이다.

소 잃고 외양간 고친 격이지만 그 이후 교통사고는 없다. 30년 무사고다. 차선 변경을 할 때 사각지대에 차가 없는지 직접 눈으로 확인하고, 좌회전할 때는 직진 차량이 아무리 멀리서 달려와도 기다린다. 나뿐만 아니라 아내도 그런다. 교통사고는 목숨이 걸린 일이다. 처음부터 조심해서 사고를 내지 않는 게 최선이지만 두 번 반복할 수는 없지 않은가? 한 번은 실수지만 두 번은 방심이다. 하나뿐인 목숨을 방심으로 위험에 빠뜨릴 수는 없다.

사고방식을 바꾸고 행동 영역을 크게 확장한 빨간 프라이드는 우리 사랑에 일등공신이었다. 중형차에 비하면 여러모로 성능이 떨어졌으나 우리에게는 충분하였다. 가속이 늦고 안정성이 떨어졌으나 원하는 데라면 어디라도 데려다주었다. 1993년에 산 프라이드는 2008년까지 내 다리가 되어주었다. 엔진 고착으로 정지하는 최후의 순간까지 15년간 내게 헌신한 빨간 프라이드는 내 결혼 일등공신이다. 빨간 프라이드는 글자 그대로 내 일편단심(一片丹心)을 드러내는 자긍심(pride)이었다.

홍릉(洪陵)

홍릉은 서울의 지명이다. 동대문구 청량리동에 있다. 과거 명성황후의 능이 이곳에 있어서 유래한 지명이라고 한다. 지금은 사라지고 이전하여 많이 줄었으나 1994년 당시에는 이곳에 많은 연구소가 있었다. '자주국방의 초석'이라는 기치 아래 박정희 전 대통령이 1970년 설립한 국방과학연구소가 있다. 국방에 필요한 병기 장비 및 물자에 관한 기술 개발을 목적으로 설립하여 국방력 강화에 혁혁한 업적을 남겼다. 그곳에 국방정보체계연구소가 들어섰다. 세계적인 정보화 붐으로 우후죽순으로 난립하는 정보화 사업을 체계적으로 관리하여 국방부가 국내외 정보체계 사업을 선도하겠다는 야심 찬 목적으로 설립하였다. 국과연(국방과학연구소)이 무기체계 개발을 목적으로 설립된 것과 마찬가지로 국정연(국방정보체계연구소)은 정보체계 개발을 목적으로 설립한 국방부 산하 연구기관이다.

바야흐로 국방 분야에서 본격적으로 정보체계 개발이 시작되었다. 그 시작의 일등공신은 공군 대위 조자룡이었다. 국방부 군수국장의 의심스러운 비토로 1년 이상 사업이 지연되었다. 군인공제회 산하 제일정보통신과 정보체계 사업을 수의 계약하라는 압력이었다. 군수국장과의 대면 회의에서 청년 장교 조자룡의 5분 이상에 걸친 용감무쌍한 주장으로 겨우 이루어진 국방정보체계 개발 사업이다. 첫 삽은 탄약시스템이었고 개발 업체는 삼성데이터시스템(SDS)으로 결정되었다.

각 군에 전산 특기가 있고 컴퓨터 차원의 프로그램은 개발 운용하고 있었으나 국방부 산하 전 기관을 연결하는 단일 시스템은 없었다. 없었을 뿐 아니라 개념조차 정립되지 않았다. 정부나 언론에서 연일 정보화를 부르짖고 있었으나 그 의미를 정확히 아는 사람은 드물었다. 탄약시스템을 필두로 모든 분야 업무 정보체계를 개발하여 통합하려면 사업관리에 참여하는 사람의 개념 통일이 급선무였다. 국정연에서는 국방부 지침으로 육·해·공군 정보체계 개발에 참여할 사업관리 요원에 대한 교육을 추진하였다.

공군에서는 국방정보체계 탄약시스템과 별개로 '항공기정비정보체계' 구축을 추진하고 있었다. 항공기 일련번호별 정비와 비행 이력을 완전하게 관리한다면 비행사고 예방과 예산 절감에 획기적인 성과가 있을 터였다. 항공기정비정보체계는 국방정보체계 측면에서는 장비정비시스템이다. 독자적으로 개발하더라도 최후에는 통합할 필요가 있다. 항공기정비정보체계 사업관리 요원까지 포함하여 공군은 20명 이상이 교육에 참여했고 육·해군도 비슷한 규모로 참석하여 50명 이상의 사업관리자 교육이 이루어졌다.

지방 군부대 교육이라면 숙식을 군 시설에서 해결하므로 문제가 없다. 서울에는 대규모 병력을 수용할 만한 군 여유 시설이 없었다. 국방부 예산이 부족하여 출장비를 전액 받지 못할 때다. 한 달간 서울 교육에는 많은 어려움이 따랐다. 국가를 운영하는 정부 시스템이 완벽하지 않을 때다. 국가에서 지원되지 않는 부분은 각자 해결해야 했다. 교육 참석자 대부분 여러 사람이 여관방 하나를 장기 계약하여 생활했다.

다행히 나는 양천구 신월동에 부모가 거주하는 집이 있어서 출퇴근이 가능했다. 모자라는 출장비로 숙식을 해결한 건 다행이었으나 문제는 출퇴근이었다. 운전 경력이 짧은 데다가 서울시 도로 사정과 출퇴근 전쟁을 들어서 익히 알고 있었다. 서울 지리는 전혀 모른다. 지도를 뚫어지게 바라보며 상상으로 도상 훈련을 하였으나 걱정이 태산이었다. 달리 방법이 없는 데야 어쩌겠는가? 두려운 마음을 꾹 눌러 참고 여유 있게 빨간 프라이드를 몰고 출발하였다.

신월동에서 홍릉까지는 25킬로미터 거리다. 교통이 혼잡하지 않다면 이십여 분이면 충분히 도착할 거리지만 서울시 교통지옥을 고려해서 일찍 출발하였다. 오전 9시까지 출근해야 하는데 집에서 7시 30분에 출발했다. 내 딴에는 한 시간 이상 여유를 둔 셈이다. 내 예상이 빗나갔다는 걸 아는 데는 긴 시간이 걸리지 않았다.

신월동에서 홍릉을 가려면 남부순환도로를 타고 강남까지 간

다음에 한강대교를 건너야 한다. 남부순환도로에 진입하여 5분도 안 돼서 도로는 주차장이 되었다. 이유는 알 수 없었다. 앞차가 서니 서야 했다. 지체나 정체가 아니라 아예 움직이지 않았다. 시간은 속절없이 흘러가는데 차는 움직이지 못하니 속된 말로 똥줄이 탔다. 요즘이야 휴대폰이 있으니 전화 한 통으로 상황을 설명하면 그만이지만 휴대폰은 2000년 이후에 유행한 물건이다. 아무런 대책이 없었다. 대책이 없는데 할 수 있는 일이 무엇이겠는가? 그냥 앞차가 움직이는 대로 따라갈 뿐이다.

서울에서 한 시간 일찍 출발한 것으로서는 충분하지 않았다. 남부순환도로에서 이미 아홉 시가 넘어섰다. 천신만고 끝에 남부순환도로를 벗어나 한강대교를 건널 때는 이미 열 시가 지나고 있었다. 군에서 신고는 필수다. 아홉 시에 교육과정 신고가 있는데 이미 한 시간 지각이다. 최대한 빨리 가려는 마음은 굴뚝같았으나 아뿔싸, 국방정보체계연구소 건물이 보이지만 갈 수 없다.

서울에는 좌회전 금지 구역이 있다. 대전이나 계룡시에는 없는 개념이다. 눈에 보이는 건물에 가지 못하고 한참을 더 가서 유턴해야 했다. 비지땀을 흘리며 강당에 뛰어들었을 때는 10시 30분이 지나고 있었다. 25킬로미터 이동하는 데 세 시간이 걸린 셈이다. 당연히 이미 신고가 끝나고 강의 중이었다.

다행히 큰 처벌이나 문책은 없었다. 서울 사정을 모르는 촌놈이 자주 연출하는 상황이라서 이해하였다. 첫날은 몰라서 그랬으니 이해하지만 매일 지각할 수는 없는 노릇이다. 7시 30분에 출발하여 10시 30분에 도착했으니 몇 시에 출발해야 아홉 시 전에 도착할 것인가? 이건 계산으로 알 수 있는 문제가 아니다. 거리와 시간의 조합으로는 해결되지 않는다. 도로 사정을 예상해야 한다. 내가 점쟁이가 아닌 이상 그걸 어찌 알 수 있겠는가?

화요일에는 일단 일곱 시에 출발했다. 30분 일찍 출발한 것이다. 30분 일찍 출발한 차이는 컸다. 차는 여전히 많았으나 움직이지 않는 정도는 아니었다. 느리게라도 지속해서 움직였다. 아슬아슬하게 아홉 시에 맞춰 도착하였다. 내 예상은 정확하였다. 이 정도라면 점쟁이라도 해도 무방하리라. 그렇더라도 운전하는 두 시간 내내 지각할까 봐 마음 졸이는 건 불필요한 에너지 낭비다. 더 일찍 출근해야 한다.

비행단에서는 조출(早出)을 하기 위해 새벽 다섯 시 기상에 습관이 된 나다. 공군본부에서는 여섯 시 기상으로 한 시간 늦췄으나 아침에 일어나는 건 내게 문제가 안 된다. 수요일에는 여섯 시에 아침밥을 먹고 6시 30분에 집에서 출발하였다. 어머나, 놀라워라! 서울에 항상 차가 많은 게 아니었다. 아침 6시 30분에는 거리가 한산한 정도가 아니라 아예 차가 없었다. 남부순환도로에 들어서자마자 80~100킬로미터로 내달리는데 거추장스러운 장애물은 없었다. 한번 녹색 신호등을 받자 신호등도 걸리지 않았다. 거의 무인지경을 달려 홍릉 국정연에 도착하자 아직 일곱 시 전이었다. 채 이십 분이 걸리지 않았다. 아침 7시 30분과 6시 30분의 한 시간 차이는 놀라운 것이었다. 하늘과 땅의 차이라고 할 만했다.

서울에서 국방정보체계 사업관리자 과정 한 달 교육 출근 시간은 아침 6시 30분으로 정해졌다. 나는 효율을 중시한다. 어떤 행위도 한 가지 목적으로 하는 걸 좋아하지 않는다. 일거양득(一擧兩得) 일석삼조(一石三鳥) 일타오피(一打五皮)를 노린다. 삼십 분 늦게 출발하여 길에서 두 시간 스트레스 받을 이유가 있는가? 집에서 삼십 분 일찍 출발하면 국정연에서 두 시간 여유 시간이 생긴다. 삼십 분으로 두 시간을 번다면 네 배 이익 아닌가?

홍릉은 경치가 좋은 동네다. 새벽 공기는 상쾌하다. 경치 좋은 동네에서 아침 운동하고 샤워한다면 얼마나 상쾌하겠는가? 비가 오는 날이라면 독서하면 된다. 아니, 신문을 읽더라도 식은땀 뻘뻘 흘리며 교통지옥에 빠지는 것보다 나으리라. 나는 시간에 맞춰 출근하는 사람을 이해하지 못한다. 가끔이라도 잔소리 듣는 걸 감수하는 것을 이해할 수 없다. 사람이 타인에게 왜 지청구 들어야 하는가? 어쩌면 매일 한 시간이나 삼십 분 일찍 출근하는 나를 다른 사람이 이해하지 못할지도 모른다.

혼인신고(婚姻申告)

　세상 모든 일에는 절차가 있다. 그 모든 걸 꿰차고 있는 사람은 없다. 특히 사는 동안 단 한 번밖에 하지 않는 일이라면 더욱 그렇다. 혼인신고는 결혼 후 관청에 등록하는 절차다. 혼인신고를 마쳐야 정식 세대주(世帶主)가 되며 주민등록 행정 절차가 이루어진다. 주변 대부분 사람이 결혼한 상태였으나 혼인신고 절차를 아는 사람은 없었다. 한 번밖에 하지 않는 경우가 대부분이어서 신고 뒤에는 잊는다. 부부 중 한 사람이 주도해서 처리하므로 아예 관여하지 않는 사람도 있다. 결혼하지 않은 상태에서 급히 혼인신고를 하려니 간단하지 않았다.

　결혼도 하지 않은 사람이 무슨 혼인신고인지 이상하겠지만 세상일은 순서대로만 돌아가지 않는다. 상황에 따라서 그때그때 임기응변해야 한다. 십 년 선배 베이비붐 세대에 비하면 관사 사정이 훨씬 나아졌으나 관사는 여전히 부족했다. 육·해·공군이 있는 계룡대에는 군 관사가 몰려 있다. 각 군 병력에 맞추어 관사를 건축하였으나 웬일인지 어떤 조직이든 한번 만들어지면 줄어드는 일은 거의 없고 항상 커진다. 계룡대에 전속 오고 나서 관사가 나오지 않아 몇 개월, 심지어는 6개월씩이나 기다려야 하는 경우가 허다하다. 결혼한다고 기다렸다는 듯 관사를 내주지는 않는다. 언제 나올지 모르는 관사를 확보하기 위해서는 미리 혼인신고를 해서 관사를 신청해야 한다.

혼인신고는 관청에서 하지만 아무 곳에서나 하는 건 아니다. 동사무소가 최소단위 행정 관청이건만 웬일인지 혼인신고는 할 수 없었다. 혼자 덜렁 가서 할 수 있는 것도 아니다. 우선 두 명의 증인이 필요하다. 성인이라면 누구라도 가능하나 서명을 받아야 한다. 증인 외에도 부부와 양가 부모의 한자(漢字) 성명과 생년월일, 주민등록번호를 기록해야 한다. 그런 걸 다 외우고 있는 사람은 없다. 서류를 가져다가 미리 작성 후에 구청이나 시청에 제출해야 한다.

아무 생각 없이 동사무소에 찾아갔다가 허탕을 치고, 시청에 가서 처리하려 했으나 혼자서 할 수 있는 일이 아니었다. 어쩔 수 없이 양가 주민등록등본을 떼고 신고 서류를 받아다가 사무실에서 작성해야 했다. 누구나 해야 하는 행정 처리지만 낯설고 번거로웠다. 요즘이야 인터넷에서 모든 절차를 조회 가능하니 간단하지만 1990년대에는 간단하지 않았다. 최소한 한두 번 헛걸음치는 사람이 대부분이었다.

아무것도 아닌 듯한 혼인신고를 어렵게 마치고 관사 신청을 하였다. 군인의 이동 시기는 매 연말 12월에서 다음 해 1월 사이다. 관사 배정은 신청과 인사이동 일자를 기준으로 한다. 봄에 결혼할 계획이었으나 신혼살림을 준비하려면 미리 관사를 확보해야 했다. 여러 사무실 선배의 조언을 받아 인사이동 시기 전에 관사 신청을 하였다.

11월에 신청한 관사는 2월이 되어서야 나왔다. 일찍 나오지 않아서 조마조마하였지만 어쨌든 결혼 전에 보금자리를 마련한 셈이다. 우리의 첫 신혼살림은 당시 남부상가 맨 남쪽 끝에 자리 잡은 공군아파트 4층에서 시작하였다. 내 돈으로 마련한 집은 아니었으나 감개무량하였다. 혼인신고로 세대주(世帶主)가 되었고 관사 배정으로 호주가 되었다. 사회에서 말하는 보통 어른이 되었다. 관사 신청에서 배정받기까지는 내 일이었으나 관사가 나오자 아내가 분주해졌다.

일은 끝이 없다. 하긴 할 일이 전혀 없는 사람이라면 이미 죽은 사람이리라. 살아가는 사람은 무슨 일인가 해야 한다. 하나를 처리하면 반드시 다른 일이 생긴다. 결혼을 위해서 필요한 건 배우자와 주택이다. 가장 큰 일을 해결하기 전에는 다른 문제나 일은 보이지 않는다. 배우자와 주택을 해결하자 해결해야 할 사소한 일이 엄청나게 밀려들었다.

가장 먼저 필요한 게 연락할 군 전화와 일반전화를 설치하는 일이었다. 온갖 살림살이를 들여야 하는데 장난이 아니었다. 내가 도울 수 있는 건 거의 없었다. 아내는 선배 조언을 받아 이것저것 살림살이를 장만하였다. 넉넉하지 않은 가정 형편이었으므로 양가 부모에게 도움을 받은 기억은 없다. 처음부터 끝까지 아내와 둘이서 해결하였다.

업무하면서 결혼식 준비는 쉽지 않았으나 행복한 시간이었다. 물건 하나를 사더라도 의견 통일이 필요했으므로 아내와 나는 매일 만나서 무언가를 상의했다. 영화나 드라마에서는 결혼에 합의할 때까지가 주요 내용이지만 그것이 전부가 아니다. 남 보기에는 티격태격할 때가 흥미로울지도 모르지만 보이지 않는 시간도 중요한 건 마찬가지다. 인간은 목적을 이루는 순간보다 목표를 향해 나아가는 과정에서 더 큰 행복을 느끼는지도 모른다. 정확한 미래는 점칠 수 없으나 하나하나 해결해나가는 과정이 좋았다. 둘이 힘을 합친다면 헤쳐나가지 못할 난관은 없으리라. 그 가능성을 상상하며 행복하였다.

훈제 돼지갈비

다사다난한 1994년이 지나가고 있었다. 연말이면 흔히 말하는 게 다사다난이지만 개인이나 무장전자 분야 모두 엄청난 변화를 겪었다. 전혀 짐작할 수 없는 방식으로 나를 사로잡아 삶을 포기하려고까지 할 정도로 격동과 충격을 준 여인과는 영영 헤어졌다. 서로 깊이 사랑한 적이 없으므로 헤어졌다는 말이 모순일 수도 있다. 혼자만의 충동적인 짝사랑이었을 것이다. 스스로 위대하고 냉정하며 이성적이라고 자아도취에 빠졌던 나로서는 기이한 방황이었다. 그 어떤 합리적인 이유 없이 걷잡을 수 없는 격정에 빠졌다가 헤어났다. 두 달이 짧은 기간이나 나에게는 거의 영원에 가까운 시간이었다.

빠르고 거칠며 거대한 충격이었으나 너무나 쉽게 벗어난 데 놀랐다. 흔히 사람이 이성적 동물이라고 말하지만 내가 보기에는 감정적 동물이다. 이성이 작용하기는 하지만 감정의 과잉 상태에서는 무용지물이다. 악플에 상심하여 자살하는 연예인이나, 실연을 이유로 극단적 선택을 하는 젊은이나, 친구의 왕따나 사소한 모욕으로 목숨을 버리는 학생을 이해하지 못했다. 생각이 짧고 경험이 부족해서이리라. 착각이었다. 다른 사람이 아닌 내가 그런 상태에 있었으니 그들을 이해하지 않을 수 없었다. 아무리 사소한 이유라도 의미를 부여한다면 죽어야 할 이유로 충분하다. 연약한 인간 본성의 내면을 들여다본 것 같았다.

실연이라는 충격이 채 가시기도 전에 만난 여성과 그렇게 빨리 의기투합하여 결혼에 이르게 될지 몰랐다. 어쩌면 운명의 여신이 사전에 짜놓은 각본대로 흘러간 것인지도 모른다. 이전의 충격이 없었다면 나는 아내를 다른 눈으로 바라보았을지도 모른다. 1994년은 단 일 년 내에 알 수 없는 감정의 비약으로 죽을 고비를 넘기고, 평생을 함께할 아내를 만나서 결혼을 약속하였다. 개인의 인생에서 이보다 더 극적인 해가 있겠는가?

무장전자 분야로서도 다사다난하였다. 구형 전투기인 F-5급에서는 정비 분야가 무장 분야의 두 배 규모였다. F-4와 F-16 신형 전투기가 도입되자 상황이 달라졌다. 기체와 엔진 등 항공기 계통은 그대로인 데 반해 항공전자 분야 영역이 확 커진 것이다. 통신항법, 전자전, 레이다, 비행조종, 항공사진, 임무컴퓨터 등 기술 발전에 따라 커진 영역은 항공전자뿐이다. 정비 분야로서는 정체 상태인데 유사 업무를 하는 무장 분야의 급성장을 좋게 바라볼 리 없었다. 항공전자 분야를 정비 분야로 귀속시키려는 노력이 무산되자 특기 통합을 주장하였다.

　사실 특기 통합이 정비 분야의 주장만으로 이루어지긴 어려운 일이다. 시대의 흐름과 외부 상황에 영향받을 수밖에 없다. 무장 분야로서는 불행하게도 정부와 민간에서도 업무 효율을 위하여 통합과 조직 축소를 지향하고 있었다. 무장 분야는 특기 통합을 하려면 정비, 무장, 보급, 수송 등 군수 분야 전체를 합하여 군수 특기로 통합하자고 주장하였으나 먹히지 않았다. 정비 무장 특기 통합은 흡수통합에 가깝고 4개 특기 통합이라면 자존심을 살릴 여지가 있었다.

　첫째 보급 특기가 반대하였고 둘째 조종 특기가 반대하였다. 보급 분야는 정비 분야와 무장 분야의 중간 규모로 수송과 특기 통합이라면 주도권을 행사할 수 있었으나 정비까지 포함하면 규모에서나 영향력에서 정비에 밀린다. 조종은 공군의 전권을 행사하는 초월적 분야다. 거의 모든 장군은 조종 출신이다. 조종 분야가 아니고서는 임기제가 아닌 정규 장군 진급이 쉽지 않다. 정비 무장 보급 수송이 하나로 통일되면 군수 특기가 지나치게 거대해진다. 규모가 커지면 발언권도 커지리라. 조종 분야로서는 군수 특기를 너무 크게 만들어 스스로 호랑이를 키우는 잘못을 범하고 싶지 않았으리라.

　조종과 보급 분야에서 반대하는 일을 추진하는 건 불가능했다. 무장전자처와 무장전자 분야 모든 장교가 일치단결하여 특기 통합을 반대하였으나 정비와 무장, 보급과 수송, 통신과 전산 특기 통합이 결정되었다. 1994년은 무장전자 분야가 존재하는 마지막 해였고 무장전자처는 해산할 처지였다. 이후에도 특기 통합은 뜨거운 감자여서 분열과 통합을 반복한다.

우울한 일은 그뿐만이 아니라 내가 소속한 탄약 담당관은 대령 진급에 실패하였고 처장은 준장 진급에 실패하였다. 특기와 처가 해체하고 사무실 주요 대상자가 진급에 탈락하여 우울한 분위기였다. 연말이 얼마 남지 않은 시점에 처장이 사무실 위관장교 전원에게 위로 회식을 베풀었다. 당시 사무실 위관장교는 양 대위 둘과 엄 대위, 김 대위, 나를 포함하여 다섯이었다.

회식 장소는 당시로는 낯선 계룡대 골프장 식당이었다. 골프는 꿈도 꾸지 않을 때다. 골프장 위치도 몰랐고 식당 근처에도 가본 적이 없었다. 그런데 처음 먹어본 '훈제 돼지갈비' 맛이 희한했다. 물론 이전에 먹어본 적이 없었다. 사람 마음은 간사하다. 이런저런 사유로 즐겁지 않은 연말이었으나 처장 격려 회식에 나온 '훈제 돼지갈비' 맛에 순간적으로 마음이 싹 바뀌었다.

사람의 능력으로 할 수 있는 게 있고 불가능한 게 있다. 세상은 뜻대로 돌아가지 않는다. 분야가 위축되고 분야 인사 업무를 담당하는 처가 사라지는 건 슬픈 일이나 내 능력 밖의 일이다. 내 노력으로 할 수 없는 일을 한탄한들 무슨 소용이겠는가? 열심히 노력하고 하늘이 돕는다면 오늘의 비극이 내일은 희극으로 바뀌리라. 모처럼 맛있는 음식을 먹으면서 즐기려고 온갖 이유를 들어 회식에 집중하였다. 훈제 돼지갈비는 진짜로 맛있었다.

골프를 하지 않아 골프장에 갈 일이 전혀 없었음에도 주기적으로 골프장을 찾게 되었다. 부모 형제가 방문하거나 가족에게 특별한 일이 있을 때는 훈제 돼지갈비를 대접하였다. 나만 좋아한 게 아니다. 결혼한 아내와 자식도 좋아하였다. 양가 부모 형제 모두 마찬가지였다. 이유는 알 수 없었으나 당시에는 훈제 돼지갈비를 구하기가 힘들었다. 보통보다는 비싼 고급 음식이어서인지도 모른다.

무장전자 분야의 아지트인 공군본부 무장전자처 해체 얼마 전 회식은 뜻밖의 선물을 주었다. 비통하고 서글픈 마음에도 음식 맛에 놀랐다. 살기 위해서 먹는 게 음식이지만, 사실 사람이 먹는 것보다 더 중요한 일은 드물다. 좀 심하게는 살기 위해 먹는 게 아니라 먹기 위해 산다는 사람도 있다. 그만큼 식도락은 중요하다. 늘 먹고 싶은 게 주위에 있는 사람은 행복하다. 먹고 싶을 때 원하는 걸 먹는 것보다 더 행복한 게 무엇이겠는가? 누군가 손님이 찾아와서 계룡 골프장 훈제 돼지갈비를 먹을 때 행복하였다. 작지만 자주 행복을 느낄 기회를 준 당시 처장님께 감사한다.

16장

1995

다른 사람도 첫 아이를 대하는 심정이 나와 같을 것인가?

갑자기 울컥했다.

나도 모르게 눈물이 흘러내렸다.

사람은 한 번 태어나는 게 아니다.

한 번은 엄마 몸에서 태어나지만

살면서 어떤 깨달음의 순간 전혀 다른 사람으로 거듭난다.

— 본문 「첫딸」에서

탄약 정보체계 사업단

　　1995년 1월, 공군 탄약 정보체계 사업단이 출범했다. 민간이든 군이든 새로운 사업을 시작하는 데는 많은 어려움이 따른다. 목적과 비전이 중요하지만, 사업 타당성이 충분하더라도 자본과 적절한 인력을 확보하는 일이 쉽지 않다. 정보체계 사업은 정부가 주도하므로 예산 확보에는 어려움이 없었으나 기존 조직을 활용할 수 없었으므로 새로운 조직을 만들어야 한다. 정부 어느 부서든 인력이 부족하다고 아우성치나 조직 확장은 쉽지 않다. 항구적인 게 아니라 한시적인 비 편제 조직 편성도 그렇다.

　　공군본부 무장전자처에서 나를 선발한 이유는 국방부 주관으로 추진하는 탄약시스템 개발 사업에 공군 요구 사항을 충분히 반영하여 유용한 시스템을 구축하는 것이 목적이지만, 개발 방침에 따른 업무량을 판단하여 공군 사업단을 조직하라는 임무가 포함되었다. 사업 진행에 따라서 여러 가지 어려움이 이어지겠지만 사업단 편성이 최우선 과제였다.

초급장교 5년이 경험의 전부였으므로 당연히 조직 편성 절차는 알 수 없었다. 관련 공군 규정을 읽고 이 사람 저 사람에게 묻는 식으로 맨땅에 헤딩하는 방법밖에 없었다. 다행히 인사 업무를 주관하는 본부이기에 충분한 조언을 받을 수 있었고, 육군과 해군도 동시에 사업단을 구성하고 있었으므로 많은 도움이 되었다.

편제 조직은 적절한 인원을 선발하는 것으로 임무 수행이 가능하지만, 비 편제 조직은 먼저 참모총장의 승인을 받아야 한다. 물론 참모총장 결재 이전에 처장과 관련 병과(특기)장의 사전 협조가 필수다. 참모총장 승인을 얻더라도 사전 협조가 없으면 인력 확보가 어렵다. 해당 분야 인원의 필요성을 사전에 설득해야 한다.

다수 인원을 확보하려면 업무를 잘게 쪼개야 한다. 잘게 쪼갠 직위에 필요한 전문지식과 업무량이 타당할 때 해당 분야 인원을 지원받을 수 있다. 탄약은 일반 소모성 물자와는 업무 처리 절차가 다르다. 수령, 저장, 불출, 소모 처리가 일반 물자 업무절차라면 탄약과 장비는 저장과 불출 사이에 검사와 정비 단계가 추가된다. 그것이 군수 기능이다. 기능과 탄종별 담당자를 고민하다가 한결 구분하기 쉬운 탄종별 담당으로 정했다.

공군 탄약 정보체계 사업단은 무장중령과장, 항공탄 담당 무장소령, 지상탄 담당 보급소령, 유도탄 담당 무장중사, 기술지원 담당 전산소령, 행정지원 담당 무장병 여섯 명으로 결정하였다. 무장특기 인원은 내가 무장전자처 소속이므로 간단하였으나 보급 소령과 전산 소령을 확보하는 일은 쉽지 않았다. 공군에는 부수 병력이 없다. 편제 인원을 초과하는 경우는 거의 없다. 보직보다 병력이 적은데 비 편제 조직에 충원시키려 하겠는가?

말할 필요조차 없이 1990년대 첫 번째 화두는 정보화였다. 그 의미를 모르는 사람조차 정보화는 피할 수 없는 대세라는 걸 인정하고 있었다. 군에는 상부 지시 사항이 문서 형태로 전파된다. 주로 직속상관인 대통령, 국방부 장관, 참모총장 지시 사항이다. 거기에는 늘 정부 정보화 방침에 적극적으로 협력하라는 지침이 포함되었다.

나는 정부 정책과 지시 사항에 더해 분야 발전 가능성을 역설하였다. 탄약시스템이 효율적으로 가동한다면 가장 큰 이익은 무장전자 분야겠지만 보급 분야도 못지않다. 탄약을 저장, 검사, 정비, 소모 처리와 직접 관련되는 분야는 무장이지만 수령, 불출, 행정처리는 보급 분야 업무다. 탄약시스템이 가동한다면 수불관리에 필요한 각종 수기식 증빙서는 불필요해진다. 키보드 한 번 두드려서 현황 파악이 가능하다. 그보다 더 큰 이익이 있는가?

전산 분야가 발전 일변도지만 정보화 사업이 추진될수록 그 속도가 빨라질 것이다. 탄약시스템 개발이 완료되면 전산장비와 운용병력도 증가할 것이다. 탄약시스템 개발 성공이 보급이나 전산 분야 발전에 직결된다.

정보화에 우호적인 환경과 관련 분야에 유리한 점을 들어 햇병아리 대위 계급이었지만 대령 보급·전산 병과장을 설득할 수 있었다. 과정은 복잡하고 길었으나 최종 참모총장 승인을 받았다. 국방 탄약시스템이 개발 완료되어 공군 탄약 업무가 유용한 자료를 축적하면서 전산시스템으로 운영되는 건 아니었으나, 나는 큰 성취감을 느꼈다. 여러 선배의 도움을 받았으나 내 힘으로 공군 사업단을 출범시킨 것이다.

1995년 1월 육·해·공군 탄약 정보체계 사업단이 계룡대 제2 정문 2층에 모였다. 1980년대 흩어져 있던 육·해·공군본부를 계룡대에 모으면서 충분한 크기로 건축하였음에도 5년이 지나자 사무실이 부족하였다. 하긴 도로를 아무리 확장해도 자동차 정체가 생기는 것처럼, 편리를 좇는 인간에게 생활공간은 늘 부족할 수밖에 없는 것인지도 모른다. 각 군 건물에서 사무실을 마련하지 못하여 공군 면회실 일부를 사무실로 개조하여 육·해·공군 사업단이 들어선 것이다.

업무 협조하기에 편리한 계룡대 본청이 아니라는 아쉬움이 있으나 사업을 추진하던 육·해·공군 담당자는 고무되었다. 1990년대 초반부터 말로만 무성하던 정보화 사업의 첫발을 마침내 내딛게 된 것이다. 대형 정보화 사업이 성공적으로 끝난 사례가 없다. 그 과정이 험난하겠지만 일단 성공한다면 세계가 주목할지도 모른다. 적어도 국내에서는 군이나 민간기업의 정보화를 선도하게 되리라.

사람은 스스로 우뚝 서기를 간절히 바라는 존재다. 생명체의 본성은 생존과 번식이 최우선이지만 사람은 그것에 만족하지 않는다. 일단 생존에 성공하면 찬란하게 빛나기를 바란다. 언젠가 죽어야 할 필멸의 존재지만 죽기 전까지 모두에게 인정받고 존중받기를 원한다. 그건 쉬운 일이 아니다. 사업단 발족을 주도한 사람으로서 가슴이 뜨겁게 타올랐다. 성공이 따라야 하지만 우뚝 설 기회를 잡은 셈이다. 삼사 년, 늦어도 사오 년 뒤에는 대한민국 정보체계 역사에 한 획을 그을 수 있다. 그건 군에서 인정받아 성공할 절호의 기회다. 조국의 번영에 이바지하고 내 성공이 눈앞에 보이는데 가슴 뛰지 않을 수 있는가?

모래시계

　'모래시계'는 드라마다. 1995년 1월 10일부터 2월 16일까지 방영한 SBS 창사특집 드라마다. 아직 자리를 잡지 못한 SBS의 야심 찬 기획 아래 제작한 '모래시계'는 공전(空前)의 대 히트였다. 평균 시청률이 46%였고 가장 높았던 최종회는 무려 64.5%였다. 드라마를 잘 보지 않는 이삼십 대 남성이 '모래시계'를 보려고 일찍 귀가하는 통에 '귀가시계(歸家時計)'라는 별명이 붙을 정도였다. 회사에서도 '모래시계' 방영일에는 야근이나 회식을 제한했다. 방영일이 월·화·수·목 주 4일이었으므로 '모래시계' 방영 기간에는 서울이 썰렁할 정도였다.

　'모래시계'는 박정희 유신정권 말기부터 제5공화국 출범까지를 배경으로 YH 사건, 5·18 광주민주화운동, 삼청교육대 등 현대사의 굵직한 사건을 직접 묘사한 첫 드라마다. 격동의 한국 현대사와 개인의 인생이 맞물려, 시대의 풍파에 쓸려나가는 한 인간의 비극적인 삶을 그려낸 걸작 드라마다. 흥미로운 전개와 작품성이 흥행 요인이었겠지만, '모래시계'가 전무후무하게 세인의 관심을 집중시킨 가장 큰 이유는 5·18 광주민주화운동을 직접 다루었다는 데 있다.

1995년 당시만 해도 일반 대중은 5·18의 진상을 모르는 상태였다. 풍문으로는 전해 들은 바가 있고 국회에서 청문회까지 열린 상태였지만 정확한 실태를 알지 못했다. 그럴 수밖에 없는 게 쿠데타 주동 세력이 장기간 집권하였고, 그 기간 완벽한 언론 통제가 이루어졌다. 학교에서는 북한의 사주 아래 남파 간첩의 선전 선동으로 체제에 불만을 품은 민중의 봉기 또는 민란이라고 가르쳤다. 그런데 '모래시계'에서 문제의 '광주 비디오' 장면 일부가 편집되어 방영되었다.

처음 보는 국민의 충격은 컸다. 특전사 장병이 금남로를 지나가는 광주시민을 충정봉(忠情棒)이라는 정체불명의 몽둥이로 무차별 구타하는 장면, 웃옷을 벗긴 시민을 무릎 꿇린 채 고개를 숙이게 하고 머리를 쳐드는 순간 가차 없이 타격하는 장면이 그대로 방영되었다. 특전사는 흡사 점령군이라도 되는 듯 시위대와 시민을 잔혹하게 진압하고 학대하였다. 과잉 진압이라는 말이 오히려 점잖은 표현이었다. 광주시민이 일으킨 폭동이 아니라 계획적으로 폭동을 유발하였다는 의심이 드는 장면이었다. 그렇게 무지막지하게 닥치는 대로 두들겨 패는데 반항하지 않을 사람이 있는가? 감정이 살아 있는 사람이라면 이유 불문하고 참을 수 없는 분노를 느꼈으리라.

드라마가 인기를 끈 건 연출자나 출연자의 능력이 아니었다. 군인이 민간인을 잔인하게 학대하는 걸 처음 보는 국민의 충격이었다. 1985년 대학 입학 후 처음 맞은 축제에서 몰래 본 광주 비디오에 얼마나 놀라고 분노하였던가? 그때 맹세하지 않았던가? '사나이 조자룡은 전두환을 용서하지 않는다. 보는 즉시 불문곡직 조진다.' 전두환은 당시 대통령이었다. 나는 금오공대 ROTC를 거쳐 장차 공군 소위로 임관할 신분이었다. 군인 또는 후보생이 현역 대통령이나 전직 대통령을 구타한다면 그 결과가 무엇이겠는가? 쥐도 새도 모르게 사라지거나 비참한 삶을 살게 되리라. 그런데도 그렇게 다짐하였다. 제대할 때까지 전두환을 대면하는 게 내게는 가장 큰 두려움이었으리라. 대면할 기회가 없었지만, 혹시 있었더라도 만나는 걸 피했을지도 모른다.

비디오를 처음 본 순간 내가 그렇게 충격을 받아 분노하였다면 다른 사람도 큰 차이가 없었을 것이다. 그러니 내막을 전혀 모르는 국민이 드라마에 빠질 수밖에 없었으리라. '모래시계'는 5·18 광주민주화운동을 정면으로 다룬 최초의 TV 드라마였다. 계엄군의 진압과 당시 광주시민의 이야기를 직접 그려내어, 내용을 오해하거나 사건의 존재조차 모르던 사람에게 큰 충격을 주었다.

우연히 광주에 내려왔다가 사태에 휩쓸린 박태수(최민수 분)와 군 복무 중 계엄군으로 차출되어 진압부대에 들어온 강우석(박상원 분)을 통해 1980년 광주의 실상을 제대로 그려냈다. 촬영 소식을 듣자 광주시민은 자발적으로 엑스트라로 참여했으며, 광주광역시도 시내 주요 도로를 촬영 장소로 제공했다. 광주의 명예 회복을 위하여 광주시와 시민이 한마음이 되어 발 벗고 나선 것이다.

엄청난 충격으로 대규모 소요 사태는 일어나지 않았다. 많은 국민이 큰 충격을 받았으나 상당한 사람은 이미 실상을 알고 있는 상태였다. 가해자인 쿠데타 세력과 진압군이 알고 있었고, 직접 큰 피해와 희생을 치른 광주민주화운동 시위대·시민·시민군(市民軍)이 직접 경험하였으며, 인근의 호남 사람은 지인의 사망이나 피해 사실을 전해 들어 알고 있었다. 1980년대에 대학을 다닌 386세대는 비밀리에 유통된 광주 비디오를 통해 이미 알고 있는 사실이었다. 이래저래 국민 절반 가까이는 알고 있던 셈이다. 다만 가해 세력이 권력을 잡고 있던 터라 겉으로 드러내지 못했을 뿐이다.

한 장의 사진이 모든 걸 대변하기도 한다. 1973년 AP통신의 닉 우트(본명 후인꽁웃, Huynh Cong Ut)가 퓰리처상을 받은 네이팜 폭격을 피해 달아나는 아이들을 촬영한 사진 '소녀의 절규'가 대표적이다. '모래시계'에서 특전사가 시위대와 시민을 폭행하는 장면은 어떤 설명도 필요하지 않았다. 불과 몇십 초 영상에 전후 실상을 짐작하였다. '모래시계'는 길이 역사에 남을 명품 드라마지만 작품성이나 출연자의 명연기로서가 아니다. 일부 국민이 모르던 사실, 호남인의 억울한 누명을 벗겼다는 데 더 큰 의미가 있다.

광주는 누명을 벗었으나 지역감정은 사라지지 않았다. 누군가와 크게 싸우고 나면 그 원인이나 과정은 중요하지 않다. 서로에게 남은 상처만을 기억한다. 자신의 가해 사실은 잊은 채 피해 사실만 되뇌며 복수를 꿈꾼다. 그게 보통 사람이다. 사실 전라도와 경상도 사람이 원한을 가질 이유는 없다. 전라도 사람이 분노한 건 쿠데타 세력과 진압군이다. 사실상 전두환, 노태우 등 주동자 외에 경상도 사람과는 무관하다. 전라도 사람이 경상도 사람을 미워한 건 아니지만 억울한 마음에 지역민끼리 똘똘 뭉치고, 1987년 유세하던 노태우 대통령 후보에게 달걀 세례를 퍼부은 게 화근이었다. 실상을 모르던 경상도 사람은 전라도 사람이 이유 없이 경상도 사람을 혐오한다고 믿게 되었다. 불가능한 일이었지만 만약 드라마 '모래시계'를 1980년대 초반에 방영하였다면 그런 오해는 생기지 않았으리라.

쿠데타 세력에게 피해를 본 전라도민은 억울하였고, 경상도 출신 대통령 후보를 핍박하는 전라도민에 경상도민은 분노하였다. 한번 생긴 감정은 쉽사리 사라지지 않는다. 그걸 이용하는 사람이 있다면 더욱 그렇다. 국회의원 되기는 어렵다. 보수와 개혁을 표방하는 두 거대 정당은 지역감정이 사라지길 바라지 않는다. 지역감정이 살아 있는 한 공천만 받는다면 당선은 땅 짚고 헤엄치기다. 사소한 말다툼으로 평생 말도 섞지 않는 원수가 되듯이 어처구니없는 일로 생긴 지역감정이 사라지는 건 요원하다. 당선에 유리한 두 거대 정당 지역 정치인이야 좋겠지만 나라를 사랑하는 국민으로서는 서글픈 일이다.

5·18 광주민주화운동을 기회로 집권한 쿠데타 세력 덕분에 갈라진 진영은 봉합할 기미를 보이지 않는다. 어쩌면 쿠데타 세력이 역사에 지은 죄는 광주민주화운동 때 수천 명을 학살한 것보다도 지

역감정을 일으킨 게 더 클지도 모른다. 진영으로 갈라져 이유 없이 미워하고 공격하는 갈등이 만드는 경제적 손실보다 마음속에 심어진 원한으로 인한 스트레스가 더 큰 피해일지도 모른다.

지역감정이 수그러들 기미를 보이지 않지만, '모래시계'는 큰 역할을 했다. 광주 시민군(市民軍)의 누명을 벗겼고 중부 지방 사람의 호남 혐오 편견을 상당 부분 없앴다. '모래시계'가 방영되지 않았다면 김영삼 대통령 후임으로 김대중 대통령이 당선되지 못했을지도 모른다. 김대중은 광주민란 배후 세력으로 지목되어 사형까지 구형된 바 있다. 상당수 국민은 군사정권의 홍보대로 김대중을 빨갱이로 믿었다. '모래시계'는 보통 사람에게 김대중과 호남 사람에 대한 편견을 줄이는 데 공헌하였다. 1995년은 광주에서 불어온 모래바람으로 출발하였다. 그 바람은 어쩌면 새로운 세상을 향한 서곡인지도 모른다.

'모래시계', 그것은 다시는 생각조차 하기 싫은 우리 시대 슬픈 자화상이다. 생각하기 싫어도 결코, 망각해서는 안 될 역사의 아프고 서러운 장면이다. 광주민주화운동은 실패한 게 아니다. 7년간의 잠복기 동안 정신은 더 증폭 확장하였다. 광주 비디오에 당시 386은 분노하였고 궐기하였다. 광주민주화운동의 최종 결과가 6·10 항쟁 민주화 쟁취다. 지금도 사회 전면에서 활동하는 586세대는 광주에 빚을 졌다. 광주 희생을 토대로 쟁취한 게 6월 항쟁의 결과, 대통령직선제다. 6·10 민주화 항쟁을 주도하여 그 과실을 가장 많이 챙긴 586세대는 광주민주화운동에 도움받은 바 크다.

결혼

야외촬영

턱시도 복장의 유래는 19세기 영국에서 생겨난 스모킹 재킷 (smoking jacket)이다. 당시 파티에 참석하는 귀족 남성은 연미복을 입는 게 관례였다. 그런데 담배를 피우면 연미복에 냄새가 배어 관리가 힘들었다. 이를 피하려고 남성끼리 담배를 피울 때는 휴식을 겸해서 상대적으로 편한 옷으로 갈아입었는데 이때의 복장이 스모킹 재킷이다. 이 스모킹 재킷에서 조금 더 격식이 갖춰진 복장이 턱시도다.

이름의 유래는 미국 뉴욕주 오렌지 카운티 턱시도 공원(Tuxedo Park)이다. 미국에 처음으로 이 연미복이 소개된 곳이 턱시도 공원에 있는 턱시도 클럽이기 때문이다. 이 명칭은 미국 원주민 레나페족의 단어 Tucseto에서 온 것으로, '곰의 장소'라는 뜻이라고 한다.

언제부터인가 이 서양식 예복이 유행했다. 유행한다고 해서 아무 때나 입지는 않았고 중요한 행사 때나 입는 옷이다. 연예인 행사 때 남자가 주로 입는 옷이었고 일반인은 평생에 한 번 있는 결혼식 때나 입어볼 기회가 있었다. 여자가 평생 한 번 입는 순백의 웨딩드레스를 선망하는 것처럼, 남자는 뭇사람 앞에서 턱시도 입은 모습을 보여주는 걸 꿈꾼다.

결혼식 날짜를 잡고 결혼식장도 잡았다. 일단 결혼할 사람이 정해지자 만사형통이었다. 마냥 뜬구름 위에 올라탄 듯한 시간이었다. 아내는 허례허식보다 실질을 숭상하는 점에서 나와 닮았다. 그럴 만한 돈도 없었지만, 살림살이와 결혼식 신혼여행에 최소한의 경비만 사용하였다. 아무리 간소하게 한다고 해도 평생 한 번 하는 결혼이다. 둘이 여행하며 찍은 사진이 이미 많이 있었고 살아가면서 무수히 찍을 기회가 있겠으나 결혼 예복 입은 사진 찍을 기회는 어쩌면 영원히 없을지도 모른다. 당시 70만 원은 엄청나게 큰 돈이었으나 야외촬영을 하였다.

결혼식은 공군 대위 계급장을 단 정복을 착용하기로 하였으므로 턱시도를 입을 유일한 기회가 야외촬영이었다. 아내는 결혼식 때 입을 웨딩드레스로 차려입고 나는 빌린 턱시도 차림으로 아직 쌀쌀한 3월 어느 날 서울 목동 한 공원에서 야외촬영을 하게 되었다.

결혼식장을 서울 영등포에 있는 목화예식장으로 정했으므로 아마 야외촬영도 결혼식 사진사가 한 듯하다. 웨딩드레스를 입은 아내는 아름다웠다. 기분도 상쾌한 듯 표정이 해맑았다. 나는 평소

큰소리와는 다르게 성격이 내성적이다. 누구 앞에 나서는 것을 꺼린다. 연예인이나 결혼식 때 다른 사람이 입은 턱시도는 부러웠으나 막상 내가 입자 어색했다. 하긴 생전 처음으로 입은 턱시도가 어색하지 않은 사람이 어디 있으랴. 태어나서 처음으로 화장까지 하였다. 낯선 내 모습이 어설퍼서 자연스러운 동작과 표정이 나오지 않았다.

아내는 미소 천재다. 자주 웃었고, 웃는 모습이 맑고 밝고 화사하다. 아무리 기분 나쁜 일이 있어도 카메라 앞에서는 환하게 웃는다. 전문 모델 뺨칠 정도다. 카메라 앞에만 서면 성난 사람처럼 얼굴이 굳어버리는 나와는 완전 딴판이다. 그렇게 된 데에는 사연이 있다.

아내는 여군 부사관 출신이다. 군 내무생활을 할 때 고약한 선임이 있었다. 너무 괴롭혀서 하루하루가 지옥이었다. 주변에서는 '네가 참아야 한다. 반항해서 될 일이 아니잖느냐? 어떤 핍박에도 웃는 낯으로 대해라. 웃는 얼굴에 침 못 뱉는다는 말도 있지 않으냐?'라는 말로 달랬다. 하긴 상명하복이 철저한 군에서 선임자의 행패에 참아야지 달리 무슨 방법이 있겠는가? 아내는 매일 거울 앞에서 다짐하고 또 다짐했다.

'웃자, 웃어야 산다. 아무리 화가 나더라도 웃자, 밝게 맑게 해맑게. 때려죽이고 싶더라도 환하게 웃자, 이를 악물고 행복한 표정으로 웃자.'

하루에도 수백 번이나 웃는 연습을 했다. 이렇게 웃고 저렇게 웃고 누가 보면 미쳤다고 할 정도로 웃는 연습을 반복하였다. 세상에 공짜는 없다. 절대로 거저 주지 않는다. 누군가 어떤 경지에 다다랐다면 타고나거나 하늘에서 떨어진 행운이 아니라 어떤 사연이 있으리라. 보이지 않는 데서 피나는 훈련이 있었으리라. 아내의 환한 미소는 천성이 아니었다. 살기 위한 필사적인 노력의 결과였다.

인생사 새옹지마다. 좋은 게 좋은 게 아니고 나쁘다고 다 나쁜 게 아니다. 좋지 않은 상황이라도 슬기롭게 극복한다면 더 좋은 결과가 있으리라. 아내는 자신이 원래 무뚝뚝한 사람이었다고 한다. 절대 웃음이 헤픈 사람이 아니었다고 한다. 악질적인 군 선임은 아내를 천사로 만들었다. 언제 어느 때라도 해맑게 웃는 미소 천사로 말이다. 악마 같은 선임 덕분에 천사로 탈바꿈하였다면 그가 악마이겠는가? 아내를 무자비하게 괴롭힌 선임은 악마의 탈을 쓴 천사였다.

사진사 지시대로 동작과 표정을 능수능란하게 짓는 아내와는 달리 뻣뻣한 나뭇등걸 같은 나 때문에 상당히 지체되었다. 나야 내 얼굴을 볼 수 없지만, 사진사는 잔뜩 찌푸린 내 표정을 그대로 카메라에 담을 수야 없지 않은가? 평생 봐야 하는 결혼사진에 잔뜩 화난 표정을 찍을 수는 없었을 게다. 비싼 돈 내고 찍은 결혼 앨범이 마음에 안 든다고 시비라도 붙는 날이면 골치 아프다. 사진사도 빨리 찍고 마치고 싶은 마음이 굴뚝같았겠지만, 후환이 두려웠을 테다. 최대한 상냥한 목소리로 채근하였다.

"신랑 몸이 너무 딱딱해요. 힘을 빼세요. 최대한 자연스럽게!"

"신랑 화났어요? 웃으세요, 더, 더, 더…. 입을 길게 찢으세요. 조금 더, 조금 더, 활짝!"

"마주 보고 웃으세요. 좀 더 가까이, 신랑 웃으세요."

때 빼고 광내고 찍은 연예인 사진을 보고 부러워하지만 그건 부러워할 게 못 된다. 한 장의 사진을 위해 수십, 수백 번 동작과 표정을 반복했을 터다. 작품은 그냥 만들어지지 않는다. 지금은 자주 등산하면서 수천, 수만 번이나 사진 찍히는 모델 역할을 하였기에 자세도 표정도 자연스럽다. 아무리 화가 난 상태라도 카메라 앞에선 웃는다. 웃는 얼굴이 보기 좋은 정도가 아니다. 평범한 사람도 웃으면 아름답지만, 아무리 잘생긴 사람이라도 살기 띤 모습이나 울상인 표정은 추하다. 사람은 웃어야 한다. 웃으면 복이 온다는 말도 있잖은가? 가능하다면 최대한 웃어야 하나 사진 찍을 때는 필수다. 사진의 웃는 모습은 바뀌지 않는다. 늘 그대로다. 보는 사람은 사진의 주인공을 착하고 행복한 사람으로 알리라.

사랑하는 사람과의 결혼은 좋다. 청춘 남녀라면 누구라도 꾸는 꿈이다. 그 과정이 지극히 어렵지만, 결혼에 도달한다면 모든 게 보상된다. 검은 머리가 파뿌리가 되도록 알콩달콩 행복할 게 아닌가? 어쩌면 결혼 생활 자체보다도 결혼하기까지의 과정이 더 행복할지도 모른다. 결혼 전 야외촬영은 큰 이벤트다. 보통이라면 가장 행복한 순간이리라. 아내는 행복해 보였다. 속은 알 수 없으나 적어도 겉으로는 그랬다. 늘 그랬지만 야외촬영하는 내내 해맑게 웃는 모습이었다. 솔직히 나는 고역이었다. 행복해야 하는 아내를 위해 사진사 요구에 최대한 따랐을 뿐이다. 서너 시간이나 지속한 야외촬영은 곤욕이었다. 그토록 간절히 원하던 결혼으로 가는 길은 마냥 행복하지 않았다. 인생이 고해라는 말이 이래서 나온 것일까? 가장 행복해야 할 순간조차 힘들게 여겨지니 말이다.

들러리

결혼식 날은 어쩌면 인생에서 가장 중요한 하루다. 모든 사람이 자기 인생에서 주인공으로 살아가지만, 일생에 자타공인 주인공으로 지내는 시간은 얼마 되지 않는다. 고관대작이나 프로야구 감독과 영화감독이 남자가 꿈꾸는 3대 직업이라는 설이 있는데, 늘 주인공으로 지낼 수 있기 때문이다. 장군이나 감독은 늘 지휘하고 통제하는 위치이므로 모두가 그 눈치를 살피지 않을 수 없다. 일상이 주인공이다. 보통 사람은 태어난 날과 죽는 날과 함께 결혼식 날에 모두의 주목을 받지만 태어날 때와 죽을 때는 의식이 없다. 결혼하는 날은 신랑 신부가 함께 주인공인 평생 가장 특별한 하루다.

가장 특별하고 중요한 날 당사자가 기분이 좋아야 한다. 결혼하는데 기분 나쁜 일이 있을성싶지 않지만 천만의 말씀이다. 꼼꼼히 준비하지 않으면 낭패와 당황과 절망을 함께 느끼리라. 근거 없는 자신감이 하늘을 찔러 안하무인으로 오만방자하게 살아갈 때다. 먼저 결혼한 선배나 친구에게 결혼식 날 일정과 준비 사항을 사전에 물었다면 곤란한 지경에 빠지지 않았으리라. 누구나 하는 결혼식이 대수냐 하는 식으로 자신만만하게 집을 나섰다.

오후 한 시 결혼식이라도 신랑 신부는 일찍 집을 나서야 한다. 할 일이 많다. 신월동 부모 집에서 영등포 목화예식장으로 아침을 먹자마자 출발했다. 동행하는 이는 없었다. 갈아입을 공군 정복을 챙겨 아내와 함께 전용 빨간 프라이드를 타고서였다. 결혼식 날 직접 운전하는 건 좋지 않다. 복잡한 시내에서 운전하다 보면 짜증 날 때가 다반사다. 접촉 사고라도 나서 드잡이질이라도 하는 날에는 기분이 엉망이 될 수밖에 없다. 어쨌든 신랑 신부 기분이 망가지면 아름다운 추억이 어렵다. 결혼식 준비 일체를 둘이 해결하였고 당일에도 마찬가지였다. 무모한 게 아니라 무지하였다.

열 시경까지는 무난하였다. 신랑 화장이 끝나고 결혼 예복인 공군 정복으로 갈아입고부터 당황하기 시작했다. 주변에 아는 사람이 한 사람도 없었는데 예식장에서는 요구가 많았다. 식순을 설명하고 예행연습을 해야 하는데 사회자는 왔는가, 주례는 언제 오는가, 예약 변경 사항은 없는지 마지막으로 확인해달라, 신부 대기실에서 식전 촬영하자, 하객이 찾는다…. 정신이 하나도 없었다. 가장 큰 문제는 갈아입은 사복을 비롯한 짐을 둘 데가 없다는 점이었다.

야외촬영할 때도 나는 들러리가 없었다. 결혼 전후에 신랑 신부

들러리가 달라붙는 이유를 알 수 없었다. 한두 살 먹은 아이도 아닌 바에야 들러리가 필요할 이유가 있는가? 무슨 일이든 스스로 하면 되지 않겠는가? 어리석은 생각이었다. 일단 주인공은 바빠서는 안 된다. 마음에 여유가 없어서 조급해지면 머릿속이 하얘진다. 어떠한 사고도 제대로 이루어지지 않는다. 설령 전혀 할 일이 없더라도 주변에 아는 사람 몇이 있어야 한다. 잠깐 자리를 비우면서 다른 사람에게 말을 전할 사람이라도 있어야 한다. 휴대폰이 없던 시절이다. 아는 사람은 한 명도 없는데 짐을 들고 이리저리 오가려니 남 보기 낯부끄러워 홀딱 벗고 폴짝 뛰고 싶은 심정이었다. 예식장에서는 내 처지는 아랑곳하지 않았다. 하긴 신랑 신부 관계자가 없는데 누구와 상의하겠는가? 식장, 식순, 식당 모두 내가 결정하지 않았던가? 당연히 확인도 진행도 내가 해야 한다.

결혼하지 않은 처녀, 총각은 명심하시라! 결혼식 당일은 스스로 어떤 일도 하지 않도록 사전에 준비하라. 주인공인 건 맞으나 영화 속 주인공과는 다르다. 영화에서는 각본에 따라 완벽하게 연출하지만, 결혼은 아니다. 계획대로 진행하더라도 신랑 신부가 임기응변으로 대응해야 할 일 천지다. 찾는 사람이 너무 많다. 양가 일가친척 소개받으랴, 하객 맞으랴, 사진 촬영하랴 따라 하기 바쁜 판에 예약과 계산, 운전까지 하려면 슈퍼맨이 되어야 한다. 친한 친구 몇 명에게 결혼식 서너 시간 전부터 완전히 끝날 때까지 옆에 있어달라고 부탁해야 한다. 그게 들러리다. 진정한 주인공이 되려면 반드시 훌륭한 조연이 필요하다.

지금 돌이켜 생각해봐도 암담하다. 휴대폰이 없던 시절에 어떻게 대응하였는지 전혀 기억에 없다. 결혼식 한 시간 전에도 사회자와 주례와 양가 부모가 도착하지 않는다면 신랑 신부 마음이 어떻겠는가? 겉으로는 주인공이지만 머슴이나 시종과 다를 바 없다. 예식장에서야 달리 방법이 없으니 신랑을 닦달하지만, 신랑이라고 뾰족한 수가 있겠는가? 각자 사정을 어떻게 알겠는가? 모두 시간에 너무 늦지 않게 도착하기를 간절히 바랄 뿐이다. 속된 말로 유쾌하게 주인공의 기분을 만끽한 게 아니라 똥줄이 탔다.

사람이 다급하면 남 탓을 한다. 부모 형제나 가까운 친구가 그렇게 원망스러울 수가 없었다. 물론 그들에게 잘못이 없다. 자기가 하는 결혼도 아니고, 결혼식에 사람이 필요한 걸 알 수도 없으며, 설령 필요하더라도 신랑 신부가 조처하지 않았겠는가? 오지랖 넓게 나설 게 아니라 예식 시간에 맞추어 참가하면 그뿐이라고 생각할 것이다. 준비하는 사람이 상황을 예측해서 미리 와서 도와달라고 부탁했어야 한다. 내가 해야 할 일 하지 않고 남을 원망하였다. 모든 게 내 탓이었으나 애꿎은 주변 사람을 탓하였다.

아는 사람이 하나둘 눈에 띄기 시작한 결혼 한 시간 전에서야 비로소 마음이 안정되었다. 우선 예복 차림으로 들고 다니던 짐을 맡기고 나니 그렇게 홀가분할 수 없었다. 아는 사람의 소중함을 절실하게 깨닫는 순간이었다. 사는 데 자신만만하더라도 중요한 일에는 경험자의 조언을 받으시라. 결혼뿐만 아니라 출산·육아·교육·주택 모두 마찬가지다. 책에서 읽은 지식만으로는 부족하다. 최근 경험자의 애환을 경청할 때 곤란한 지경에 빠지지 않으리라. 낭패하여 당황하지 않으리라.

주례

주례는 결혼식에서 예식을 관장하여 진행하는 사람이다. 식순에 따라 안내하는 사회자와 호흡을 맞춰 결혼을 주관한다. 결혼하는 신랑 신부 다음 주연이다. 종교시설에서 식을 올릴 때는 주로 신부나 승려, 목사 등 종교인이 주례를 맡으며 결혼식장 결혼에는 신랑 신부가 주례를 섭외한다. 보통 신랑 신부가 존경하는 은사나 사회적으로 저명한 인사에게 부탁한다.

나와 아내는 종교가 없다. 어떤 종교도 전혀 신뢰하지 않았던 나는 종교의 자유를 인정하고 다른 사람이 종교를 갖는 데 반대하지 않는다. 아내만은 달랐다. 아내는 종교가 없기를 바랐다. 남편보다 더 신뢰하는 존재가 있다는 게 마음에 들지 않았을지도 모른다. 아내의 외모나 성격 외에 등산을 좋아하는 취미와 종교가 없다는 게 마음에 들었다.

종교가 없는 내게 존경하는 은사가 있었다면 주례에 적당하겠지만 병적인 과대망상으로 오만하였던 젊은 날 주례로 초빙할 만큼 존경하는 스승은 없었다. 부모와 선생 말이라면 팥으로 메주를 쑨다고 해도 믿고 따랐으나 그 말이 진리이거나 사람을 존경해서가 아니었다. 힘없는 학생 때는 부모와 선생의 신뢰가 절대 중요하다는 걸 알았기 때문이다. 나이가 들면서 세상일이 만만치 않다는 걸 깨달으면서 존경하는 사람이 생겼으나 겨우 다섯 손가락을 채울 정도다. 어떤 사람이든 가깝게 지내는 친화력은 남달랐으나 마음으로 존경하는 일은 쉽지 않았다.

요즘에는 주례 없이 결혼하는 게 유행이고 대세이나 1990년대만 해도 주례가 반드시 있었고 주례사는 필수였다. 신랑 신부의 은사가 아니라면 사회적 신분이나 위세를 자랑하느라고 고관대작이나 영향력 있는 유명인사 섭외가 유행이었다. 공군 대위가 섭외할 수 있는 고관대작은 공군참모총장이 일 순위였으나 기꺼이 승낙하지 않을 것 같고, 모시던 무장처장은 계급이 대령이란 게 마음에 들지 않았다.

비 사관 출신인 주제에 군에서 중장, 대장 경험을 바탕으로 대통령이 되겠다는 포부를 가지고 있을 때다. 주례가 인생에 큰 의미가 없을 수도 있으나 사람의 인연이란 알 수 없다. 역사에서 위인이나 영웅의 일대기를 들여다보면 사소한 일이 계기가 되어 극적인 반전이 일어나는 경우가 드물지 않다. 인간은 사회적 동물이다. 성공하기 위해서는 최대한 다양한 사람과 좋은 관계를 맺는 일이 중요하다. 영향력이 큰 유명인사와 연결된다면 성공하는 삶의 배경이 되리라.

큰형과 상의하니 유권자가 많은 우리 집이니 지역 국회의원 섭외가 가능하리라고 했다. 내 6남매가 모두 미혼으로 신월동 부모 집으로 주민등록이 되어 있을 때다. 가족 유권자만 모두 8명이었다. 다수 유권자의 힘은 컸다. 당시 5선 국회의원으로서 김대중의 최측근이었던 민주당 김영배 의원을 섭외하는 데 성공했다.

김영배 의원의 별명은 사무라이다. 우선 굵고 양 끝으로 치솟은 눈썹이 강인한 인상을 주었고, 1987년 여당의 의도대로 의원내각제를 토대로 한 '이민우 구상'에 찬성하려는 이철승과 이민우를 과감하게 제명하였다. 이때 통일민주당 창당을 방해하던 조직폭력배 용팔이의 협박이 있었으나 아랑곳하지 않았다. 이 결단으로 김영배는 사무라이라는 별명을 얻었고 동교동계 직계가 아님에도 김대중의 신임을 얻어 국회부의장과 새정치국민회의 총재 권한대행을 역임한다.

당시 주례는 국민의 출세 지향에 편승하여 성공한 사람의 몫이었다. 고매한 인격으로 존경받는 사람보다는 사회적 영향력이 큰 실력자를 선호하였다. 강자와 연결하여 조금이라도 이익을 보려는 심보였을 것이다. 스스로 정의감이 살아 있는 청년이라고 자부하였으나 혹시 모를 미래 이익을 노린, 아름답지 않은 선택이었다. 권력자에 빌붙으려는 이유는 아무리 미사여구로 치장해도 부당한 이익을 얻으려는 목적이다. 이유야 어쨌든 당시 거물급 유명 정치인이 주례를 서 끝 모를 허영심을 어느 정도 채웠다.

결혼식에서 가장 지겨운 게 주례사다. 하객 중 주례사를 듣는 사람은 아무도 없다. 들으려고 해도 시끄럽고 넓은 식장에서 잘 들리지도 않는 데다 들어봐야 새로울 게 없는 소리다. 주례사가 지겨워서 식에 참석하지 않고 식당으로 직행하는 사람이 허다하다. 다른 사람 결혼식에서는 그랬지만 당사자가 되자 달랐다. 사람은 정보를 선택하는 데 뛰어나다. 보고 싶고 듣고 싶은 것만 취사선택한다. 아무리 넓고 시끄러운 장소라도 자신과 연관된 정보는 귀신같이 알아듣는다. 주례사는 신랑 신부 두 사람에 관한 이야기다. 과거와 현재를 바탕으로 살아갈 미래에 대한 당부다. 다른 모든 사람은 소음에 불과하였겠으나 내 귀에는 쏙쏙 들어왔다. 지금은 모두 잊었지만 말이다.

주례사는 허튼소리가 아니다. 비록 천편일률적으로 아는 내용이라도 특별한 때 특별한 장소에서 듣기에 전해지는 느낌이 전혀 다르다. 주례사는 대충 준비해서는 안 되고, 신랑 신부는 새겨들어야 한다. 누구나 할 수 없는, 성공한 사람의 영광된 자리다. 주례사를 들으면서 장차 최소 한 쌍이라도 주례를 맡아야겠다고 마음먹었다. 물론 성공한 뒤 말이다. 그럴싸한 성취를 이루지 못하여 그 꿈은 사라졌다. 앞으로 뜻밖의 성취를 이룬다면 불가능한 건 아니나 상당 부분 욕망을 내려놓은 현재로서는 부질없는 망상이다.

요즘은 주례 없는 결혼이 유행이다. 주례를 해보겠다는 아주 낮은 확률마저 사라진 셈이다. 신랑 신부 부모가 하는 덕담으로 바뀌었다. 어쩌면 가능성이 작은 주례보다는 한 번이라도 덕담이나마 하라는 운명의 배려인지도 모른다. 나는 두 딸과 아들이 하나 있다. 사회적으로 빛나는 성취가 없더라도 딸이나 아들이 결혼한다면 덕담할 기회가 있을지도 모른다.

블로그에 '딸 결혼 덕담'이나 '아들 결혼 덕담' 또는 '자녀 결혼 덕담'을 종종 올리는 이유는 내 아이에게 당부하고 싶은 말을 정리하려는 의도다. 쓸 때마다 내용이 바뀐다. 세상이 바뀌고 상황이 바뀌기 때문이다. 그래도 내가 자녀와 후배에게 하고 싶은 덕담을 한마디로 요약한다면 '훗날 네 아이에게 원하는 결혼 생활을 그대로 실천하라'다. 만약 실제로 주례사나 덕담을 할 기회가 온다면 그 한마디로 가름할 작정이다.

바가지요금

결혼은 잔치다. 신랑 신부가 사랑을 약속하고 백년해로를 공개적으로 다짐하며, 일가친척과 뭇 지인이 둘의 행복과 자손 번창을 기원하고 축하하는 자리다. 모든 사람이 기분 좋은 자리이며 주인공인 신랑 신부는 특히 그렇다. 평생 한 번뿐인 결혼식을 망치려는 사람은 없다. 어떤 일로 신부 마음이 상한다면 영원히 상처가 되리라.

누구나 결혼식을 성대하게 올리고 싶은 마음이 있다. 문제는 비용이다. 넉넉하지 못한 서민 처지에서 최소한의 비용으로 형식을 갖추고 싶지만 한 번뿐인 결혼이라는 소비자의 심리를 이용한 예식장 상술에 맞서기 쉽지 않다. 바가지요금으로 기분이 망가지기 일쑤다.

스튜디오, 드레스, 메이크업과 식권을 기본 비용에 포함하여 계약을 요구하는데 가격이 장난이 아니다. 식당에서 밥 한 끼에 5,000원이면 충분하던 당시에 최하 25,000원부터 천차만별이었다. 음식이 고급스럽거나 맛난 것도 아니다. 뷔페라는 형식으로 음식 종류만 많았지, 먹을 만한 게 없다. 그래도 어쩌겠는가? 모든 예식장이 한통속인 판에 울며 겨자 먹기다.

눈 딱 감고 한 번만 속는 셈 치자고 계약을 하지만 그게 끝이 아니다. 숨어 있는 부대비용이 곳곳에서 드러난다. 계약에 포함되지 않은 추가 옵션이다. 신부가 보는 앞에서 신랑에게 판단을 요구하는데 울화가 치밀었다. 신부에게 대범하게 보이고 싶은 마음인 신랑 심리를 이용한 교묘한 상술이다. '축포는 어떻게 몇 개나 할까요?' 하고, 마치 당연히 해야 하는 것처럼 물으면 신부는 눈만 멀뚱멀뚱 어리둥절하고 신랑은 대답이 난감하다.

지금이라면 계약에 없는 것이라면 웃는 낯으로 '필요 없어요'라고 말할 것이다. 경험이 없는 젊은 나이였을 뿐 아니라 결혼식 준비와 계산으로 정신이 혼란한 상태에서 침착할 여유는 없었다. 땀만 뻘뻘 흘리다가 '보통 몇 개 하는데요?'라고 반강제로 승인하고 만다. 기분 좋아야 할 날에 분통이 터지지만, 아내에게 전파되지 않도록 내색하지 않는 게 고역이었다.

손님이 거부하지 못할 조건을 내세우고 추가 비용을 받는 업체와 직원은 교묘한 상술에 만족하고 자랑스러워할 것이다. 만약 자녀가 보는 중에도 그런 태도로 영업할 것인가? 스스로 떳떳하지 못한 행위라면 해서는 안 된다. 자식이 본받지 말기를 바라는 행위로 치부하는 게 말이 되는가?

3대 거짓말이라는 게 있다. 처녀가 하는 '시집가기 싫어요'와 장사꾼의 '남는 게 없다'라는 말과 늙은이가 하는 '얼른 죽어야지'라는 말이다. 이익을 위해서 어쩔 수 없이 하는 거짓말이라도 때와 장소에 따라서 적당히 해야 한다. 여러 난관을 거쳐서 어렵게 결혼에 이르러 막대한 비용을 들인 판에 이런저런 명목으로 더 갈취하려는 심보는 행복한 하루를 보내려는 주인공에게 상처다.

지나고 나서 생각하니 모든 게 허례허식이다. 불필요한 게 한둘이 아니다. 우선 결혼식 자체가 불필요하다. 요즘 결혼식에는 밥값이 10만 원이 넘는 경우가 허다하다. 보통 축의금을 5만 원 하는데 그걸로는 밥값에도 모자란 판이다. 그러니 꼭 참석해야 하는 사람이라도 축의금만 내고 참석하지 않거나, 형편에 맞지 않더라도 10만 원이나 15만 원을 내야 한다. 아내와 결혼 예물로 주고받은 손목시계와 결혼반지는 언제 어떻게 사라졌는지도 모른다. 결혼식과 결혼 예물은 불필요하다.

허례허식에 얽매여 꼭 해야 한다는 사람이 있고 뿌린 돈이 아까워서 해야 한다는 사람도 있다. 허례허식은 악습이고 뿌린 돈이 아까워서 해야 한다는 사람은 제정신이 아니다. 결혼식이 남는 장사라면 뿌린 돈을 거둔다는 심정으로 할 수도 있다. 1990년대만 해도 축의금으로 예식 비용을 치르고도 남았다. 요즘은 수천만 원 적자라고 한다. 뿌린 돈이 아까워서 수천만 원을 추가로 버리는 게 타당한 일인가?

뿌린 돈이 아깝다기보다 가까운 지인에게 결혼하는 자식을 소개하고 즐거운 시간을 갖고 싶다면 적당한 식당을 잡아서 한 끼 대접하면 될 것이다. 신랑 신부는 결혼 예복이 아니라 깔끔한 정장 차림으로 식당을 돌면서 인사한다면 그야말로 누이 좋고 매부 좋은 일 아닌가? 결혼하는 사람은 비용이 들지 않아서 좋고, 하객은 적당한 축의금을 내고 맛있는 음식을 먹을 수 있어 좋지 않은가?

부조는 상부상조하는 미풍양속이다. 언제부턴가 변질하여 마치 상거래처럼 되었다. 부조는 어려울 때 돕는 것이다. 주로 집안에서 나는 물건으로 도왔다고 한다. 도시화가 급속히 진행된 1980년대부터 현금 거래로 바뀌었다. 돈으로 환산하기 어려운 물건에서 현금으로 부조 형태가 바뀌자 받은 돈만큼 돌려주는 형식이 되었다. 받은 만큼 돌려주고 준 만큼 받아낼 요량이라면 차라리 주고받지 않는 게 어떤가? 부조는 하는 사람이나 받는 사람이나 부담이 없을 때 좋다. 준 만큼 받지 못해서 서운하고, 받은 만큼 하는 게 부담스럽다면 정상이 아니다. 허례허식은 사라져야 한다.

세상일이라는 게 마음먹은 대로 돌아가지는 않는다. 결혼은 개인이 하는 것이지만 집안 간의 결속이기도 하다. 한쪽 주장만으로는 안 된다. 당사자가 합의하고 양가가 동의해야 한다. 내 세 아이의 미래는 알 수 없다. 언젠가 결혼한다면 둘만의 추억을 위해 야외촬영이나 신혼여행은 원하는 대로 하되 결혼식은 생략하고 싶다. 도랑 치고 가재 잡는다는 말이 있잖은가? 주인공과 하객이 모두 원한다면 그렇게 해서 안 될 일이 무에 있단 말인가?

신혼여행

1990년대 신혼여행 첫 번째 후보지는 단연 제주도였다. 1980년대부터 일기 시작한 신혼여행은 이제 당연한 행사였다. 1970년대 이전에는 결혼식 후 신붓집에서 하루 묵고 신랑집으로 가는 게 전부였으나 경제가 급속히 성장하자 신혼여행이라는 개념이 새로 생겼다. 제주도가 여행객으로 몸살을 앓자 일부는 해외로 눈을 돌리기 시작하였으나 서민에게는 아직 제주도가 일 순위였다.

결혼이 한 번뿐인 행사지만 신혼여행도 한 번뿐이다. 당연히 제주도를 검토하였으나 준비하는 데 벅찼다. 돈이 부족해서가 아니라 사전에 예약이 쉽지 않았다. 전국의 신혼부부가 몰리다 보니 몇 달 전에 비행기 표와 호텔을 예약해야 한다. 인터넷이 없을 때다. 전화로 물어물어 처리해야 하고 예약을 하더라도 식장에서 공항까지의 이동이 문제였다. 당시 우리 집에서는 내 빨간 프라이드가 유일한 자가용이었고, 직장에 다니는 친구에게 부탁하는 것도 여의치 않았다.

지금은 모든 가족 행사 계획을 아내가 짠다. 결혼 전에는 남자가 주도하는 분위기였고 아내의 의견을 들어 내가 처리했다. 사정이 이러니 제주도는 결혼 후 시간 날 때 가기로 하고 호텔 예약이 쉽고 자가용으로 이동할 수 있는 설악산으로 신혼여행지를 잡았다. 결혼식 행사가 오후 늦게까지 이어졌으므로 첫날은 서울에서 보내기로 하였다.

첫날밤을 보낸 건 서울 롯데호텔이었다. 최고급 호텔에서 숙박은 당연히 처음이었다. 단 하룻밤 잠자는 데 무려 30만 원이었다. 당시 월급이 백만 원이 채 안 되던 때였다. 하룻밤 숙박비로는 도저히 쓸 수 없는 금액이었으나 그래도 첫날밤 아니던가? 주변 사람 권유도 있고 해서 큰맘 먹고 호텔을 잡았는데 뜻밖이었다. 휘황찬란한 호텔에 들어서니 돌아다니는 사람이 대부분 허름한 복장의 노무자였다. 결혼 첫날밤이라고 억지로 들어온 호텔인데 노무자 숙소라니 기가 찰 일이었다.

놀란 가슴을 진정하고 하는 말을 자세히 들어보니 한국어가 아니었다. 외모는 한국인과 차이가 없었으나 말이 달랐다. 일본인이었다. 1990년대는 일본이 세계 경제를 이끌어 간다고 해도 과언이 아니었다. 결혼하던 1995년 일본 1인 GDP는 41,807달러였다. 3만 달러인 독일과 2만 7천 달러였던 미국과도 격차가 컸다. 한국과는 개인 소득이 열 배 가까이 차이가 날 때였다. 1985년 일본에 경제 규모 역전을 허용하지 않으려고 미국이 플라자합의를 통하여 엔화를 두 배로 절상(切上)한 후 십 년이 지났다. 일본 경제가 정체 상태였는데도 그 정도 수준이었다.

일본이 경제 대국이란 것과 우리나라와는 비교할 수 없을 정도로 생활 수준이 높다는 건 알았으나 이 정도인 줄은 몰랐다. 한국인 서민이라면 꿈도 꾸지 못할 고급 호텔에서 노동자가 숙박한다니 얼마나 놀라운 일인가? 경제 규모뿐만 아니라 당시에는 기술 격차가 더 컸다. 일본에 앞서는 건 거의 없었다. 숙박하는 일본인이 보기에는 허름한 노무자 복장이지만 대부분 기술자일 것이다. 공학이든 건축이든 한국인에게 없는 전문기술인이었으므로 엄청난 연봉을 받으리라. 그러니 하루 30만 원짜리 숙소에서 기거하지 않겠는가?

양복 정장과 한복으로 한껏 멋을 내고 들어온 숙소에 작업복 입은 노무자가 오가니 어색했다. 마치 시장 먹자골목에 턱시도를 입고 다니는 기분이었다. 어쩌면 일본인 노무자 처지에서는 우리가 이상한 사람으로 보였을지도 모른다. 돈의 위력은 컸다. 아니, 기술자의 위력이라고 해야 하나? 소득이 열 배 가까이 된다고 해도 이렇게 생활이 다르단 말인가? 모든 분야에서 욱일승천하는 한국이었으나 기가 죽었다. 자존심이 상했다. 한국인이라면 일본에 지지 않으려고 기를 쓰지만, 아직 갈 길은 멀다. 예전 어떤 일본인의 말대로 어쩌면 영원히 따라잡지 못할지도 모른다.

호텔 조식은 뷔페식이었는데 특별히 맛있다는 느낌은 들지 않았다. 아마 비싼 숙박비에 따른 기대감이 컸기 때문이리라. 아니 알아듣지 못할 말로 지껄이는 노무자 사이에서 먹어서인지도 모른다. 행복한 마음으로 아내에게 집중해야 했으나 천만뜻밖에도 호텔에서 만난 평범한 일본인 탓에 엉뚱한 생각으로 마음이 복잡하였다. 아내와의 행복한 삶은 당연하지만, 국민 전체 생활 수준 향상을 위해서 할 일은 무엇인가?

설악산에 도착하여 짐을 푼 후 소공원을 산책하였다. 그제야 마음이 편안해졌다. 당시 아내는 운전면허가 없었다. 운전을 교대로 할 수 없었다. 요즘이야 여행이라면 처음부터 끝까지 아내가 바쁘지만, 당시에는 모두 내 차지였다. 가장 큰 문제가 마음 놓고 술을 마실 수 없다는 것이었다. 식사할 때 반주 한잔이면 기분이 유쾌해지는데 운전해야 하므로 반주를 할 수 없었다. 이제 내일까지 운전할 일이 없으므로 기분 좋게 한잔할 수 있게 된 것이다.

이튿날 아내와 등산복 차림으로 비선대와 금강굴에 올랐다. 아직 수학여행 철이 아니었는데도 등산로는 학생으로 꽉 들어찼다. 월요일 평일이어서인지 일반 등산객은 없었다. 학생 사이에 신혼부부 티 잔뜩 나는 두 사람이 손을 잡고 걸으니 두런거리는 소리가 들렸다.

"신혼인가 봐, 티가 팍팍 나네."

"좋을 때다, 때는 바야흐로 봄이고 인생은 청춘이로구나. 나는 언제 좋은 시절 올 거나?"

"부끄럽지도 않은가 봐, 손잡고 걷는 게…."

아무리 사람이 많고 시끄러워도 자신과 관련된 이야기는 귀에 쏙쏙 들어온다. 사람의 정보 선별 능력은 뛰어나다. 그러니 대단치 않은 지능과 체력으로 수많은 경쟁 종을 물리치고 만물의 영장 자리에 올랐을 터다. 수백 수천 명이 시끄럽게 떠들어대는 와중에도 우리 이야기만 정확히 귓전을 울렸다. 발끈할 수도 있으나 상황이 여의치 않았다. 상대가 누구인가? 질풍노도의 청소년 아니던가? 더구나 숫자로 압도한다. 함부로 대꾸했다가 본전 찾기 어려우리라. 내가 그 시절에는 더 심한 치기 어린 험담을 내뱉었다. 무슨 말이든 대꾸하지 않고 우리 갈 길을 갔다. 아이와 다투어서는 어른이 아니다. 우리는 법적으로 성인일 뿐만 아니라 상투 튼 어른 아니던가?

제주도는 아니었어도 신혼여행은 즐거웠다. 하긴 막 결혼한 두 사람이 일 않고 놀러 다니는데 즐겁지 않다면 언제 즐거울 것인가? 서울에서 설악산을 거쳐 동해안을 돌고 계룡대에 돌아왔다. 결혼식 날부터 3박 4일간의 신혼여행을 마친 것이다. 운전 거리로만 1,500킬로미터는 족히 되었으리라. 다행히 아내는 행복해하였다. 나는 즐거웠으나 운전기사이기에 음주 제한으로 아쉬움이 있었다. 아내는 그렇지 않았다. 아마 아내에게 가장 좋았던 시기가 아니었을까 싶다. 이후 얼마 안 되어 애 셋을 줄줄이 낳아 길렀고, 운전면허 취득 이후에는 운전을 도맡아 한다. 술 좋아하는 남편 탓이다.

요즘은 아내와 일주일에 두세 차례 등산한다. 목적은 세 가지다. 몸이 뻐근할 정도로 운동함으로써 건강을 유지하는 것, 순수하고 웅장한 자연을 벗함으로써 마음의 때를 벗겨내 건전한 정신으로 되돌리는 것, 유한한 인간 삶을 최대한 아름답게 채색하는 것이다. 더 늙어서 좋았던 날을 회상할 추억거리를 만드는 것이다. 그래서 계절별로 가장 아름다운 산을 찾는다. 오가면서 하는 운전은 당연히 아내 차지다. 산 정상에서 말로 표현하기 어려울 정도로 아름다운 경관을 내려다보며 마시는 소맥 한잔에 기분은 최고조로 치닫는다. 신혼 때 간 설악산보다 요즘 보는 산이 더 아름답다. 오가는 동안 운전해주는 아내 덕분이다. 어떤 사람은 의아하게 생각하겠지만, 등산은 아내와 둘이 하는 게 최고다.

삼풍백화점

1995년 6월 29일 목요일, 충격적인 소식이 전해졌다. 서울 강남의 유명 백화점이 원인 모를 이유로 붕괴하였다는 소식이었다. 전 세계적으로 대형 백화점이 저절로 무너졌다는 이야기를 들은 적이 없다. 직업군인이었던 만큼 전쟁의 공포로 소름 끼쳤다. 멀쩡하던 건물이 그냥 주저앉을 수 있는가? 필시 누군가의 소행일 것이다. 대한민국의 발전과 안녕을 시샘할 자가 누구겠는가? 필경 북한의 소행이리라. 아웅산 테러에는 참았지만 수백, 수천 명의 무고한 희생에도 참을 수 있을 것인가? 머리끝이 쭈뼛해졌다.

이틀 내내 TV에서는 모든 방송 계획을 취소하고 사고 현장을 생중계하였다. 29일 밤 사상자 집계는 사망 22명, 부상 696명이었다. 이 최초 보고로 놀란 국민은 가슴을 쓸어내렸다. 대형 백화점 붕괴 사고치고는 적은 희생자였다. 붕괴 징후를 감지하고 사전에 대피한 것으로 알고 안도하였으나 시시각각으로 사망자와 실종자가 급증하였다. 폭발적으로 늘어나는 사망자 수에 국민은 망연자실하였다.

머칠이 지나자 사고 원인이 밝혀졌다. 걱정하던 북한의 테러는 아니었다. 부실 공사와 무리한 증축 등 부실 관리가 원인이었다. 전쟁 공포는 사라졌으나 충격과 분노는 더 커졌다. 수많은 사람의 무고한 희생이 악덕 기업주와 부패 공무원 탓이라니 화내지 않을 사람이 있겠는가? 사고 원인은 단 하나, 최소 비용 최대 이익이라는 자본주의 사회의 꿈, 효율이었다.

원래 삼풍백화점은 '삼풍랜드'라는 이름으로 바로 옆에 있던 삼풍아파트 주민을 위한 대단지 종합상가로 설계되어 우성건설이 시공을 맡았다. 거의 완공에 가까워질 무렵, 건축주 이준은 건물 용도를 돌연 백화점으로 변경하고 시공사에 원래 예정돼 있었던 4층 위에 1층을 더 얹어 5층으로 시공을 요구했다. 시공사인 우성건설은 붕괴 위험성을 이유로 증축을 거부했고, 이에 이준은 우성건설과의 시공 계약을 중도에 파기하고 본인의 운영사인 삼풍건설산업에 시공을 이어가게 한다. 건축 안전법을 준수하여 무리한 설계 변경만 하지 않았더라도 사고는 발생하지 않았을 것이다.

준공검사도 마치지 않은 채 가사용 승인만으로 개점한 삼풍백화점은 개점 후에도 공사를 계속하였다. 심지어 준공검사 후 붕괴 여덟 달 전에는 지하 1층 구조변경 공사를 했고 다음 달에 위법 건축 판정을 받았다. 건물을 건축할 때에는 더 많은 무게를 버틸 수 있도록 설계하고, 삼풍백화점 역시 계획보다 2.5배 무게를 버틸 수 있도록 지어졌다. 그러나 개장 이후부터 지나치게 용도를 자주 변경했기 때문에 건물은 버틸 수 있는 한계를 넘어버리고 말았다.

붕괴 원인은 한둘이 아니었다. 설계에 없던 5층 증축, 5층에 가벼운 롤러장을 설치하려다가 식당가로 바꾼 점, 무거운 주방기기에 더해 보일러 난방시설까지 설치한 점, 2층에 하중이 큰 삼풍문고를 입점한 게 주요 원인이었다. 이것만으로는 불과 5년 만에 건물이 무너질 이유로는 부족하다. 결정적 원인은 옥상에 설치된 냉각탑이었다.

삼풍백화점 옥상에는 에어컨 냉각탑이 3대 있었는데, 이 냉각탑의 무게만 해도 36톤, 냉각수까지 채우면 87톤인데 이는 옥상이 견디는 하중의 4배가 넘는 엄청난 무게였다. 초기에 냉각탑은 삼풍백화점 옥상 동쪽에 설치되어 있었다. 하지만 냉각탑의 시끄러움 때문에 근처의 삼풍아파트 주민으로부터 민원이 끊이지 않자 백화점 측은 1989년 11월부터 12월 정식 개장 전까지 이 냉각탑을 반대편으로 옮겼다. 이런 무거운 물건은 건물에 미칠 영향을 고려해 크레인을 써서 한 번에 옮겨야 하지만, 백화점 측은 이동 비용을 줄이겠다며 크레인을 사용하지 않고, 냉각탑 아래에 롤러를 장착하여 옥상 상판 위에서 천천히 끌어가며 반대쪽으로 옮기는 끔찍한 실수를 범했다. 이 과정에서 옥상 바닥과 지주 부분에 큰 충격이 가해졌다. 이미 이때부터 붕괴가 시작된 것이다.

붕괴 전조 증상은 끊임없이 발생했으나 돈벌이에 눈먼 기업주는 외면하였다. 붕괴 2개월 전인 1995년 4월에는 5층 식당가 천장에 균열이 발생했다. 5월부터 이 균열에서 미세한 콘크리트 알갱이와 골재가 떨어지기 시작했고 5층 바닥은 서서히 내려앉기 시작했다. 그러나 삼풍백화점 관계자는 변변한 자가 진단조차 하지 않았다. 5월 들어 균열이 눈에 띄게 증가하자 토목 공학자를 불러 기본적인 검사를 한 결과 '건물 붕괴 위험이 있다'라는 당연한 결론이 나왔다. 이쯤 되면 건물 전체를 폐쇄하고 접근 금지령을 내려야 정상인데, 이준 일당은 어떤 조치도 취하지 않았다.

삼풍백화점이 언젠가 붕괴한다는 태생적 한계를 안고 있었더라도 붕괴를 예고하는 증상에 하루 전이나 당일 적절하게 조치하였더라면 엄청난 인명 피해만은 막았을 것이다. 사고 하루 전 백화점 옥상에는 펀칭이라는 지주가 바닥을 뚫고 솟아오르는 현상이 나타났다. 지주와 바닥이 분리되기 시작한 것이다. 5층 식당에서는 눈에 보일 정도로 바닥이 기울어졌다. 삼풍백화점 대표이사 이한상을 비롯한 경영진이 대책을 짜려고 한 때는 사고 당일인 6월 29일이었다. 그들은 이날 5층에 있었던 일을 보고 비상사태임을 직감했다.

붕괴 3시간 전인 15시경 구조기술사 이학수와 백화점 임원진은 안전진단을 하였다. 건물에 중대한 이상이 발견되었고, 속히 영업을 중단하고 긴급 보수를 해야 한다는 주장이 있었으나 이학수는 큰 실수를 저질렀다. 붕괴 위험은 없으며 보강 방법을 제시한 것이다. 사태를 심각하게 바라봤던 이사진은 즉각 고객을 대피시켜야 한다고 건의했으나 이준이 경제적 피해를 의식하여 노발대발 반대하여 경영진은 따를 수밖에 없었다. 사고 피해를 최소화할 황금 시간을 놓쳐버린 것이다.

무능한 전문가와 무지하고 사악한 악덕 기업주의 판단 결과는 처참했다. 1995년 6월 29일 17시 52분, 삼풍백화점은 옥상으로부터의 붕괴 시작 5분 만에 땅으로 완전히 주저앉고 말았다. 5층부터 1층까지 지붕이 샌드위치처럼 쌓였다. 한 시간 전부터 이어진 붕괴 징후에 미리 대피한 사람을 제외하면 지상층에 머물던 사람 중 단 한 명도 생존하지 못하고 압사당했다. 붕괴 이후 구조된 사람은 모두 지하에 있던 사람이었다.

전 국민이 지켜보는 가운데 필사적인 구조 작업이 벌어졌으나 효율적이지 않았다. 이런 대형 붕괴 사고를 경험하지 못했고 체계적인 대규모 구조 작업 개념마저 없었다. 소방서와 경찰, 인근 육군 수도방위사령부와 특수전사령부 예하 부대 장병, 지역주민과 자원봉사자, 해병대 전우회, 심지어 주한미군 육군까지 사고 현장에 몰렸으나 체계적인 지휘 통제가 이루어지지 않았다. 대한민국은 빠르게 발전하여 겉모습은 선진국을 닮아갔으나 언제 무너질지 모르는 모래성이었다. 무너진 삼풍백화점은 처참하게 일그러진 우리의 자존심이었다.

삼풍백화점이 결정판이었으나 사실 김영삼 정부가 들어선 이래 사고가 끊이지 않았다. 오죽하면 사고 공화국이라고 불렸겠는가? 사고는 지상과 해상과 공중을 가리지 않았다. 불과 5년밖에 안 되는 기간에 일어났다고는 믿을 수 없을 정도로 많은 대형 사고로 사망자 수만 1,300명을 넘겼다.

김영삼 문민정부로서는 억울한 게, 사고가 특정 시기에 몰아서 난다 해도 딱히 그 정부 탓만은 아니다. 건물이나 구조물 붕괴 사고는 아무리 날림으로 지어도 몇 개월도 못 버티고 무너지는 경우는 드물다. 당장 성수대교는 박정희 정부 시절인 1979년 완공된 교량이고 삼풍백화점은 전두환 정부 시절인 1987년에 착공했다. 붕괴 원인으로 지목받는 부실 시공은 당시 날림에 가까웠던 건축 방식과 이를 묵인한 담당 공무원, 그리고 말도 안 되는 관리가 겹쳐서 일어난 참사였다. 사고의 원인은 대체로 5공화국이나 그 전에 제공하였다. 그것이 쌓여서 시간이 흐른 후 폭발한 것이다.

물론 이전 정부에 더 책임이 크더라도 관리 책임은 면하기 어려우며 사고 이후 뒷수습과 대책 마련이 더 중요하기에 남 탓만 할 처지는 아니다. 성수대교 붕괴 사고 후 과거 정부 시공 건축물이 무너진 점을 들어 김영삼 대통령이 '부실기업 인수'나 '5,000년 쌓인 부정의 결과' 등 책임을 이전 정부에 돌리는 말을 했다. 당시 국회의원이던 박지원이 '그럼 경복궁이 무너지면 홍선대원군 책임이냐?'라는 질타를 들어야 했다. 억울하더라도 참고 대책 마련에만 집중하는 게 나았으리라.

문민정부 주요 사고 현황			
순번	일자	사고 내용	피해 사항
1	1993. 1. 7.	청주 우암 상가아파트 붕괴	29명 사망, 48명 부상
2	1993. 3. 28.	구포 무궁화호 열차 전복	78명 사망, 140여 명 부상
3	1993. 7. 26.	목포 아시아나항공 733편 추락	68명 사망, 5명 부상
4	1993. 10. 10.	서해훼리호 침몰	292명 사망
5	1994. 10. 21.	성수대교 붕괴	32명 사망, 17명 부상
6	1994. 10. 24.	충주호 유람선 화재	25명 사망, 33명 부상, 1명 실종
7	1994. 12. 7.	서울 아현동 도시가스 폭발	12명 사망, 65명 부상, 1명 실종
8	1995. 4. 28.	대구 지하철 공사장 가스 폭발	101명 사망, 202명 부상
9	**1995. 6. 29.**	**삼풍백화점 붕괴**	**502명 사망, 937명 부상, 20명 실종**
10	1997. 8. 6.	대한항공 801편 추락	228명 사망, 26명 부상

사람은 모든 생명체와 마찬가지로 생존을 추구한다. 어떠한 목적도 생존을 초월하지 않는다. 수백 명이 실종된 채 애타게 기다리는 가족을 지켜보는 국민의 마음은 참담했다. 수많은 사람이 자원하여 구조 활동을 펼쳤다. 우왕좌왕하던 구조본부도 시간이 지나자 체계적으로 구조를 진행했다. 얼마 후 구조본부는 자원봉사자를 모두 철수시키고 전문인력으로 구조대를 구성했다. 자원봉사를 빌미로 범죄를 일삼는 사람 때문이었다.

일부 자원봉사자는 봉사자에게 나눠주는 물품을 취득하고 백화점 물건을 무단으로 절도하였다. 유족에게 접근하여 시체 발굴을 이유로 금품을 요구하는 사람까지 나왔다. 한두 건이 아니었으며 절도 혐의로 구속된 사람이 400여 명에 달했다. 이들 대부분은 나중에 혐의가 사실로 드러났다. 수백 명이 압사한 참사보다도 더 희생자 가족과 국민을 아프게 하였다. 인간의 끝없는 탐욕은 아픈 상처에 소금을 뿌렸다.

엄청난 재앙에 절망하였으나 생존자를 구출할 때마다 전 국민이 환호하였다. 엄청난 희생자는 이미 엎질러진 물이다. 단 몇 명의 생환이라도 심리적 부채를 덜게 하리라. 사고 3일째인 7월 1일, 전 국민의 환호성이 터졌다. 실종된 환경미화원 24명 전원이 살아 돌아온 것이다. 지하 3층 환경미화원 휴게실에 머무르던 중 사고가 터지고 나서 50시간 만에 구출된 것이다. 이때까지 구조된 사람이 총 37명이었다. 더 많은 사람이 구조되리라는 국민의 바람에도 더 돌아오는 사람은 없었다. 인간이 물 없이 살 수 있는 기간은 3일,

음식 없이 살 수 있는 기간은 최대 3주라고 한다. 7월 1일 이후 생환자(生還者)가 없어 모두가 포기할 즈음 기적적으로 살아 돌아온 사람이 있었다.

사고 발생 11일째 당시 20세 백화점 아르바이트생으로 근무하던 최명석 씨가 구조되었다. 차차 구조 열기가 식어가면서 물도 뿌리지 않아 갈증에 시달리던 중 장대비가 쏟아져 빗물로 연명할 수 있었고 다음 날 에스컬레이터를 철거하던 중 굴착기 기사가 발견하였다. 훗날 당시를 술회했는데 깜깜해서 보이는 게 없었기에 자신의 기억은 청각이라고 했다. 처음에는 많은 사람이 살아서 서로를 격려했는데 점점 그 소리가 줄었다고 한다. 위에서 뿌린 물로 익사한 사람의 마지막 말을 들었는데 "물이 차올라와요… 허리까지 찼어요… 그쪽은 꼭 살아서 나가세요… 안녕"이었고 그다음엔 '꼬르륵, 꼬르륵' 물속에서 사람이 숨이 막혀 가는 소리였다고 한다.

사고 발생 13일째 백화점 아르바이트생으로 근무하던 당시 18세 유지환 양이 살아 돌아왔다. 지하 1층 매장에서 근무하다가 매몰됐다. 누운 상태로 옴짝달싹 못 하는 가운데 무너진 콘크리트가 얼굴과 맞닿는 상황까지 이르렀으나 극적으로 구조되었다. 같이 매몰된 직원과 대화하며 버텼으나 시간이 지나자 혼자만 살아 있었다고 한다. 극한의 공포 속에서 살아남은 데 감동하여 구조된 직후 소감에서 "구조대원 오빠랑 데이트하고 싶다. 아이스커피 마시고 싶다"라는 엉뚱한 말로 국민을 웃게 하였다.

사고 발생 17일째인 7월 15일 마지막 생존자 당시 19세 박승현 양이 생환했다. 박승현 양이 구출되기 전까지 국내 매몰사고 최장 생존 기록은 15일 8시간을 기록한 1967년 청양 구봉광산 매몰사고의 김창선 씨였다. 그러나 김 씨는 외부 연락이 가능했던 반면 박승현은 외부와의 연락이 완전히 끊긴 고립 상태에서 17일(정확히는 377시간)간 생존하여 국내 매몰사고 생존 기록을 경신했다.

마지막 생존자 박승현 양의 생환은 실의에 빠진 국민에 청량제 역할을 하였으나 참혹한 기억을 지울 수는 없었다. 문민정부가 들어선 이후 국민은 희망에 부풀었다. 어찌 그렇지 않겠는가? 이승만, 박정희의 독재에 이어 쿠데타로 집권한 전두환의 서슬에 억눌렸다. 6·10 항쟁으로 대통령직선제를 쟁취하였으나 양 김의 분열로 군사정권이 지속되었다. 3당 야합에 의한 집권이라는 비난에도 불구하고 김영삼 정부에 대한 국민의 기대는 하늘을 찔렀다. 실제로 수많은 개혁을 이루었다.

3당 야합에 대한 징벌이었을까? 문민정부는 운이 없었다. 너무나 많은 대형 사고에 민심은 돌아섰다. 아파트 붕괴, 열차 전복, 항공기 추락, 여객선 침몰, 성수대교 붕괴, 도시가스 폭발, 대구 지하철 공사장 가스 폭발에 이은 삼풍백화점 붕괴는 대규모 재난사고의 정점을 찍었다. 아무리 운이 없다고 하지만 국민의 마음이 떠나기에는 모자람이 없었다.

생존과 성공에 대한 욕망이 누구보다 강한 한민족의 열망으로 가장 빠르게 발전한 대한민국, 세계가 놀란 눈으로 바라본 우리나라는 다시 한번 세계를 놀라게 하였다. 산업화와 민주화에서 신기록을 세운 만큼이나 재난사고 빈도와 규모에서도 타의 추종을 불허하였다. 탄탄한 기반 위에 세워지지 않은 건 오래가지 않는다. 과거와 현재는 언제나 반면교사다. 감당하기 힘든 불행이라도 슬기롭게 극복한다면 전화위복이 되리라. 오늘은 아프고 슬프더라도 밝은 미래가 도래하리라. 대한민국은 무너진 자존심을 회복하고 다시 도약할 것인가?

직업군인

내가 직업군인이 된 이유는 단 하나다. 초등학교 때 받은 반공교육에 따라 세상에 존재해서는 안 될 북한 공산당과 공산군을 박멸하기 위해서다. 처음에는 단순히 군인이 되려고 하였으나 목적을 효과적으로 이루기 위해서는 장군이나 대통령이 유리하다는 걸 알았다. 그래서 꿈이 장군과 대통령이었다. 거창한 꿈이든 원대한 야망이든 천 리 길도 첫걸음부터다. 장군이 되려면 단계를 거쳐야 한다. 중령이나 대령은 나에게 의미 없는 계급이었으나 장군이 되기 위해서는 어쩔 수 없이 지나야 할 관문이었다.

피 끓는 청년 장교가 장군이 될 수 없으리라는 상상은 하지 않는다. 장군이나 대통령이 되어서 국민과 군을 하나로 묶어 적을 완벽하게 제압하려면 유능한 지도자가 되어야 한다. 틈나는 대로 독서에 열중했던 건 그런 이유였다. 보통 중령이나 대령, 장군이 되는 것으로는 부족하다. 타의 추종을 불허하는 탁월한 능력을 보여

줘야 한다. 국방 탄약 정보체계 구축 사업은 내 능력을 만천하에 과시하는 업무가 되어야 한다.

운명의 신은 예상보다 더 빨리 내게 기회를 주었다. 평범하게 중대장에서 사령부나 공군본부 담당을 거쳐서는 돋보이기 쉽지 않다. 누구나 거쳐 가는 자리는 아무나 할 수 있는 일이다. 전인미답의 정보체계 사업이 성공한다면 세상에 나를 드러낼 수 있다. 장군과 대통령이 불가능하지만은 않으리라. 탄약시스템은 반드시 개발에 성공해야 할 내 운명의 시금석이었다.

사업단에서는 탄약시스템 개발 방향을 연구하고 정보화할 업무 영역을 구별하여 업체에 제시하였고, 이를 바탕으로 업체는 업무 분석 보고서를 작성하여 실무 부서 확인을 요청하였다. 정보체계는 하루아침에 이루어지지 않는다. 개발 업체는 단계별 산출물을 작성하고 사업단과 현업 부서에서 확인해야 한다. 사업단의 존재 이유가 사실 그걸 전담하기 위해서다. 사업단 확인만으로 종결하면 사업 기간에 변화하는 실무를 반영할 수 없다. 아무리 사업단에서 전담하더라도 현업 부서 참여가 필수적인 이유다.

문제는 업무량이었다. 업체가 작성한 산출물은 500페이지 분량 10여 권이었다. 소설책이라도 자세히 읽으려면 2주는 족히 걸리리라. 그런데 그 많은 산출물을 각급 부대별 담당자가 모두 읽고 오류 수정을 요구해야 한다. 그것이 산출물 검토다. 사업단에서는 당연히 검토해야 하지만 부대별 담당자에게 검토 요구하는 게 미안할 정도였다. 현업 부서 실무자의 업무 과중을 이해하였으나 어쩔 수 없었다. 최대한 검토를 당부하며 문서로 전파하였다.

공군본부 탄약 업무 핵심 부서는 무장전자처였으나 정비·무장 특기 통합으로 항공무기정비처로 바뀌었다. 무장전자처는 분해되어 무장 항전 업무는 정비과에 통합되었고 탄약과만 남은 상태였다. 사이가 좋지 않은 구(舊) 정비·무장 특기가 불편하게 동거할 때였다. 항공탄 담당이었던 홍 소령은 사업단 자체 검토로 끝내라고 내게 구두로 지시하였다. 홍 소령의 처지는 충분히 이해하였지만 그럴 수는 없었다. 단계별 산출물은 한두 번으로 끝나는 게 아니다. 계속 이어지는데 처음 검토를 건너뛰면 다음 검토가 이루어질 리 없었다.

"홍 소령님, 죄송한데 최소한으로라도 검토해주십시오. 사업단이 모든 책임을 져야 하는 건 맞으나 절차를 거를 수는 없지 않습니까?"

"야, 너희가 있는 이유가 뭐야. 현업 부서에서 할 수 있는 업무량을 초과해서 사업단을 구성한 것 아냐? 업체에서 작성한 산출물을 현업 부서에서 전부 확인할 것 같으면 사업단이 있는 이유가 뭐냐?"

"물론, 사업단에서는 전 산출물을 검토할 예정입니다. 현업 부서에서 해당 업무만큼은 확인해야 하지 않겠습니까? 제가 작년까지 무장전자처에 있었더라도 업무는 계속 바뀌니까요. 3년 후 시스템을 즉시 사용하려면 지속적인 현업 부서 검토가 필수입니다."

"사업단에서는 뭐 하나? 현업 부서 업무가 바뀌는 걸 확인해서

시스템에 반영해야 하는 거 아냐? 너를 비 편제 직위로 불러 앉힌 게 바로 그 목적이야. 네 선에서 알아서 끝내!"

"홍 소령님, 제발 부탁입니다. 육군과 해군도 현업 부서 검토를 요청했습니다. 공군도 최소한의 검토는 해야 하지 않겠습니까?"

"이 새끼가 정말, 네가 알아서 하란 말이야! 너 여기 일이 얼마나 바쁜지 몰라? 내가 500페이지짜리 책 읽어서 오류를 찾아내게 생겼어?"

"하지만 우리 사업단 처지에서도…"

"야! 조자룡, 당장 꺼지지 못해! 이걸 그냥 확…"

홍 소령은 분김에 오른쪽 주먹을 높이 쳐들었다. 아마 수십 명 선후배 장교가 목격하는 중이 아니었다면 벌써 내리치고도 남았으리라. 홍 소령은 키 180센티미터가 넘는 거구에 눈이 크고 우락부락해서 보기에도 위압감을 주는 사람이다. 목소리도 크다. 쩌렁쩌렁 울리는 목소리로 고함을 치자 사무실에 있던 모든 정비·무장 장교가 일제히 돌아보았다. 참을 수 없는 모욕과 수치심으로 얼굴이 벌게졌으나 어쩔 수 없었다. 말을 더 했다가는 큰 사고가 날 듯했다. 누군가에게 두려움을 느끼는 내가 아니었으나 많은 사람이 지켜보는 자리에서 선배와 다투는 건 어떤 이유라도 바람직하지 않다. 홍 소령이나 나에게 치명타가 되리라.

홍 소령은 작년 11월에 공군본부에 왔다. 1995년 1월부로 특기 통합으로 공본 무장전자처가 사라졌으니 마지막 무장전자처 요원인 셈이다. 함께 근무하던 이 소령이 중령 진급 후 떠난 자리에 왔는데 함께 두 달을 근무하였다. 연말 탄약 감사 때는 함께 밤을 새워가며 기지별 탄약 현황을 맞추기에 골몰하기도 하였다. 그런 일을 방지하려고 개발하는 게 탄약시스템이었다.

두 달이나 함께 근무했어도 나는 홍 소령에 대해서 잘 몰랐다. 각자 맡은 일이 달랐으므로 부딪힐 일도 없었다. 나는 홍 소령 업무를 잘 알았다. 어쩌면 2년 가까이 탄약시스템 개발 방향을 고심하였기에 막 일을 시작한 홍 소령보다 더 잘 알 것이다. 그렇다고 내 독단으로 산출물 검토를 끝낼 수는 없었다. 당장은 문제없겠지만, 이후 단계별로 최소한의 확인이 필요할 것으로 판단했다. 공본 탄약과에 업무협조차 들렀다가 무참하게 박살 나고 힘없이 사무실로 돌아왔다.

짧은 순간 수많은 생각이 뇌리를 스쳤다. 군대 생활을 지속해야 하는가? 현업 부서 협조 없이 탄약시스템을 잘 개발하여 운영할 수 있을 것인가? 홍 소령에게 이렇게 완전하게 찍힌 상태로 진급이 가능할 것인가? 아니, 홍 소령이 문제가 아니라 수십 명의 정비·무장 선배 장교가 지켜보는 가운데 다투는 듯한 모습을 보였는데 무사할 수 있을까? 군이 어떤 조직인가? 상명하복, 위계질서가 철저한 조직 아니던가? 아무리 능력이 뛰어나더라도 선배에게 도전하는 자는 살아남을 수 없다.

"과장님, 저 군대 생활 못 하겠습니다. 사관 출신 분야 선배한테 이렇게 무시당하면서 장차 진급할 수 있겠습니까? 다른 데 가서 편하게 근무하다가 제대하는 게 좋을 듯합니다."

오랜 고민 끝에 직속상관인 탄약개발과장에게 전후 사정을 털어놓았다. 처음 공군본부에 올 때는 본부의 직능을 몰랐으나 지금은 잘 안다. 공군본부의 핵심 기능은 인사관리다. 매년 분야별 진급 업무를 주관하고 연말에 새로운 장교 보직을 결정한다. 무장전자처든 탄약과든 가장 유능한 사람이 자리를 잡는다. 미래 분야를 이끌어나갈 사람이다. 홍 소령은 단순히 소령이 아니다. 10년 후에는 홍 중령이 되고 홍 대령이 된다. 그런 사람에게 단단히 찍혀서야 미래가 있겠는가?

"쓸데없는 소리 말고 기다려라. 화나서 순간적으로 고함친 걸 가지고 무슨 호들갑이냐? 그런 식으로 제대한다면 한 명도 군대 생활 못 한다."

과장은 일단 나를 다독여놓고 홍 소령에게 전화했다.

"홍 소령, 나야 조 중령. 많이 바쁜가?"

"필승! 예, 사무실 옮긴 지도 얼마 안 되고 해서 어수선합니다."

"그 자리야 나도 예전에 근무하지 않았나. 바쁘고 힘들 거야. 그렇다고 막 커나가는 초급장교를 기죽여서야 쓰나? 조 대위에게 혼찌검을 냈다며?"

"하하, 그게 아니라 설명을 해도 빡빡 대들어서요. 죄송합니다. 제가 아직 덜 자랐나 봅니다."

"사업단에서 충분히 검토하겠지만 현업 부서 최소한의 확인은 필요하니 형식적이라도 좀 봐주게. 조 대위가 직설적으로 말해도 아직 젊어서 그러니 잘 다독여주고. 조 대위가 의기소침하여 아주

울상일세."

"예, 알겠습니다. 조 대위에게 걱정하지 말라고 전해주십시오."

공군 탄약시스템 개발과장은 예전 광주비행단에서 대대장으로 모셨던 조규혁 중령이었다. 실무자로 공군본부에 와서 사업단을 구성해 옛 대대장을 과장으로 모신 것이다. 비 사관 출신이었으나 유능하고 친화력이 뛰어난 사람이었다. 몇 시간이나 혼자 진로를 갈등하던 일을 전화 한 통으로 마무리하였다. 역시 군에서는 계급이 왕이다. 외모, 지능, 체력, 능력 모두 상위 계급 앞에서는 무용지물이다.

당시 나는 홍 소령을 잘 몰랐다. 알았더라도 검토 요구는 했을 것이나, 더 신중하게 접근했을 것이다. 홍 소령은 완벽주의자였다. 나도 스스로 완벽주의자로 자처하였으나 나와는 차원이 달랐다. 나중에야 알았으나 업무에는 바늘로 찌를 틈조차 주지 않을 정도로 엄격하였다. 그런 사람이 산출물을 형식적으로 검토한다니 언감생심 말이 되겠는가? 검토한다면 완벽하게 할 것이고 그렇지 않을 바에야 아예 거부하는 게 그의 생리에 맞을 것이다.

나는 사람을 두려워하지 않는다. 욕을 먹거나 심지어 맞더라도 괘념치 않는다. 상대가 대수로운 사람이 아닐 때 그렇다. 평범한 사람에게 욕을 먹고 상처받는다고 해서 미래가 달라질 건 없다. 위대한 지도자는 무지한 사람이나 보통 사람의 편견을 뚫고 성장한다. 보통 사람 수준의 사고나 말이나 행동으로 우뚝 설 수 있겠는가? 상대가 크게 성공할 사람이라면 다르다. 나는 잘 모르지만,

홍 소령은 능력을 인정받아 그 자리에 왔으리라. 얼마 후 진급한다고 보아도 무방하다. 그런 사람에게 받은 험한 모욕은 나를 좌절하게 하였다. 오늘은 얼렁뚱땅 마무리하였으나 과연 앞으로 군대 생활이 무사할 것인가?

담금주

정보체계 사업은 출장이 잦다. 일선 비행단과 사령부 공군본부에서 하는 일이 다르기에 업체에서 모든 부대를 방문하여 업무 분석이 필요하고, 사업단에서는 현장 실무자와 개발 업체 요원을 연결해주고 소통을 도와야 한다. 간혹 현장 실무자가 잘못 설명하거나 업체 요원이 다르게 받아들일 때는 바로잡아야 한다. 업무 분석 때뿐만 아니라 1차, 2차, 3차 산출물이 나올 때마다 제 부대별 실무자 확인 과정을 거친다. 사업단은 근무일의 절반이 출장이다.

작사에 출장 갔을 때 일이다. 작사는 공군작전사령부의 준말이다. 항공작전을 포함한 공군의 모든 작전을 총괄하는 부대다. 작전에 빠질 수 없는 게 무엇인가? 탄약이다. 군사작전의 핵심은 탄약을 얼마나 빨리 유기적으로 움직여서 적의 핵심 전력에 타격하는가다. 탄약고에서 무기체계 발사체까지 운반하여 신속하게 장착혹은 장전하고 표적까지 이동시켜 박살 내야 한다. 그 효과적인 수단이 육군에서는 전차나 대포고 해군은 함정, 공군은 전투기다. 전투의 향배는 탄약 보급 수송 능력에 달려 있다고 해도 과언이 아니다. 탄약시스템이 가장 필요한 곳은 작사다. 언제 어떤 정보가 필요한지 정확하게 파악하여 시스템에 반영하는 것이 사업 성패에 중요한 요소일 터다.

작사 무장처에는 소문난 주당 최 중령이 있었다. 군인이 술 잘 마신다고 소문나 있으나 그건 그냥 낭설일 뿐이다. 실제로 술을 자주 많이 마시는 사람은 힘들게 막일하는 사람이나 의사다. 술은 막일하는 사람에게 심신의 피로를 잊게 하는 진통제요, 사람의 생명이 오가는 수술을 집도하는 의사에게 스트레스 해소제다. 많이, 그리고 자주 마시지 않을 수 없다. 군인이 술을 좋아한다는 소문은 본인 뜻과 무관한 강제성 때문일 것이다. 상명하복과 일사불란을 추구하는 군은 술자리에서 술을 거부하기 힘들다. 술이 업무 능력이나 남자다움과는 전혀 상관이 없음에도, 술 잘 마시는 사람이 능력이 뛰어나고 남자답다는 풍조가 있다.

사실 팔구십년대에는 술 마시는 것 외에 특별한 놀이가 없었다. 직장인은 퇴근길에 동료와의 음주가 유일한 낙이요 낭만이었다. 매서운 상관에게 된통 당한 날이라면 안줏감이 따로 필요 없었다. 붓다가 말하기를 원증회고(怨憎會苦)가 팔고(八苦)의 하나라고 하지 않았던가? 인생은 고해다. 인생이 고해인 이유는 인간관계가 어려운 탓이다. 생계를 위해서 다녀야 하는 직장에는 반드시 상대하기 버거운 사람이 있게 마련이다. 미워하고 싫어하는 사람에게 받은 스트레스를 풀기에 술보다 좋은 게 있을 것인가?

소문난 주당 선배에게 재미난 에피소드가 있다. 술 마실 건수를 찾아 미리 공지하여 어떤 핑계로 빠질 기회를 차단하는 선배였다. 누군가 미리 말할 기회를 놓쳐 당일 오후에 회식 계획을 공지하면 불같이 화를 냈다.

"야, 그렇게 좋은 일은 일주일 전에 말해서 마음을 설레게 해야지, 이제야 말하는 게 말이 되나? 최소한 오전 일찍 발표했어도 종일 행복했을 게 아닌가? 다음에는 아무리 늦어도 하루 전에는 말해라. 행복하게 자고 일어나는데 그보다 좋은 소식이 있는가?"

사업단에서는 과장인 조 중령과 전산 특기 김 대위, 내가 출장간 터였다. 술 좋아하는 소문난 주당 최 중령이 출장 온 손님을 그냥 보낼 리 없었다. 일과 마치기가 무섭게 식당에서 터를 잡고 무서운 속도로 식사를 마쳤다. 당시에는 기본이 3차였다. 1차 식사를 빙자한 음주, 2차 입가심을 핑계로 음주, 3차는 노래방이 순서였다.

최 중령이 술을 좋아하기도 하지만 평소에 자주 보지 못하던 무장 특기 선배인 조 중령과의 술자리였으므로 더 기분이 고양된 것 같았다. 공군에서 무장 특기 장교는 잘 뭉치기로 소문난 터다. 규모가 작아 영역을 서로 확장하려는 정비(整備) 특기와 힘겨루기에서 밀리기 때문이리라. 무장장교 몇만 모여도 마치 천하통일이라도 이룰 양 기고만장 기세등등하게 술을 마셨다. 다음 날이면 까마득히 잊게 마련이지만 적어도 술 마시는 동안에는 천하를 품은 듯

호탕하였다.

1차에서 적지 않게 술을 마신 탓에 이미 주량 한계치에 가까웠지만 2차에서도 기세가 꺾일세라 마구 들이켰다. 술값 부담은 대체로 공동으로 한다. 많이 마셔서 돈으로 손해 볼 일은 없다. 술 잘 마시는 사람이 일도 잘하고 남자답다는 편견을 가진 사람 앞에서 사양할 이유는 없다. 슬슬 눈치를 보며 뒤로 빼는 것보다는 호쾌하게 들이키다 장렬하게 전사하는 편이 낫다. 왁자지껄 떠들면서 한참을 마시는데 갑자기 최 중령이 말을 꺼냈다.

"형님, 한잔해야죠?"

이미 고주망태가 되도록 퍼마시는 중인데 무슨 한잔을 하잔 말인가? 이해할 수 없는 말이었으나 과장은 호쾌하게 받아쳤다.

"해야지!"

"사장님 짬뽕 그릇 하나 주세요! 없다고요? 아무거나 큰 대접 하나 주세요!"

조 중령의 대답이 떨어지자마자 최 중령이 소리쳤다. 작은 세숫대야만 한 그릇을 가져오자 맥주 두 병을 가득 붓고 자기 성기를 꺼내어 주무르지 않는가? 나는 기절초풍했다. 여러 종류 폭탄주에 조종사와의 회식에서 군화주(軍靴酒)까지 마셔봤지만 남자 물건을 넣어서 주무른 술은 금시초문이었다.

"형님도 하셔야지요."

한동안 술에 성기를 깨끗하게 씻고 난 다음 조 중령에게 말했다. 모든 사람이 지켜보는 가운데 우리 과장마저 거리낌 없이 바지 섶

을 풀어 제치고 물건을 술에 씻는 게 아닌가? 술잔에는 떨어진 때
와 털이 둥둥 떠다녔다. 잔을 받은 최 중령은 서너 모금을 벌컥벌
컥 들이키고는 잔을 조 중령에게 넘겼다. 조 중령이 마시고 옆 사
람에게 건네 잔이 돌았다. 술을 다 마시면 다시 같은 방법으로 제
조하여 잔을 돌렸다. 전산 특기 김 대위는 금오공고 1년 선배였는
데 술을 즐겨 하지 않을뿐더러 전형적인 신사였다. 해괴한 방식으
로 마시는 술에 깜짝 놀랐는데 직접 마시라니 질겁하였다. 끝내
사양하자 최 중령의 고함이 터져 나왔다.

"야, 너는 군인 아니야? 군인이면 군인답게 행동해야지, 로마에
가면 로마법을 따라야 할 거 아닌가? 무장장교와 술 마시면 무장
장교가 되는 거야! 왜 산통을 깨는가? 너 하나로 우리 모두 기분
잡쳐야 해?"

원래 큰 목소리였는데 술기운이 잔뜩 올라서 삼국지의 장판교에
서 장비가 조조와 백만 대군에게 호통치듯 하였다. 분위기에 몰리
고 계급에 눌린 김 대위는 어쩔 수 없이 몇 모금 먹는 체하고 잔을
내게 넘겼다. 나는 이미 취할 만큼 취한 상태에서 거리낌 없이 실
컷 들이켰다. 어쨌든 김 대위를 제외하면 모두 무장 특기 선배 장
교다. 좋아하는 술 실컷 마시고 능력 인정받고 남자답다고 평가받
는다면 그 아니 좋은가?

술을 좋아하고 남자가 술 잘 마시는 건 흠이 아니라 자랑이라고
여기던 나였지만 최 중령을 보고는 아연하였다. 세상은 넓고 사람
은 많다. 천신만고 끝에 다다른 현재가 고지가 아니다. 경험하지

못한 일, 더 무섭고 대단한 사람이 즐비하다. 조자룡이 삼국지의 관우와 조자룡을 흠모하고 세상에서 제일가는 사나이 대장부가 되려고 꿈꾸었으나 최고의 길은 멀었다. 적어도 술에서는 더 강자가 최 중령이었다. 담금주를 많이 마셔보았으나 남자 성기의 때 구정물이 섞인 술은 처음이었다. 이후로도 마셔본 적이 없다. 남자, 사나이, 군인의 길은 험난하다. 오늘 웅크려 참고 견디는 자가 최후에 웃으리라. 느낌으로는 껄쩍지근했으나 그 맛에는 차이가 없었다. 남자 성기를 잠깐 담갔다고 무슨 문제가 있겠는가?

첫딸

생명체의 본성은 생존과 번식이다. 스스로 생존과 번식을 하는 사물을 생명이라고 하니 생명체의 본성이라기보다는 정의인지도 모른다. 왜 그런지는 모르지만 대체로 암수로 나뉘어 교미 후 새 생명이 탄생한다. 그건 너무나 당연한 일이다. 마치 아침에 동쪽에서 해가 뜨고 저녁에 서쪽으로 해가 지듯이 말이다. 당연한 걸 깊이 고민하는 사람은 없다. 의심스러운 걸 해결하기도 바쁜 터에 당연한 걸 심사숙고할 이유가 있는가?

결혼과 동시에 아내가 임신하였으나 신기하지 않았다. 결혼하면 누구나 애가 생기는 게 당연하지 않은가? 다른 사람에게 없는 일이 생겼다면 신기하겠으나 모두에게 발생하는 일이므로 전혀 놀랍지 않았다. 초등학교 자연 시간이나 중학교 생물 시간에 이미 배워서 알았고, 살아오면서 결혼하면 애가 생긴다는 걸 수없이 보았으므로 놀라운 일이 아니었다. 결혼 후 일 년이 채 안 되어서 아내가 출산할 때까지 전혀 새로운 감정이 일지 않았다.

알 수 없는 일이었다. 분만실에서 나온 간호사가 내 딸이라고 눈도 뜨지 않은 쭈글쭈글한 모습의 아이를 보여주는 순간 벼락을 맞은 듯 놀랐다. 온몸에 전율이 흘렀다. 딸인지 아들인지 성별만 몰랐을 뿐이지 아내가 출산하면 애를 만난다는 건 이미 알고 있었다. 나는 세상에 갓 나온 아이가 검고 얼굴이 쭈글쭈글한 것조차 몰랐다. 그러니 너무 예쁘거나 아름다운 모습에서 놀란 건 아니었다. 처음으로 생명의 경이로움에 엄청난 충격이 몰아쳤다.

우리 어머니가 낳은 내 형제는 총 여덟이었다. 한 명은 어려서, 한 명은 이십 대에 세상을 떠나서 현재 여섯 남매다. 1960년대 농촌에 부유한 사람이 드물었으나 우리 집은 특히 가난하였다. 농부이면서도 논이 없었다. 농사지을 논이 없는 농부가 벌어먹을 방법이 무엇이겠는가? 아버지와 어머니의 품삯으로 생계를 유지하였다. 그런 와중에 아버지는 성실한 사람이 아니었다. 보릿고개가 유행하던 1960년대, 하위 일 퍼센트 생활은 비참하였다. 오직 어머니의 희생과 헌신으로 빠듯이 살아남을 수 있었다.

지금은 내가 어려서 부모에게 사랑받았을 것으로 믿는다. 자라면서 느끼지는 못했다. 맛있는 걸 못 먹어서가 아니라 배부르게 먹지 못해서 불행하였다. 옷은 간신히 몸만 가릴 정도의 누더기였다. 형제가 많아서 새 옷은 명절 때나 입어보고 모두 물려받은 것이었다. 여름철에는 거의 알몸으로 맨땅을 뒹굴며 놀았다. 부모는 모두 일터에 나갔기에 초등학교에 가지 않은 어린 형제는 방치되었다.

나는 스스로 소중한 존재라는 걸 알 수 없었다. 마당에서 함께 노는 개와 사람은 외모와 대화 능력 외 차이를 느끼지 못했다. 사람이든 동물이든 식물이든 개체의 의사와 무관하게 알 수 없는 이유로 왔다가 때가 되면 가는 건 같다고 생각했다.

내게 사람은 특별한 존재가 아니었다. 여자는 장차 배우자 후보자였을 뿐이고 남자는 생존 경쟁자일 뿐이었다. 경쟁자라는 측면에서는 야생동물과 사람에 큰 차이가 없었다. 스스로 존중하지 않았듯이 나는 다른 사람을 존중하지 않았다. 남자는 강하고 똑똑해야 하고 여자는 예쁘고 날씬해야 했다. 그것이 유리한 생존 조건이라는 건 글을 배운 이후 책을 통해서 알았다. 강하고 똑똑한 남자나 예쁘고 날씬한 여자라고 해서 존중한 건 아니다. 다른 사람보다 우월하다는 걸 인정했을 뿐이다.

누구나 마찬가지겠지만 내 삶은 투쟁의 역사다. 강하고 똑똑한 사람이 진정한 남자라고 생각했으므로 큰 체격이 아님에도 필사적으로 싸웠다. 초등학교 중학교 시절은 싸우지 않은 날이 드물 정도였다. 공부는 수위를 다투고 반장을 맡았는데도 그랬다. 사악한 의도는 없었으나 이문열의 소설 「우리들의 일그러진 영웅」에 등장하는 엄석대와 닮았다. 소설에서처럼 의도하지는 않았으나 과정이나 결과는 다름없었다. 당시 정부와 사회, 학교와 부모가 가르친 대로 공자의 기득권 위주 현상 유지 사상에 매몰된 나는 내 사고와 말과 행동이 정의롭다고 확신했다. 남녀 불문하고 친구의 잘못을 내 판단에 따라 응징했다. 나는 선생과 부모 말을 충실하게 따랐음에도 마음이 착한 아이가 아니었다. 물론 당시에는 그런 생각을 하지 않았지만 말이다.

역사에서 관운장이나 조자룡, 정몽주나 이순신을 존경하였으나 현실에서 존경하는 사람은 없었다. 모두가 하찮게 보였다. 대학교 졸업할 때까지 내게 존경하는 선생님이 없다는 게 이상하게 느껴졌다. 대개 한둘은 존경하는 사람이 있게 마련이건만 왜 내게는 그런 선생이 없었을까? 운명이 내게만 특별히 가혹했던 것일까? 내가 사람을 존중하지 않아서였다. 다른 사람을 자세히 관찰하여 배우려는 의사가 없어서였다. 역사에 등장하는 성인군자나 영웅호걸이 아니라면 존경할 만한 사람이 아니라 보통 사람이었다. 묵자나 소크라테스 혹은 알렉산더나 칭기즈칸 같은 사람을 선생으로 만날 리 있는가?

사람을 무시하지 않았다. 경멸하지도 않았다. 적어도 겉으로는 말이다. 사실은 인류 전체를 경멸했다고 해야 맞다. 겉으로 표현하지 않은 건 불필요하게 상대와 충돌하지 않으려는 방편이었을 뿐이다. 나는 나보다 강하고 똑똑하지 않은 사람은 대체로 무시했다. 강하고 똑똑한 사람도 존중하기보다는 극복의 대상으로 삼아 노력했다. 나는 사람을 인간적으로 사랑하지도, 존중하지도 않았다.

희끗희끗 양수가 묻은 채 눈도 뜨지 못한 얼굴로 가냘프게 울어대며 움켜쥔 고사리 같은 손으로 엄마를 찾는 첫딸의 모습에 만감이 교차했다. 생명이란 무엇인가? 사람이란 무엇인가? 어떤 이유로 그 무수한 난관을 뚫고 이 아이가 내게 왔단 말인가? 모든 사람이 이렇게 오는가? 다른 사람도 첫 아이를 대하는 심정이 나와 같을 것인가? 갑자기 울컥했다. 나도 모르게 눈물이 흘러내렸다. 사람은 한 번 태어나는 게 아니다. 한 번은 엄마 몸에서 태어나지만, 살면서 어떤 깨달음의 순간 전혀 다른 사람으로 거듭난다.

나는 첫딸을 대하면 '예쁜 딸'이라는 말을 입에 달고 살았다. 누가 있든 말든, 보든 말든 '예쁜 딸', '예쁜 딸'이라고 불렀다. 이름이 '예쁜 딸'이었다. 내 첫딸이 경국지색이나 절세미녀로 불릴 정도로 미녀는 아니다. 눈에 콩깍지가 씌었을까? 그건 눈으로 본 딸이 아니라 마음으로 본 딸이었다. 부모가 제 자식 사랑스럽지 않은 사람이 있는가? 말은 '예쁜 딸'이었으나 실제로는 '사랑하는 딸' 혹은 '사랑스러운 딸'이었을 것이다.

그 방긋 웃는 모습이며 부드러운 살결, 호기심 가득한 초롱초롱한 눈빛이 그렇게 사랑스러울 수가 없었다. 그건 기적이었다. 내가 기적을 창조하였고, 내가 창조한 기적으로 나는 새로운 사람으로 거듭났다. 아이를 처음 키우는 동안은 당연히 환희에 찬 나날이었지만 사람을 다시 생각하게 되었다. 내 아이가 이렇게 소중하고 나를 감동하게 하는 존재라면 다른 사람은 어떨까? 이제까지 수없이 상대했던 다른 사람은… 소꿉친구, 초등학교 중학교 고등학교 대학교 친구나 선후배, 부모 형제, 동네 어른이나 군에서 만난 상관 동료 후배 부하… 그들을 향한 내 마음은 무엇이었던가?

이유 없이 드러내놓고 비난하거나 무시한 건 아니다. 그렇다고 사랑하거나 존중한 것도 아니다. 오히려 마음속으로는 경멸하는 때가 더 많았을 것이다. 못생겼거나 뚱뚱하다는 이유로, 멍청하거나 허약하다는 이유로, 제대로 판단하고 지시하지 못한다는 이유로, 시킨 일을 제때 하지 못한다는 이유로 얼마나 마음속으로 비웃고 매몰차게 야단쳤던가? 사람은 다 다르다. 다르다는 게 무시하거나 경멸할 이유는 아니다. 나는 스스로 우월하다고 과대망상을 하였으나 어리석었다. 나는 세상을 제대로 알지 못했다. 눈물이 흘러내렸다. 내가 만났던 모든 사람에게 했던 사고와 말과 태도와 행동을 반성하였다. 사람은 존중받아 마땅하다. 남녀노소, 신분 고하와 우열, 미추를 떠나서 말이다.

지극히 예쁘고 사랑스러운 내 첫딸로 인해 나는 다시 태어났다. 일취월장이나 괄목상대로는 부족하다. 상전벽해나 천지개벽에 가깝게 완전히 바뀐 것이다. 사람을 보는 눈이 달라졌다. 길에서 장애우를 만나면 나도 모르게 눈물이 흘러내렸다. 장애우를 연민해서가 아니다. 장애우의 부모 마음이 애처로워서였다. 장애가 있다고 사랑이 사라지는 건 아니다. 암담한 인생이 안타까워서 더 사랑하는 마음이 생길 것이다. 그 부모 마음이 어떻겠는가?

고슴도치도 제 새끼는 예뻐 보인다고 한다. 어디 고슴도치뿐이랴! 새끼를 거느린 어미는 모두 강력한 전사로 돌변한다. 새끼의 안위를 위해서는 목숨을 거는 일도 마다하지 않는다. 아기 안은 엄마도 마찬가지다. 처녀 때는 상상도 하지 못할 행동을 태연히 한다. 사람 많은 데 아랑곳하지 않고 유방을 드러내어 애에게 젖을 먹인다. 배고픈 애를 먹이는 것보다 더 중요한 일이 무에 있겠는가?

엄마만큼은 아니더라도 아빠도 자식 사랑하는 마음은 있다. 첫 딸은 인간으로 사랑한 첫 사람이다. 수컷의 마음으로서가 아니라 사람의 마음으로 처음 사랑한 사람이다. 그 첫사랑으로 나는 사람이 되었다. 사람을 사랑하고 존중하는 사람다운 사람이 되었다. 공자는 나이 서른에 뜻을 세웠다는데 나는 겨우 사람이 된 것이다.

당시 한글 이름 짓기가 유행이었다. 나는 내 딸 이름을 한글로 지을 생각이 추호도 없었다. 한글이 싫다거나 전통 사상에 얽매여서가 아니다. 이전 세대 여자에 대한 차별이 가장 잘 드러나는 게 이름이다. 남자는 돌림자를 이름에 넣는다. 성과 돌림자를 빼면 형제 이름이 다른 건 한 글자뿐이다. 여자를 사람 취급하지 않던 시절 여자 이름에는 돌림자가 들어가지 않았다.

젊어서 가난에 신음하다 자살한 누나 이름은 순남(順男)이었다. 위에 큰형이 있는데도 다음 동생은 남자가 태어나란 뜻이었다. 여자 이름에 후남(後男)이, 말희(末姬), 말자(末子), 끝순이가 흔했다. 모두 딸은 그만 낳고 아들을 기대하는 이름이다. 하나밖에 없는 여동생 이름은 길자다. 형제 중 남자가 더 잘살거나, 부모에게 효도하지도 않았다. 공자의 잘못된 사상에 전도돼 남자가 대를 잇는다는 그릇된 관습이 낳은 비극이다. 근대 이전까지 여자가 사람대접을 받으며 산 시대는 없다. 그 결과가 오늘날 세계 최저 출산율이다. 엄마나 할머니의 비극을 되풀이하려는 처녀가 있겠는가?

아직 전통의 굴레를 완전히 벗지 못하였지만, 남녀 차별에는 완전히 반대하였다. 더구나 첫딸은 그 무엇보다도 내게 소중한 존재다. 누나나 여동생 이름 짓는 데는 아무런 역할을 하지 못했으나 내 자식은 남자와 차별하기 싫었다. 그래서 돌림자인 넘칠 연(衍)자를 넣어서 이름을 지었다. 내 세 아이 이름 끝 자는 모두 연이다. 딸의 이름은 부당한 전통과 관습에 대한 내 최초의 저항이었다. 그래서인지 첫딸은 어느 남자 못지않게 씩씩하게 자랐다. 말과 태도가 당당한 게 선머슴같이 거침없다. 지금도 그렇다.

17장

1996

가사는 직장 일과 비교하여 더 쉬운 게 아니다.

할 일이 끝이 없고 쉬는 날도 없다.

아이가 자랄 때는 애 때문에 정신없었고,

나중에 부모를 모실 때는

심신이 불편한 부모 때문에 고생하였다.

그때나 지금이나 늘 바쁜 아내에게 미안하다.

- 본문 「전업주부」에서

전업주부

결혼하자마자 새 가족을 맞은 우리 삶의 풍속은 완전히 달라졌다. 세상을 곧 집어삼킬 듯이 자신만만하였으나 실상은 달랐다. 여러 형제가 어울려 자랐으나 아기에 관한 지식은 없었다. 세상 이치를 달관한 듯 큰소리쳤으나 육아에는 깜깜하였다. 겉으로는 나이 서른 안팎 어른이었으나 어리숙한 초보 엄마 아빠였다.

아내가 육아 휴직하고 2개월 산후 몸조리할 때 다행히 막내 처제와 여동생이 교대로 시간을 낼 수 있어서 다행이었다. 처제와 여동생은 한 달씩이나 우리 집에서 상주하며 집안일을 도와주었다. 둘째와 셋째 때 도와줄 사람이 없어서 아내가 무리한 걸 생각하면 첫째 때는 그나마 운이 좋았던 셈이다.

초보 엄마라도 아이를 사랑하는 마음은 같다. 그런데 마음 같지 않게 젖이 충분히 나오지 않았다. 아이는 늘 배가 고파 칭얼거렸다. 아이가 아무리 보채도 나오지 않는 젖을 어떻게 하겠는가? 사무실에서 아내 수유 문제를 말하니 육·해·공군 선배 장교가 이구동성으로 말했다.

"젖이 부족하면 가물치 아이가? 큰 가물치를 구해다가 푹 삶아가 묵게 하모 그보다 좋을 수 없을 끼다."

"아내가 비린 것을 싫어하는데 먹으려나 모르겠네요."

"아보다 중요한 기 어데 있노? 아마 아에 좋다 카모 기상천외한 음식이라도 마다하지 않을 끼다. 일단 준비해 가 권해보그라."

마침 사무실 사람이 가물치 파는 사람을 안다고 하여 당장 연락했다. 그날 십 킬로그램은 됨직한 큼지막한 가물치 한 마리를 사서 퇴근했다. 아내가 어떨까 걱정하였는데 그 비릿한 가물치 삶은 육수를 아내는 거침없이 마셨다. 역시 엄마는 위대하다. 엄마는 여자보다 위대하다. 아내는 생선을 좋아하지 않는다. 고기도 좋아하지 않는다. 좋아하는 음식이 채소나 나물류가 전부다. 맛있는 외식을 하려 해도 원하는 음식을 찾기 쉽지 않다. 생선회도 매운탕도 먹지 않는 아내였지만 가물치 육수를 마다하지 않았다. 먹기 힘든 고역보다 딸의 건강이 더 중요했으리라.

아내의 용기 덕택에 젖은 충분해졌다. 너무 많이 나와서 딸이 다 먹지 못할 정도였다. 경험자의 조언은 완벽했다. 아무리 빨아도 나오지 않던 젖이 빨지 않아도 흐를 정도로 흥건해지다니 놀랍지 않은가?

나는 딸바보가 되었다. 퇴근하면 '예쁜 딸'을 찾았다. 이름이 따로 있었으나 내가 내 아이를 부르는 이름은 '예쁜 딸'이었다. 몸조리를 돕던 처제나 여동생이 하도 '예쁜 딸' 타령하니 이상한 눈빛으로 보는 듯했다. 먼 훗날 그 이유를 알 만했다. 시간이 흐르고 당시 아이 사진을 보니 아무리 뜯어봐도 그렇게 예쁜 편은 아니었다. 그저 내 눈에 예쁘게 보였을 뿐이다. 처제나 여동생 처지에서는 맞장구치자니 뭣하고, 어디가 그렇게 예쁘냐고 반문하기에도 멋쩍었으리라.

퇴근하면 안아주고 업어주고 뽀뽀하고 안 하는 짓이 없었다. 처제나 여동생이 목욕을 시키려면 내가 시킨다고 우길 정도였다. 천성이 사람을 소중하게 여기지도, 사랑하지도 않던 나다. 아무것도 모르고 의사 표현도 하지 못하는 어린애였건만 그렇게 소중할 수 없었다. 사랑받지 못하고 정에 굶주렸던 나는 태어나서 가장 행복한 시간을 보냈다. 하루가 다르게 크고 제법 방실방실 웃기라도 하는 날이면 큰일이라도 생긴 듯 야단법석을 떨었다.

시간은 순식간에 흘렀다. 시간이란 놈은 야속하기 그지없다. 즐겁고 행복한 시간은 좀 천천히 흐르고 괴롭고 슬픈 시간은 쏜살같이 흘러가면 좋으련만, 정확히 반대다. 즐겁고 행복한 시간은 총알같이 흐르고 슬프고 고통스러운 시간은 쉬엄쉬엄 가는 듯 마는 듯하다. 두 달의 육아 휴직 기간이 금세 지나갔다. 아내가 출근하려면 누군가에게 아이를 맡겨야 한다. 낮 동안 맡아 기르는 비용이 장난이 아니었다. 그래도 어쩌겠는가? 아이 때문에 직업을 포기할 수는 없지 않은가?

아이를 돌볼 사람이 멀리서 오는 것도, 우리가 아이를 멀리 데려다주고 데려오는 것도 곤란했다. 다행히 같은 동 관사 아주머니께서 같은 비용으로 맡아 길러준다고 했다. 출퇴근길에 잠시 들러서 맡기고 데려오면 되므로 다행이라고 생각하였다. 세상일은 간단치 않다. 오히려 그게 족쇄가 될 줄이야….

애를 맡아 기르게 된 아주머니가 하필이면 무장전자 분야 선배 장교 가족이었다. 분야 선배 장교라면 군 생활 내내 영향을 받는다. 아무리 아이를 사랑한다고 해도 나나 아내가 이것저것 요구하고 잘잘못을 따질 형편이 아니다. 아내는 성격이 꼼꼼하고 매사에 완벽주의자다. 웬만해서는 다른 사람에게 일을 시키거나 맡기지 않고 직접 처리한다. 첫날 애를 데려오더니 노발대발 난리가 났다.

"아니, 애를 본다면서 어떻게 그럴 수가 있어? 애는 얼굴이며 온몸이 오물투성이고 장난감은 자기 아이들이 가지고 놀고 있고."

"화내지 말고 잘 말해봐. 처음이니 모르고 그랬겠지. 요구 사항을 차분하게 말해보소. 비싼 돈 받으면서 설마 할 일은 하겠지."

분통을 터뜨리는 아내를 간신히 달랬으나 상황은 바뀌지 않았다. 아침 출근 여덟 시부터 퇴근하는 오후 여섯 시까지 불과 열 시간을 돌보면서 공무원 월급 가까운 돈을 받으면서도 하는 건 중간에 우유 먹이는 정도였다. 갈아입히라고 애 옷을 여러 벌 주는데도 퇴근할 때는 아침에 입었던 옷 그대로인 경우가 많았다. 아내의 인내는 몇 달을 넘기지 못했다.

"나 이렇게는 못 살아. 내가 공무원 월급 몇 푼 받는다고 애를 거지꼴로 키우란 말이야? 돈 안 벌고 가난하게 살더라도 내 애는 내가 직접 키울 거야."

아내는 단도직입적으로 선언했다. 그대로 참을 수도 없고, 분야 선배 가족이 마음에 들지 않는다고 아이를 다른 사람에게 맡길 수도 없었다. 아무리 정당한 사유라도 선배 장교나 가족은 괘씸하게 생각할지도 모른다. 이러지도 저러지도 못할 곤란한 처지에 빠진 아내는 직업을 그만두고 전업주부를 선언한 것이다. 그건 전혀 예상하지 못한 결말이었다. 결혼 전 아이가 생기면 퇴직하리라는 예상은 누구도 하지 않았다.

사실 당시 육아 비용으로 지급하던 금액이 아내 월급을 상회하였다. 유치원에 다닐 나이가 되면 좀 나아지겠으나 그때까지 드는 금액이 너무 컸다. 게다가 퇴근 후 밤새 애 뒤치다꺼리를 하다 보면 아내는 잠도 제대로 잘 수 없었다. 몸은 몸대로 파김치고, 그 대가로 들어오는 수입은 보잘것없으며, 아이는 거지 같은 삶에, 보지 않을 때 어떤 일이 있었는지도 모른다. 아내의 선택은 내가 보기에도 타당하였다.

"그럭하소. 그깟 돈 몇 푼 버는 것보다 애 잘 키우는 게 더 중요하지 않겠소? 돈이야 내 월급으로도 굶어 죽지 않을 정도는 되니 애나 남부럽지 않게 잘 키웁시다. 애는 부모 사랑으로 성장한다는 어르신 말씀이 틀리지 않을 테니."

그렇게 아내의 직장 생활은 끝났다. 만난 후 채 1년도 안 되어 결혼하고, 결혼 뒤 1년이 안 돼서 출산하고 전업주부로 변신한 것이다. 결혼을 염두에 두지 않았던 아내로서는 상전벽해 같은 2년이었다. 제행무상, 세상 만물이 항상하지 않고 늘 변한다지만 이렇게 극적으로 변할 줄이야 누가 알았겠는가? 요조숙녀에서 아내로, 아내에서 엄마로 변하는 데는 그리 긴 시간이 필요하지 않았다. 여자와 엄마는 전혀 다르다. 엄마를 경험하지 않은 사람은 평범한 여자에 불과하다는 걸 자식을 길러본 뭇 엄마는 알리라.

우여곡절과 갈등 끝에 내린 결정이었으나 그 판단은 훌륭하였다. 전업주부로 변신한 아내는 그 성격대로 완벽하게 임무를 완수하였다. 첫째를 키울 때는 초보 엄마로서 여러 시행착오를 겪었으나 주변 사람과 소통하면서 해결하였고, 이후 둘째와 셋째는 큰 어려움 없이 성장시켰다. 만약 아내가 직장에 계속 다녔더라면 둘째와 셋째를 갖는 데 어려움이 따랐을 수도 있고, 아이들이 건전하고 건강하게 자라지도 못했으리라.

나에게도 다행이었다. 아내가 직장에 다닐 때는 내가 큰소리칠 처지가 아니었다. 집안일을 모두 아내가 처리하는 판에 내가 무슨 주장을 하겠는가? 낮에도 일하고 밤에도 일하는 아내 말에 꼼짝없이 따라야 했다. 다행히 아내가 직장을 그만두는 바람에 서로 공정하게 업무 분담을 할 수 있었다. 집안일은 아내가, 직장 일은 내가 도맡아 하는 방식으로. 나는 농담 반 진담 반으로 아내에게 말했다.

"힘들겠지만 어찌 되었든지 집안일은 당신이 책임지소. 돈 버는 사무실 일이 아무리 힘들더라도 당신에게 도움을 청하지 않을 테니 말이오."

신혼 초에 약속한 대로 아내는 집안일을 도맡아 처리하고 있다. 가사는 직장 일과 비교하여 더 쉬운 게 아니다. 할 일이 끝이 없고 쉬는 날도 없다. 아이가 자랄 때는 애 때문에 정신없었고, 나중에 부모를 모실 때는 심신이 불편한 부모 때문에 고생하였다. 그때나 지금이나 늘 바쁜 아내에게 미안하다. 은퇴한 지금 나는 직장에 나가지 않지만, 작가라는 핑계로 컴퓨터 앞을 떠나지 않는다. 여전히 아내는 전업주부다. 나와 아이들 뒷바라지에 여념이 없다.

의무경찰

1990년대는 자동차 시대였다. 2000년대에 인터넷으로 세상이 급격하게 바뀌었다면 1990년대 한국 사회는 자동차로 완전히 바뀌었다. 1980년대까지만 해도 자동차는 필수품이 아니었다. 재산과 신분을 과시하는 사치품이었다. 고위 공직자나 대기업 임원이나 타는 물건이었으며, 운전은 전문기술 영역이었다. 직업이 아니라면 스스로 운전하는 사람이 드물었다. 장군이나 사장은 자가용을 탔으나 운전기사를 따로 두었다.

내가 소위로 임관한 1989년만 하더라도 대대장 운전병이 따로 있었다. 당시 운전면허증이 있는 병사는 특별 취급을 받았다. 차량을 운행하는 수송대대 수송병이나 지휘관 운전병이 되었다. 운전면허증은 희귀한 자격증이었다.

1980년대에 흔치 않던 자가용이 1990년대 들어 급격히 증가하였다. 특히 1992년과 1993년은 폭발적으로 자가용이 증가한 해다.

이십 대 후반에 접어들던 386세대 이전 사람 대부분이 이때 차를 구했다. 아마 직업 가진 사람이라면 대부분 이때 차를 구했을 것이다. 갑자기 교통량이 증가하자 온갖 신기록이 쏟아졌다. 교통사고율, 교통사고 사망률, 음주 사고율, 음주사고 사망률이 당시 세계 1위였다. 1990년대 중반까지만 해도 법으로 음주운전을 금지하지 않았다. 대부분 운전이 미숙해서 운전면허증을 살인 면허증이라고 부르기도 했다.

1993년 가을에 구한 내 애마 빨간 프라이드는 이미 두 차례나 교통사고 이력이 붙었다. 1996년은 운전 경력이 붙어서 비교적 안전하게 차량을 운행하였으나 틈만 나면 제한속도를 초과하였다. 성급하고 무모한 성향이 젊은이의 특징이다. 나이 쉰이 넘어가면 신체 감각이 빠르게 노화하여 빠른 속도에 반응하기 쉽지 않지만 이십 대는 시속 150킬로미터, 200킬로미터에도 쉽게 반응한다. 아무리 빨리 달려도 두려운 마음이 들지 않는다.

1996년 어느 날 대전 시내에 나갈 때였다. 차량이 급증하였어도 당시만 해도 시내 교통량이 지금과는 비교되지 않았다. 제한속도가 60킬로미터였으나 눈치 봐서 100킬로미터로 달리는 사람이 많았다. 앞차 따라 기세 좋게 달리는데 고개 넘어 휘어지는 길에서 교통경찰이 차를 한쪽으로 세웠다. 내 앞에서 달리던 차부터 뒤따라오는 차가 줄줄이 단속에 걸렸다.

1990년대는 교통문화가 정착되기 전이었다. 대부분 운전 경력이 십 년 미만이었고, 단속하는 경찰도 아직 익숙하지 않았다. 당시

경찰은 낭만(?)이 있었다. 법규를 위반하였더라도 사정사정하면 가끔 눈감아주는 경찰도 있었다. 지금은 공무원끼리 눈감아주는 일을 카르텔이라고 지탄받지만, 당시에는 그런 일이 종종 있었다. 고속도로에서 교통경찰에 과속으로 적발되더라도 주의로 끝낼 때가 있었다.

"속도위반입니다. 면허증 주세요."

내 차례가 되자 경찰이 면허증을 요구하였다. 나는 행여나 하는 마음으로 운전면허증 대신 군인 신분증을 내밀었다. 그날의 행운을 교통 단속하는 경찰에 건 것이다. 비양심적인 마음으로 한 사악한 행위의 대가는 컸다. 갑자기 경찰이 버럭 고함을 질렀다.

"이게 뭡니까! 봐달란 말입니까?"

뒤에는 아내와 젖먹이 딸이 타고 있었다. 늘 도덕 선생 같은 말만 하던 나였다. 운전면허증 대신 군인 신분증을 내밀었다고 그렇게 큰 소리로 고함칠 줄은 꿈에도 생각하지 못했다. 나는 가슴이 철렁하는 수준을 넘어서 있지도 않은 애가 떨어지는 듯 기절초풍하였다. 아내와 딸 보기가 부끄러웠고, 창밖으로 고개를 내밀고 뒤따라 대기하던 수많은 운전자에게 면목이 없었다. 어찌할 바를 몰라 우물거렸다.

"그게 아이고… 면허증이 아니었나? 죄… 죄송합니다."

나는 얼굴이 홍당무가 되고 식은땀이 뻘뻘 흘러내렸다. 엄청난 실수였다. 경찰이 다 같은 경찰은 아니다. 직업경찰은 산전, 수전, 공중전에 수중전까지 다 겪은 베테랑으로 상황에 따라서 융통성

을 발휘한다. 요령을 잘 발휘하면 박봉에 고생하더라도 용돈 정도
는 챙길 수 있다. 하지만 의무경찰은 다르다. 당시 병역 자원이 남
아돌아서 방위, 전투경찰, 의무경찰이 복무의 한 형태였다. 복장은
경찰이라도 나이 갓 스물 넘은 혈기방장한 젊은이가 의무경찰이었
다. 젊은이가 누구인가? 정의감이 하늘을 찌를 때 아니던가? 온갖
사회악을 일소하기 위해서라면 목숨을 바치는 일도 마다하지 않을
때다. 나는 번지수를 잘못 찾아도 한참 잘못 찾은 것이다.

그날을 회상하면 지금도 등에 식은땀이 난다. 얼마나 놀랐겠는
가? 쥐도 새도 모르게 편법으로 위기를 넘기려던 알량한 내 속셈
은 만천하에 드러났다. 경찰이 백 미터 떨어진 사람이 들을 수 있
을 정도로 큰 소리로 '봐달란 말입니까!' 하고 고함칠 줄은 차마 짐
작조차 하지 못했다. 아마 그 의무경찰은 이미 여러 차례 다른 공
무원에게 회유당한 경험이 있었을 터다. 그러니 면허증 대신 내민
군인 신분증에 그렇게 크게 분노한 것이다. 당시 내가 대위 계급이
었으니 의무경찰이 분노한 게 무리가 아니다. 대령이나 중령쯤 된,
노회한 사람이었다면 덜 화가 났으리라. 나는 의경과 몇 살 차이
나지 않는 공군 대위였다. 나이 어린 대위가 벌써 타락했다는 데
젊은이가 진노(瞋怒)한 게다.

젊은이에게 미안했다. 스스로 돌아보아 역지사지해야 했다. 의무
경찰이 느꼈을 수모를 짐작해야 했다. 결백한 사람은 치욕을 참기
힘들어한다. 아마 그 의무경찰은 군인 신분증을 보는 순간 자신이
거래할 만한 타락한 사람으로 보였다는 데 화났으리라. 사십 대까

지 자식 사교육을 시키지 않았고, 지금까지 부동산에 투자하지 않은 나다. 설령 합법이라도, 다른 사람이 다 하는 행위라도 바람직하지 않다고 생각하는 건 거부한 나다. 나는 그렇게 고상한 마음으로 살면서 다른 젊은이를 보는 시선은 달리한 것이다.

그날 당한 수모는 당연하였다. 스스로 자신을 높여 고결한 삶을 추구하는 건 좋다. 다른 사람도 그럴 수 있다는 걸 인정해야 한다. 겉모습은 허리가 기역 자로 휘고 머리가 백발이 되었더라도 청렴한 사람은 있다. 하물며 한 치의 흠도 허용치 않을 순결한 젊은이임에랴! 몇 푼 아낄까 하는 알량한 마음에 순결한 젊은이의 마음을 무시한 결과는 비참하였다. 젊은이를 무시하지 말라, 젊은이를 두려워하라! 그렇지 않는다면 언젠가 큰코다칠 일이 생기리라.

유리 재떨이

작사에서 출장을 왔다. '탄약 정보체계 구축 관계관 회의'를 주관하였는데 전 비행단 및 작사와 군수사 담당자가 모였다. 대부분 부사관이 실무자였으나 작사에서는 이수성 대위가 대표로 왔다. 장교는 단 한 명뿐이었으나 손님 모셔놓고 그냥 보낼 수는 없는 일이다. 공군의 해병대라고 자처하는 무장장교 아닌가? 똘똘 뭉치기로 소문난 무장장교 체면상 얼굴 마주한 사람을 나 몰라라 할 수는 없었다. 저녁에 공군본부 지역 위관장교가 모여 식사했다.

십여 명이 모여서 부어라 마셔라 신나게 먹고 나서 당연히 2차를 향하였다. 당시 문화는 기본이 3차였다. 1차는 식사 겸 반주, 2차는 입가심으로 맥주, 3차는 술 깰 겸 스트레스 풀 겸 노래방이었다. 요즘은 음주 문화가 바뀌었다. 지금 생각하면 이해가 잘 안 된다. 당시에는 왜 그렇게 술 못 마셔서 안달이었을까? 마치 전 국민이 음주 경연대회라도 벌이는 양 2차 3차를 당연시했다.

대부분 2차와 3차를 함께하는 게 당시 분위기였으나 그날따라 웬일인지 서너 명만이 2차에 남았다. 한 주를 시작하는 월요일이었거나 주말이 낀 금요일이라서 그랬는지도 모른다. 인원은 확 줄었지만 그런 건 문제가 아니다. 인원이 적으면 의기투합하기 쉽고 집중하기에도 좋다. 사람이 적은 만큼 더 충분히 술을 마실 수 있다는 장점도 있다. 2차 분위기는 여느 때와 다를 바 없었다. 희희낙락 사선을 함께 넘어온 전우라도 되는 양 화기애애했다.

　작사에서 출장 온 이수성 대위는 술을 사랑하기로 소문난 최 중령과 함께 근무하는 사람이다. 술에 관한 한 일가견이 있었다. 자주, 많이 마시기도 하였으나 마시는 방식도 경험도 다양하였다. 얼마 전 작사에 출장 갔을 때 처음 마셔 본 담금주에 기절초풍한 경험이 있어서 또 무슨 색다른 일이 있지 않을까 궁금해하던 차에 아니나 다를까 이 대위가 갑자기 재떨이에 맥주를 따르기 시작했다.

　지금은 어디서나 실내 금연이다. 당시에는 어느 곳에서나 흡연 가능하였다. 고속버스와 열차는 1990년대 들어 금연으로 바뀌었으나 거의 모든 식당은 여전히 흡연 장소였다. 특히 고주망태가 되어 가는 2차나 3차 장소인 술집이나 노래방은 당연히 흡연 가능하였다. 술 마시면 당기는 게 담배 아니던가? 술 마시고 담배를 못 피우게 하면 당시 대부분 흡연자였던 남자는 그 가게에 발길을 끊을 것이다. 법으로 금지하지 않았기에 생계를 위하여 흡연을 허용하지 않을 수 없던 분위기였다.

2차로 맥주를 마시면서 당연히 열심히 담배를 피웠다. 웬일인지 담배는 술과 커피믹스와 궁합이 맞다. 술을 마시면 담배가 생각나고, 담배를 피우면 커피믹스가 그립고 커피믹스를 마실라치면 니코틴 부족 현상을 느낀다. 담배 맛이 써서 달착지근한 커피가 당기는 것인지도 모른다. 술은 일종의 마취제다. 삶에 찌든 영혼의 복잡다단한 고민을 싹 날려버린다. 담배는 취하는 속도를 더하는 성질이 있다. 문제를 해결하기 힘든 현실에서 얼른 벗어나고자 담배를 피우는 것인지도 모른다. 함께한 네 명은 모두 골초였다. 맥주를 마시기 시작한 후 한 시간여가 흐르자 그 큰 유리 재떨이가 꽁초로 가득 찼다. 그 재떨이에 이 대위가 맥주를 가득 따른 것이다.

"형님, 한잔하셔야지요."

이 대위가 그날 모인 사람 중 가장 선임자인 엄 대위에게 권하였다. 엄 대위는 무장 특기지만 성격이 양반이다. 사람과 잘 어울렸지만, 합리적인 성격에 다른 사람에게 무리하게 요구하는 법이 없었다. 깨끗한 재떨이에 따른 맥주라도 껄쩍지근하여 거부했을 것이다. 재떨이에는 꽁초와 재만 있는 게 아니다. 담뱃불을 빨리 끄려고 술을 붓거나 가래를 뱉어서 온갖 오물로 가득하였다. 가래가 둥둥 떠다니는 재떨이 맥주를 마실 수 있겠는가?

"쓸데없는 소리 마라. 이런 걸 내가 왜 마시냐?"

엄 대위는 한마디로 거절하였다. 이 대위는 집요하였다. 술에 취하지 않았는가? 술 취하면 개라는 말이 괜히 있는 게 아니다. 두 번 세 번 거절하였으나 이 대위는 요지부동이었다.

"아니, 끓는 물에라도 들어가야 하는 게 우리 무장장교 아닙니까? 이 정도 술도 마시지 못해서 우리가 난관을 헤쳐나가겠습니까? 형님이 시범을 보이십시오."

"개새끼, 니도 처묵으라."

마침내 버티지 못한 엄 대위가 분노의 한소리를 내뱉으며 그 더러운 오물 맥주를 숨도 쉬지 않고 들이켰다. 최선임자가 시범을 보였으니 다른 사람은 따라 마실 수밖에 없었다. 군번 순으로 공사 36기 둘이 마시고 마지막으로 내가 마셨다. 재떨이는 세 명이 먼저 마신 탓으로 한결 깨끗해져 있었다. 가래와 건더기가 상당히 줄어 있었다. 그래도 맥주를 마시려니 건더기가 입안에서 씹혔다. 꽁초에서 떨어진 재가 식도를 넘어갈 때 껄끔거렸다.

공군 무장 특기는 유난했다. 다른 분야에 내세울 게 없는 자격지심이었을지도 모른다. 조종사에게는 당연히 밀리고, 같은 군수 분야에서도 정비나 보급보다 규모가 작고, 인사 헌병 관리 정훈 정보 수송 등 타 분야는 나름대로 업무적으로 상부상조할 게 있었다. 무장 분야는 다른 분야를 도울 게 없었다. 무장은 오직 전시에만 유용한 분야다. 전쟁이 아닌 평시에 무장 탄약을 어디에 쓴단 말인가? 내부 단합을 강조했다. 그러니 가래가 떠다니는 재떨이 맥주를 마시지 않았겠는가?

삶은 쉽지 않다. 아무리 좋은 환경을 타고난 사람이라도 나름대로 어려움은 있으리라. 가진 게 없고 힘없는 사람은 더 고달프다. 어느 사회 어느 조직에도 갑은 있다. 큰 나라가 작은 나라를 핍박하듯 갑은 늘 을이나 병에게 난적이다. 대항하지 못하는 을이나 병은 스트레스를 내부에서 푼다. 스스로 공군 해병대를 자처하며 의리를 강조하였으나 약자가 견디려는 자기 세뇌, 합리화였다. 작고 힘없는 분야에서 버티기 위하여 마음을 다진 자기 학대였다. 힘없는 사람으로 살아가는 일은 서글프다.

고스톱 세계 챔피언

1980년대까지는 바야흐로 고스톱의 전성시대였다. 기원이 확실치 않지만, 이전에도 고스톱은 유행하였다. 화투에 가장 기본격인 민화투는 두 명이나 네 명이 칠 수 있는데 고스톱은 두 명부터 일곱 명까지 인원 제한 없이 할 수 있다는 장점이 있다. 화투가 48장이므로 한 사람이 7장씩 가지고 치는 규칙상 최대 6명까지 할 수 있으나 방법이 있다. 바닥 패를 깔지 않은 상태에서 패를 돌리고 9월 열 끗을 가진 사람은 무조건 광을 파는 방식이다. 한 장을 덜든 선은 광 팔고 죽은 사람의 바닥 패에서 한 장을 무작위로 선택한다.

인원에 구애받지 않는다는 장점이 있음에도 1980년대 이전에는 그다지 유행하지 않았다. 1980년 쿠데타로 정권을 잡은 전두환을 빗대어 온갖 규칙이 추가되었다. 1980년대 말 홍콩영화 영웅본색이 크게 히트 치기 전까지 고스톱은 국민 오락이었다. 영웅본색은

카드 영화다. 홍콩 암흑가 조폭이 도박판에서 일전을 벌이는 오락 영화다. 카드를 모르던 국민이 포커를 아는 계기가 되었고, 특히 젊은이는 영화를 계기로 포커의 매력에 푹 빠진 사람이 많았다.

당시 삼십 대 이전 젊은이는 고스톱에서 포커로 놀이를 바꾼 사람이 많았으나 사십 대 이상 어른은 달랐다. 생명체의 본성은 변화를 거부한다. 아는 장소, 아는 사람과 함께하는 환경이 편안하다. 낯선 환경에서는 안전을 장담하지 못한다. 혹시 모를 변고에 대비하려면 신경을 곤두세워야 한다. 감각이 예민하고 운동신경이 재빠른 젊은이는 쉽게 변화에 적응하지만 나이 든 사람은 다르다. 사십 대는 포커보다는 고스톱을 지속하는 추세였다. 고스톱과 포커의 진행 방식과 규칙이 완전히 다르고 포커는 오락이라기보다는 도박에 가깝다는 것도 하나의 이유였다.

공군은 공군본부와 군수사령부에 흩어져 있던 군수 분야 정보체계 사업조직을 하나로 묶어 공본 군수참모부에 전산사업처를 만들었다. 소속이 애매했던 탄약시스템 개발팀 탄약개발과는 당연히 전산사업처 소속이 되었다. 당시 처장은 고스톱을 좋아하였다. 좋아할 뿐만 아니라 강자였다. 소문으로 익히 실력을 알았으나 실제로 보니 명실상부하였다. 소문대로 전 세계 고스톱 챔피언이라고 할 만했다.

요즘은 회식 문화가 드물지만 1990년대만 하더라도 일주일에 한 번은 거의 회식이 있었다. 부, 처, 과뿐만 아니라 분야, 동문, 동기 등 온갖 명분으로 자리를 만들었다. 사람은 살기 위해 먹는다지만 그건 이론일 뿐이고 실제로는 먹기 위해 사는 것인지도 모른다. 사실상 사람은 온종일 먹을 걸 생각한다. 오전에는 점심 메뉴를 고민하고 오후에는 저녁 먹거리를 상상한다. 일주일이나 한 달 뒤 계획은 대부분 식사 계획이다. 하루 세 끼 식사를 습관화한 인간에게 끼니를 때우는 일이야말로 가장 큰 즐거움이자 때로는 고역이다. 성공한 사람과 실패한 사람의 가장 큰 차이가 먹는 일이 즐거움인가 고역인가 차이일 정도다.

전산사업처는 기본적으로 한 달에 한두 번 회식하였다. 주로 처장 판공비인 공금으로 하였으나 부족하면 돈을 각출하기도 하였다. 당시 처장은 회식 자리를 더 자주 마련하였다. 퇴근 시간 직전에 갑자기 계획이 잡히기도 하였다. 처장은 통이 컸다. 일단 이십여 명 처원이 먹은 회식비 일체를 사비로 계산하기도 하였다. 회식은 한 시간이 채 되지 않아 끝나게 마련이었다.

"놀면 뭐 하나, 얼른 자리 펴라."

회식이 끝날 무렵 어김없이 고스톱이 시작되었다. 대체로 대령 처장과 중령 네 과장이 마주하였는데 결과는 영락없는 버밍엄이었다. 단 한 차례의 예외도 없었다. 직접 보지 않은 사람은 믿지 않으리라. 게임이나 오락이라는 게 운이 작용하는데 어떻게 항상 이기는 사람이 존재할 수 있는가? 다른 사람이 게임 문외한이 아니라면 있을 수 없는 일이 아닌가? 있을 수 있는 일이다. 말도 안 되는 일이지만 충분히 가능하다.

동네마다 고스톱 규칙은 모두 다르다. 대한민국 고스톱 규칙이 통일된다면 그 전에 남북통일이 되리라는 말이 있을 정도다. 처장은 대한민국에 존재하는 규칙을 대부분 포함하였다. 당시 막 생기기 시작한 조커는 보통 한 장이나 세 장 정도를 포함하였다. 처장은 다섯 장 이상 포함된 화투를 고집하였다. 조커 한 장이 피 두 장이므로 일단 판이 커지는 셈이다.

첫뻑은 당연히 있다. 첫뻑은 첫판에 하는 설사를 말한다. 첫뻑을 하면 보통 1,000원을 준다. 문제는 죽은 사람까지 구경값이라고 하여 1,000원을 내게 했다는 점이다. 돈 잃기 싫어서 죽더라도 첫뻑한 사람에게 돈을 줘야 했다. 첫뻑에 이어서 연속으로 설사하면 2,000원, 3,000원 주는 게 일반적이다. 연속해서 싸지 않더라도 쌀 때마다 1,000원씩 주는 게 새로운 법칙이었다. 이래서는 죽는다고 판에서 빠지는 게 아니다. 누군가 쌀 때마다 돈을 내야 하므로 오히려 잃더라도 치는 게 나을 판이다.

월약이 있다는 게 달랐다. 화투는 1월부터 12월까지 각 4장으로 구성된다. 1월부터 6월까지 4장을 모두 먹으면 6점이고, 이후 7월부터 12월까지는 해당 월이 득점으로 인정된다. 해당 월을 누군가 먹으면 다음 월로 바뀌는데 12월 판에 12월 네 장을 모두 먹으면 그걸로 12점이 인정된다.

폭탄은 당연히 있다. 폭탄은 일명 흔들이라고 하는데 같은 월 3장을 잡고 시작하면 인정한다. 3장 패가 바닥에 깔리면 3장으로 동시에 칠 수 있는데 이걸 폭탄이라고 한다. 다른 두 사람은 피 한 장씩을 제공해야 한다. 폭탄 한 사람이 득점하면 돈을 두 배 줘야 한다. 월약을 폭탄하고 이긴다면 네 배다.

　연속해서 판에서 빠지는 연사는 불허다. 직속상관이라는 부담감과 워낙 잘 치고 계산에 빠른 처장이니 자신 있게 나설 과장이 없다. 조금이라도 손실을 줄일 양으로 어지간하면 죽으려고 한다. 연속해서 죽을 수 없도록 강제한 것이다.

　규칙을 복잡하게 하고 판을 최대로 키웠기에 대응하려고 노심초사하지만 별무신통이다. 득점하기도 힘들지만, 일껏 득점하고도 제대로 돈을 받아내는 게 쉬운 일이 아니다. 처장은 득점과 동시에 "7점, 한쪽은 폭탄에 광박 피박 3만 2,000원, 한쪽은 폭탄에 피박 1만 6,000원!" 외치고는 패를 섞는다. 한참을 계산해 보면 정확하다. 처장은 고스톱에 관한 한 계산이 컴퓨터였다. 당시에는 보통 3점에 1,000원, 5점에 2,000원, 7점에 3,000원 하는 식으로 3, 5, 7, 9점 2점에 천 원이 오르는 방식이었으나 처장은 1, 3, 5, 7, 9점 천 원을 고집하였다. 기본 3점이면 2,000원인 셈이다.

　회식비를 회수하는 데는 오랜 시간이 걸리지 않았다. 회식비 계산은 처장이 하였으나 실제로 낸 사람은 네 과장인 셈이다. 당사자도 구경하는 사람도 기가 찰 노릇이었으나 수십 명이 지켜보는 와중에 속임수는 없었다. 자세히 관찰하니 경험과 기세와 계산의 차이였다. 처장과 고스톱을 친 네 과장이 실력이 없는 게 아니다. 나름대로 한가락 한다고 하는 분이다. 너무 쉽게, 너무 자주 패하고 돈을 잃는 바람에 완전히 기가 꺾인 게 가장 큰 문제였다. 필승의 신념으로 죽기 살기로 달려들어도 미세한 실력 차이나 불운에 승패가 갈리는 게 승부다. 처음부터 이길 가능성이 작을 것으로 보고 손실을 최소한으로 줄이려고 노력한다면 이미 승부는 끝난 것과 마찬가지다.

승률이 높은 처장이 선(先)을 잡을 때가 많다. 패를 받으면 두 번째나 세 번째 선수는 웬만하면 쉬려고 한다. 피해를 최소화하기 위해서다. 뒤에서 광 팔 기회는 거의 없다. 좋지 않은 패로 밀려 친 결과가 무엇이겠는가? 선(先)이 곧 선(先)이다. 선이 유리한 점이 있다. 다섯 장 들어간 조커가 바닥에 깔리면 선 차지다. 덤으로 피두 장을 얻을 기회가 큰 것이다. 큰 점수로 나는 게 유리하지만 적은 점수라도 자주 나서 선을 자주 해야 하는 이유다.

처장은 손에 조커가 들어오면 무조건 첫판에 썼다. 첫판에 조커를 쓰면 불리한 점은 상대가 쪽(귀신)을 하거나 폭탄에 성공한다면 쌍피를 빼앗길 우려가 있다는 점이다. 조커나 쌍피라고 한 피를 돌려받을 수는 없다. 그러니 다른 피를 먹지 않은 상태에서 조커를 사용하는 게 불안하지만, 처장은 개의치 않았다. 다른 사람은 첫판에 조커를 쓰지 않고 판을 돌리다가 먹을 게 없을 때 사용하거나, 고한 이후 확실한 2고나 3고를 위해 예비한다. 확률은 처장 편이었다. 최대한 빨리 많이 먹어서 또 선을 잡는다. 이게 처장의 전략이었다.

자신 없는 게임을 하는 건 고역이다. 하지 않는 게 가장 좋은 방법이지만 당시 군 문화에서 처장의 뜻을 거스르는 일은 쉽지 않았다. 피해를 줄이려고 좋은 패로 죽는다. 좋지 않은 패로 밀려 친 사람은 잃는다. 쌀 때마다 1,000원씩 구경값을 낸다. 생소한 월약은 지나칠 때가 많다. 쳐도 잃고 죽어도 돈 잃는 구조다. 당시 네 과장은 때때로 회식비를 대신 내야 하는 곤욕을 치러야 했다.

가끔 과장 중 한 사람이 출장이라도 가는 날에는 대타가 끼어들어야 했다. 보통 선임 소령이 다음 차례였으나 사정이 생겨서 내가 낄 때도 있었다. 고스톱에 귀신이라는 소령도 있었고, 게임이나 승부라면 마다하지 않는 나였으나 결과는 마찬가지였다. 하긴 더 경험이 풍부한 중령이 모두 나가떨어지는 판에 소령이나 대위가 버티겠는가? 계급, 실력, 기세, 계산 어느 것으로라도 처장을 이길 사람은 없었다. 꼭 처장이 상관이라서가 아니다. 같은 조건이라도 처장을 이길 사람은 없었을 것이다. 당시 고스톱 세계 챔피언은 우리 처장이었다.

보리타작

5월은 보리타작 시기다. 보릿고개는 가을에 수확한 쌀은 떨어지고 보리는 수확하기 전 먹을 게 없었던 춘궁기를 가리킨다. 충청이남 남부 지방에서는 여름철엔 벼, 겨울철엔 보리농사 이모작이 가능하다. 5월 말 어느 주말 보리타작한다는 말에 처가를 방문했다. 장교 임관 이후 노동에서 멀어져 낯선 일이었으나 젊은 나이였기에 많은 도움이 되리라.

보리타작은 힘든 일이다. 강도에서는 벼 탈곡과 별반 차이가 없었으나 보리 끝에는 긴 터럭이 달려 있다. 탈곡 과정에서 분해되어 날리게 되는데 살에 닿으면 따갑고 간지러웠다. 여름에 가까운 늦봄이다. 비 오듯 하는 땀에 달라붙는 보리 티끌은 경험하지 않은 사람은 모르는 고역이었다.

내 임무는 탈곡한 보리 포대를 옮기는 일이었다. 무게는 오륙십 킬로그램 정도였을 것이다. 종일 옮기다 보니 나중에는 기력이 탈진하였다. 작업 중 위험할 때가 지쳤을 때다. 체력이 떨어지면 집중력이 떨어져 사소한 실수도 사고로 이어진다. 등산에서 대형 사고가 주로 하산할 때 발생하는 이유다. 포대를 번쩍 들어 올리는 순간 '빠직' 하는 소리와 함께 엉덩방아를 찧었다. 허리를 수직으로 곧추선 상태로 들어올려야 하는데 나도 모르게 허리를 굽혔다 펴는 순간 무리가 간 것이다.

시간이 지나자 통증은 줄었지만 일을 계속할 수는 없었다. 다행히 탈곡이 끝나서 마무리 단계였다. 처가는 전남 보성이다. 저녁 식사 후에 계룡대까지 운전해서 복귀했다. 요즘이야 음주하는 나 대신에 아내가 운전을 전담하다시피 하지만 당시 아내는 운전면허증이 없었다. 몸이 다소 불편하더라도 내가 운전할 수밖에 없었다. 자고 나면 괜찮을 줄 알았으나 그게 아니었다. 아침에는 아예 움직일 수조차 없었다. 단순히 근육이 놀란 게 아닌 듯하였다.

사무실에 출근할 수 없다고 보고한 후에 동료에게 병원 후송을 부탁하였다. 움직일 수 없는 몸으로 어떻게 병원까지 갔는지는 기억에 없다. 여럿이서 부축해서 간신히 차에 타고 내렸을 것이다. 허리를 찍은 X레이 사진을 들여다본 군의관이 머리를 갸우뚱했다.

"거 참 이상하다. 허리뼈에는 전혀 이상이 없는데요? 단순한 근육통으로는 못 움직일 리가 없는데…"

"그럴 리가요. 전혀 움직일 수 없는데요?"

군의관이나 나나 답답한 건 마찬가지였다. 척추에 이상이 없다면 꾀병이란 말인가? 의사는 점쟁이가 아니다. 원인을 확인하기 전에는 진단을 내릴 수 없다. 증상으로 대략 짐작은 하지만 정확한 부위와 이상을 알지 못한 상태에서 치료는 불가능하다. 그로부터 숨은그림찾기가 시작되었다. 아픈 부위 근처를 이곳저곳 눌러보면서 내 반응을 살피고 X레이 촬영을 반복하였다. 수십 장을 촬영하면서 관찰한 끝에야 원인을 찾았다.

"뒤에 척추를 잡아주는 뼈가 보이지요? 이 뼈 외에 위아래 척추를 이어주는 뼈가 있는데 하나가 없네요. 다친 게 아니라 처음부터 없는 겁니다."

"예? 아니, 뼈 하나가 없는 사람도 있나요? 있어야 하는 뼈가 없는데도 살아갈 수 있나요?"

처음부터 뼈가 하나 없었다는 말에 놀란 내가 물었다.

"예, 그렇게 희귀한 사례는 아닙니다. 보통 십에서 십삼 퍼센트 비율로 지지하는 뼈에 문제가 있어요. 평생 그런 사실조차 모르는 경우가 많지요. 뼈가 없다고 해서 당장 생활에 문제 되지는 않아요. 척추를 감싸고 있는 근육이 지지하기 때문이죠. 문제는 늙어서 근육이 풀리거나 어떤 이유로 충격을 받았을 때지요. 지금부터는 정말 조심해야 합니다."

놀라서 기절초풍할 일이었다. 신체나 정신에 이상이 있는 사람을 좋은 말로 장애인이라고 하고 나쁜 말로는 병신이라고 한다. 정상이 아닌 사람을 병신이라고 마음속으로 무시하였는데 실상은 내가 그 꼴이었다.

"어떻게 치료해야 하지요? 앞으로 생활에는 불편이 없나요?"

"뼈를 만들어서 붙일 수는 없으니 딱히 치료 방법은 없습니다. 통증이 사라질 때까지 물리치료를 하는 수밖에 없습니다. 이후가 중요합니다. 척추에 이상이 있으니 과격한 운동을 해서는 안 됩니다. 특히 허리를 쓰는 종목은 절대 금지입니다."

"탁구, 테니스, 배드민턴, 골프는 안 되겠네요?"

"당연하지요. 절대로 해서는 안 됩니다."

"축구, 배구, 농구는 되겠지요?"

"안 됩니다. 구기 종목은 모두 안 된다고 보면 됩니다. 도움이 되는 운동은 걷기와 수영입니다."

"모든 구기 종목을 할 수 없다고요? 등산은요?"

"등산도 장시간 척추에 무리한 하중을 가하므로 하지 않는 게 좋습니다. 평지를 걷는 게 좋아요."

기가 막혔다. 서른한 살 청년에게 걷기와 수영 외 어떤 운동도 할 수 없다는 말을 군의관은 사무적으로 말하였으나 나에게는 사형선고와도 같았다. 나는 평발이다. 잘하는 운동이 없다. 그래도 뒤로 빼지 않고 적극적으로 참여한다. 지는 걸 죽기보다 싫어한다. 그 승부 근성이 현재의 나를 있게 했다. 최고는 아니지만, 누구에게도 지지 않는다는 게 내 신조다. 최고가 아니면서 누구에게도 지지 않는다는 말은 일견 모순이지만 그게 내 의지다. 재능이 없더라도 노력으로 보통보다는 잘할 수 있다. 그게 나다.

전투에서 체력은 필수다. 체력이 곧 생존과 직결될 때가 많다.

공격할 때는 적에게 타격이 덜한 정도지만 달아날 때 느린 사람의 결말이 무엇이겠는가? 그래서 군에서는 일주일에 4시간 공식적으로 체련(體練)이 있다. 군인의 몸은 유사시 무기체계다. 평소에 기능이 떨어지지 않게 단련해야 한다. 그런데 청년 장교가 어떤 운동도 할 수 없다는 말에 절망하지 않을 수 있는가? 군인이 아니더라도 앞날이 구만리 같은 젊은이가 제대로 활동할 수 없다는 건 사형선고나 다름없다. 시력을 상실하거나 팔다리가 없는 것과 다를 게 무에 있겠는가?

"아니, 이제 서른한 살인데 운동할 수 없다는 게 말이 됩니까? 어떻게 방법이 없을까요? 테니스나 골프는 못하더라도 축구나 등산은 조심해서 하면 안 될까요?"

"자, 이 사진을 보십시오. 척추에 이상이 있는 사람이 비만으로 배가 지나치게 나오거나 운동으로 척추 한 마디가 어긋난 사람입니다. 수술해서 어긋난 척추를 교정 후에 위아래 척추와 볼트로 고정한 상태입니다. 그걸로 부족해서 척추에 무리가 가지 않도록 외부에 기구를 설치해야 합니다. 운동해서 이런 사람으로 살아가겠습니까?"

척추 수술 후에 온몸에 거추장스러운 보조기구를 장착한 사람 사진을 여러 장 보여주었다. 안타까움을 넘어서 절망하는 나에게 군의관은 거리낌 없이 기계적으로 말하였다. 비슷한 연배의 대위 군의관이 나에게는 저승사자였다. 신체가 불편한 상태로 사는 사람은 많다. 한 번도 그런 걸 상상하지 않았기에 도저히 받아들일 수 없었다.

　진단은 내려졌으나 병원에서 할 일은 별로 없었다. 물리치료와 진통제를 받은 게 전부다. 그 후로 나는 2주간이나 출근할 수 없었다. 부대 병원에서 물리치료를 받으면서 전국에 용하다는 안마사를 여럿 찾아다녔다. 운전할 수 없는 상태였기에 사무실 동료의 도움을 받아야 했다. 절망적이었으나 시간이 흐르자 차츰 통증이 줄고 조금씩 움직일 수 있었다. 꾸준한 물리치료와 갖은 노력 끝에 스스로 운전할 수준이 되었다. 겉보기에 멀쩡한 사람이 된 것이다. 실제로는 아무 운동도 할 수 없는 장애인이었지만.

　군의관의 엄포에도 조심해서 운동에 참여했다. 체련 시간에 혼자서 멀뚱거릴 수는 없지 않은가? 결과적으로 군의관의 과잉 진단이었다. 심각한 부상을 염려해서 한 말이겠으나 나중에 비행단에서 근무하면서 완전히 체력을 회복하였다. 공군본부 업무는 종일 컴퓨터 앞에서 하는 일이다. 거의 움직임이 없다. 젊은 나이임에도 근육이 풀린 이유다. 보리타작으로 발견하였으나 내 허리 이상은 운동 부족이 근본 원인이었다. 비행단 넓은 공간에서 활동하자 불편함이 확연하게 줄었다.

　군의관이 한 말이 걸렸으나 비행단에서는 모든 운동에 참여했다. 아프면 하지 않겠지만 몸이 불편하지 않은데 장교가 꾀병 부릴 수 있는가? 나중에는 절대 해서는 안 된다는 골프를 해도 문제가 없었다. 처음 군의관이 운동할 수 없다고 말할 때의 기분을 잊을 수 없다. 그 충격은 나중에 혈변으로 대장암을 의심할 때와 비슷하였다. 오래 사는 건 좋은 일이다. 제대로 활동할 수 없는 데도 좋을 것인가? 불편한 몸은 불행하다. 건강한 몸으로 산다는 게 얼마나 다행한 일인가?

국화 폭탄

일본에서 들어온 화투의 기원은 정확하지 않으나 1월부터 12월을 상징하는 자연을 그렸다. 월별 4장으로 총 48장에 몇 장의 조커로 구성된다. 1월은 소나무, 2월은 매화, 3월은 벚꽃, 4월은 흑싸리, 5월은 난초, 6월은 모란, 7월은 홍싸리, 8월은 공산, 9월은 국화, 10월은 단풍, 11월은 똥, 12월은 비다. 11월과 12월의 똥과 비는 의미하는 바가 모호하나 다른 달은 대체로 대표하는 자연을 잘 표현하였다.

국화(菊花)는 개화 시기가 9월이다. 9월에서 서리가 내리는 11월까지 꿋꿋하게 버틴다. 동양에서는 일찍이 매화, 난초, 대나무와 더불어 사군자(四君子)라는 이름으로 불렸으며 그림 소재로 인기가 높았다. 매화는 겨울 추위를 이기고 꽃을 피우는 특성으로 인해 군자의 지조와 절개를 상징하고, 난초는 담백한 색과 은은한 향기로 인해 군자의 고결함을 나타낸다고 여겼다. 또 국화는 서리 내리는 늦가을까지 꽃을 피워 군자의 은일자적(隱逸自適)함에 비유되었으며, 대나무는 사철 푸르고 곧게 자라는 성질 때문에 군자의 높은 품격과 강인한 기상으로 여겨졌다.

고스톱에서 쌍피는 세 개다. 국화 열 끗과 붉은 똥 피, 비 피는 대체로 쌍피로 인정한다. 대구에서는 난초 열 끗을 쌍피로 인정하지만 다른 지역에서는 인정하지 않는다. 고스톱에서는 광이나 약보다 피가 더 중요하다. 폭탄과 쪽(귀신) 따닥(치고받기) 판쓰리가 있기에 피의 변동성이 크며 상대가 피로 났을 때 피 여섯 장을 확보하지 못하면 피박을 쓴다. 피로 나면 점수 붙이기가 수월하여 고(go)에도 유리하다. 12월의 화투패에서 피가 세 장인 건 국화와 똥뿐이다. 바닥에 똥 쌍피와 국화 열 끗이 깔리면 삼수갑산을 가더라도 먹고 본다. 만약 두 쌍피가 바닥에 깔려 치고받고 한다면 일타육피(一打六皮)다. 승리는 여반장(如反掌)이다.

세계 최강의 고스톱 챔피언 처장의 영향이었을까? 사무실 사람끼리 가끔 고스톱 치는 일이 있었다. 5년 선배 기수 세 명이 고스톱을 좋아하여 자주 어울렸는데 세 명보다는 네 명이 묘미가 있어서 나도 낄 때가 잦았다. 실력이 비슷하지 않으면 어떤 게임도 재미없다. 따는 사람은 즐거울지 모르나 왠지 싱겁고, 매번 잃기만 한다면 금방 흥미를 잃게 마련이다. 비슷한 실력에 그날의 운에 따라 결정된다면 경기가 흥미진진하리라. 네 명의 실력은 비슷하였다. 따는 날도 있고 잃는 날도 있었으나 모두 합하면 도토리 키 재기였다.

어느 비 오는 토요일 오후였다. 토요일 오후였으나 비가 오니 마땅히 할 게 없어서 자연스럽게 자리가 마련되었다. 책을 뒤적이고 있었으나 모처럼 맞은 휴무일이 따분하던 차에 불감청이언정 고소원이었다. 선배가 찾는다는 핑계로 정 소령 집을 찾았다. 당시 선수는 김 소령, 조 소령, 정 소령과 나였다.

가끔 함께 고스톱을 하였기에 규칙을 말할 필요도 없었다. '전과 동!' 하고 외치면 그걸로 끝이었다. 기본 3점 천 원에 2점을 올릴 때마다 천 원이 올라가는 식이었다. 조기 탈락자가 생기는 걸 방지하기 위하여 상한가를 3만 원으로 정했으며 다른 게 있다면 월약이었다. 1월부터 출발하여 12월이 나면 그날은 경기 끝이었다. 판마다 월이 바뀌는 게 아니라 해당 월로 득점할 때까지 지속하였으므로 12월까지 모두 나려면 서너 시간 걸리게 마련이었다. 해당 월네 장을 모두 먹으면 6월까지는 6점, 이후에는 해당 월이 득점이 된다. 12월 월약 폭탄에 성공하면 그 자체로 2만 원이다. 보통 폭탄은 두 배를 받지만 월약 폭탄은 따따블이기 때문이다. 약간의 점수만 보태도 상한가는 식은 죽 먹기다.

경기는 화기애애하게 진행되었다. 어떤 한 사람이 줄곧 따거나 잃지 않고 소소한 판이 이어졌다. 월약이 9월에 이르러 어느덧 경기는 막바지에 이르렀다. 지금부터가 진짜 승부다. 초장 끗발 개 끗발이라는 말이 있듯이 처음에 따는 건 의미가 없다. 일어설 때 지갑이 두둑한 사람이 승자다. 지금은 화기애애하지만 끝날 때는 다소라도 불편한 사람이 있게 마련이다. 돈 잃고 기분 좋을 사람

있는가? 노력으로 되는 건 아니지만 정신을 집중해야 한다. 하루 내내 즐겁기 위해서는 끝까지 최선을 다해야 하리라.

내가 선을 잡아 패를 돌렸는데 내 패가 기가 막혔다. 일단 바닥에 조커 두 장이 깔려서 피 네 장을 공짜로 확보한 데다가 손에도 조커가 잡혔고 광과 쌍피가 여러 장이었다. 특별한 일이 없다면 승리는 물론이고 오늘의 승부 자체를 결정지을 수 있는 훌륭한 패였다. 첫판에 피를 여덟 장이나 확보하는 걸 본 김 소령과 조 소령의 얼굴이 붉어졌다. 낌새가 상한가 맞기 딱 좋은 상황이었다. 위기 극복을 위해서 노심초사하는 모습이 역력하였다. 쓰리고로 상한가를 맞지 않기 위해서는 약으로 비상을 걸어야 한다. 그것이 아니라면 광박이나 피박이라도 면해야 하리라. 어쨌든 상한가는 피해야 하지 않겠는가?

손에 잡은 패 일곱 장 중 다섯 장까지 먹었을 때 내 점수는 이미 23점이었다. 광 세 장에 멍(열 끗) 띠 피 모두 점수가 난 상태였다. 고도리 홍단 청단 초단 모든 약은 이미 내가 깬 상태였다. 김 소령은 광박에 22,000원, 조 소령은 광박 피박으로 44,000원 이미 상한가였다. 웬만하면 양 상한가에 가까운 52,000원으로 만족했을 것이다. 그런데 다른 사람은 점수 날 게 전혀 없었다. 멍 띠 두세 장에 피 두세 장뿐이었다. 쓰리고를 해도 피박을 면할 가능성이 거의 없었고, 천행으로 쪽이나 설사한 걸 먹어서 내 피를 빼앗더라도 내 손에는 굳은 똥 쌍피가 있었다. 피 두 장을 빼앗겨도 쓰리고를 성공하는 것이다. 나는 득의만면하여 외쳤다.

"쓰리고!"

양 상한가는 불 보듯 뻔한 일이었다. 이 판에서 양 상한가에 성공한다면 남은 시간에 그보다 더 잃을 일은 없으리라. 오늘의 승자는 조자룡이었다. 어차피 상한가를 면할 길이 없을 터인데도 김 소령의 고민이 길어졌다. 내 손에 똥 쌍피가 쥐어졌다는 걸 안다면 쪽이나 판쓸이 또는 설사 등으로 내 피를 빼앗을 일을 고민하지 않았으리라. 내 패를 보여주고 싶은 마음이었다. 그때였다.

"딱 하나 날 게 있는데…."

뒤에 앉은 조 소령이 혼잣말로 중얼거렸다. 알 수 없는 일이었다. 약이란 약은 내가 모두 깬 상태였는데, 바닥에 겨우 서너 장을 먹어놓고 날 수 있다는 말이 믿기지 않았다. 조 소령의 말에 김 소령의 눈빛이 번뜩였다. 조 소령 손에 든 패를 눈치챈 것이다. 그랬다. 김 소령은 국화 한 장을 들고 있었고 조 소령은 손에 든 세 장이 모두 국화였다. 김 소령은 초짜인 국화를 버려서 쪽을 노릴 걸 고민하는 중이었는데 뒤에서 날 게 있다는 말에 퍼뜩 깨달은 게다.

김 소령은 국화 피를 버렸다. 조 소령은 나머지 국화 세 장으로 폭탄 성공, 판은 극적으로 뒤집혔다. 믿기지 않는 패배였다. 나는 한동안 어안이 벙벙하였다. 자칭 타짜라는 조자룡이 월약을 확인하지 않는 실수를 범한 것이다. 후회막급이었으나 때는 늦었다. 고스톱에서 피와 광이 중요하지만 월약이 있을 때는 해당 월 패가 가장 중요하다. 그 중요한 월약을 확인하지 않고 기고만장하여 쓰리고를 외쳤던 오만의 대가는 처참했다. 52,000원 획득이 30,000원

손실로 바뀌었다. 국화는 9월이므로 9점이다. 기본 4,000원에 월약 폭탄이므로 네 배다. 네 배에 고박이어서 내가 모든 돈을 내야 한다. 양 상한가에 희희낙락하다가 졸지에 내가 상한가를 맞았다. 아, 호사다마라더니 이게 인생이란 말인가?

화투판에서는 원래 말을 주고받아서는 안 된다. 패에 관련한 뉘앙스를 풍겨서는 안 되는 게 원칙이다. 엄격히 말하자면 조 소령의 날 게 있다는 말은 반칙에 해당한다. 김 소령이 국화 패를 낼지 말지 고민한 건 사실이었으나 조 소령의 말에 확실하게 깨달았다. 그걸 탓하기에는 상대 상황이 너무나 급하였고, 그 정도 말을 시비로 판을 뒤엎기에는 내 위치가 너무 낮았다. 셋은 모두 5년 선배 기수다. 내 인생을 화투판에 걸 수는 없는 노릇이었다. 조 소령을 탓할 게 아니라 내 안일한 판단과 엄청난 시나리오를 선사한 운명의 여신을 원망해야 하리라. 최후의 승자가 될 뻔하였으나 그날 패자는 조자룡이었다.

곽광수, 내 친구 광수

시원한 실내에서 독서 삼매경에 빠져 있는데 갑자기 카톡 소리가 요란하다. 나는 직장에 나가지 않는다. 사업상 급하게 연락 오거나 만날 사람이 없다. 내가 즉시 보고 대응해야 할 일은 아니리라. 다음에 한가할 때 들여다보면 되리라. 여유롭게 책을 계속 읽는데 연이은 카톡 소리가 다급해 보인다. 궁금증을 참지 못해 핸드폰을 들었다. 지역 동기회장 진덕이가 단톡방에 올린 카톡이었다.

'안 좋은 소식 전한다. 광수가 뇌종양으로 서울 중앙대 중환자실에 입원 중이다. 상태가 심각해서 수술도 안 되고 방사선 치료만 되는갑네. 전화 통화도 안 된다고 하네.'

날벼락도 이런 날벼락이 없다. 곽광수는 사천에 있는 KAI 협력업체에 다니는 금오공고 10기 동기다. 성격이 밝고 쾌활하며 매사 긍정적이다. 사람의 마음을 잘 헤아려 다른 사람에게 피해를 주지 않고 늘 든든한 버팀목 역할을 한다. 내가 가장 좋아하는 친구다. 갑자기 눈물이 났다. 술 담배는 하였어도 몸이 비만도 아니고 평소 아픈 데도 없었다. 그런데 갑자기 뇌종양에 중환자실이라니…. 믿어지지도 않고 믿고 싶지도 않다.

광수는 고등학교 다닐 때는 사실 잘 몰랐다. 내가 전자공학과인데 광수는 기계공학과였고, 외모나 태도로 두드러졌다면 눈에 띄었을 터이나 지금 행실로 보아 방정한 모범 학생이었던 듯하다. 내가 사천에서 마지막 현역 생활할 때 사천으로 와서 알게 되었다. 친화력이 뛰어난 광수는 금방 진주·사천 십여 명 동기에 녹아들었다.

나는 사람을 가려 사귀지 않는다. 특별히 나에게 원한 관계를 갖고 해코지하지 않는다면 누구에게도 친절을 베푼다. 다른 동기보다 광수를 특별하게 생각한 건 그의 태도가 대범해서다. 광수는 나와 생각이 비슷하였다. 자기가 전혀 모르고 이해관계가 없는 친구가 찾아와도 기꺼이 자리를 함께하였다. 함께할 정도가 아니라 본인이 직접 식사비를 계산할 정도였다. 전업 작가라고 자처하는 내가 사실상 백수라는 걸 알고 하는 배려이리라. 멀리서 나를 보고 찾아온 친구나 광수에게 미안했다. 그리고 고마웠다.

이놈은 진심이다. 사람을 대하는 데 진심이 느껴진다. 동기 모임에서 차편이 준비되지 않으면 본인이 음주를 즐기는데도 기꺼이 운전대를 잡는다. 사람이 살아가면서 돈과 시간과 몸을 희생하는 건 쉬운 일이 아니다. 술 좋아하는 사람이 음주를 포기하고 운전을 택하는 건 봉사 수준이 아니라 거의 헌신이다. 나는 친구지만 마음속으로 광수를 존경했다. 내가 살면서 존경하는 사람은 손에 꼽을 수준이다. 여간해서는 좋아할망정 존경하지 않는다. 광수는 훌륭하다. 친구로서 충분히 존경할 만하다.

세상은 내 것이 아니다. 내 마음대로 돌아가지 않는다. 웬일인지 좋아하는 사람이 먼저 떠난다. 임천초등학교 친구 정봉화, 성문규, 신영목, 남궁혁, 김용빈은 이 세상 사람이 아니다. 소위 때 광주에서 함께 근무하며 친해진 금오공고 동기 송기호도 얼마 전 떠났다. 사천에서 제일 의지하며 좋아했던 광수마저 떠날지도 모른다. 아프다. 오십 년은 더 살아도 충분한 사람이 갑자기 뇌종양이라니, 수술할 수도 없을 지경이라니….

눈물이 쏟아진다. 물론 운다고 해결될 일은 아니다. 그렇다고 내가 할 수 있는 일이 무어란 말인가? 울면서 간절히 기도나 할밖에. 광수는 은퇴 후를 대비하여 가까운 고성에 단독주택을 깨끗하게 지어놨다. 개념 없이 살다가 텃밭 하나 장만하지 못해서 아파트에 들어온 나보다 훨씬 훌륭하다. 인제 불과 몇 년 후면 은퇴다. 노후를 충분히 준비했는데 아무것도 누리지 못하고 떠난다면 어떻게 하나? 우야노… 광수 불쌍해가 우야노….

눈물이 앞을 가린다. 미리 설레발치는 내가 괘씸하다. 인류의 의학 발달을 믿는다. 대한민국 의사와 의술을 믿고 싶다. 뇌종양이라도 불굴의 의지로 극복하고 일어서기를…. 같은 지역에서 삼십 년 오십 년 노후를 함께 즐기기로 한 다짐을 지키기를…. 금오공고 10기 동기들아, 빌자. 광수가 하루빨리 건강을 되찾기를. 다시 만나서 그 호쾌한 너털웃음을 다시 보고 싶다. 오래 함께 살아가고 싶다. 친구, 광수… 아, 내 친구 곽광수… 광수의 쾌유를 기원한다. 광수와 함께 조만간 와룡산이나 지리산 천왕봉에 설 수 있기를….

조자룡

– 4권 끝 / 5권에 계속 –